戦国BASARA2

Cool & The Gang

安曽 了
イラスト：土林 誠
監修：カプコン

独眼竜は伊達じゃねえ、you see?
伊達政宗
奥州筆頭
この時を待っていた…真剣勝負と行こうぜ
片倉小十郎
仁吼義侠

無事に渡りつけよ、あの世への旅は長いぜ
長曾我部元親
天衣無縫
どいたどいた！前田慶次、まかり通る！
前田慶次
絢麗豪壮

見ていて下され、お館様！
真田幸村
天覇絶槍
侵掠すること火の如く！
武田信玄
戦神覇王

その命をもって、我が国の礎となれ
豊臣秀吉
裂界武帝
そこに伏せていたまえ。
君にはそれがお似合いだ
竹中半兵衛
蒼烈瞬躙

興も醒めたわ…消えよ
癒してください、この魂の渇きを！
織田信長
征天魔王
明智光秀
冷眼下瞰

ザビー教教訓その一、骨まで愛シテ！
ザビー
南蛮我道
てんがささやく…わたくしにたたかえと
上杉謙信
神速聖将

三河の武士の結束力！これ天下一ッ！
徳川家康
東照権現
……………!!!!
本多忠勝
戦国最強

戦国BASARA2

Cool & The Gang

安曽 了

Illustration / Yak Haibara

CONTENTS

design /Tomo Takahashi (New world Service Inc.. Co., Ltd.)

序章　魔王と覇王

滅せぬ者の、あるべきか

——織田信長

骸を数えていたら眠くなりました

——明智光秀

その日の深夜、突如として、本能寺《ほんのうじ》は炎上した——。

群がる兵らを斬り捨て、飛来する矢を斬り捨てた兵の骸《むくろ》を盾に防ぎながら、信長《のぶなが》は炎に包まれた本能寺の中を突き進んだ。森蘭丸《もりらんまる》を始めとした配下の武将たちの名を呼ぶが、一向に返事は返ってこない。信長の声に炎の中から返ってくるのは、敵の白刃《はくじん》と矢だけである。そのうちに、信長は奇怪な事実に気がついた。信長が斬り捨てた敵兵が皆、織田《おだ》家の家紋を身につけていたのだ。なぜ、織田の家紋を身につけた者が、主のはずの信長に刃を向けるのか？　一分、否一秒ごとに信長の中で疑問が膨《ふく》れ上がっていく。

疑惑を抱いた信長の前に、「でやぁぁ——っっ!!」と裂帛《れっぱく》の声をあげて、煙の向こうからまた新たな敵兵が出現した。信長は無言のままに凶刃を振るい、長銃を撃ち放した。すぐに幾つもの首が宙を舞い飛び、胸や額から血しぶきを上げながら、次々と刃向かう者たちが骸へと変わり果てていく。だが、瞬《また》く間に屍骸《しがい》へ変わった兵のうち、ただ一人だけ床の上でかすかに動く者の姿があった。口からは苦悶《くもん》の声をあげ、足には大きな銃痕《じゅうこん》を空け、そこからおびただしい血を流しているが、たしかに息を残している。むろん、信長は長銃の狙いを足に定めることで、あえてこの兵の命を残したのである。

信長は苦しみ悶《もだ》える兵を見下ろすと、長銃を背に収め、空いた手でその兵の胸座《むなぐら》を掴み、引きずり起こした。半死半生のその兵に向かって、信長は地の底から響くような声で問いかける。

「余に弓引くうつけはどこの何者ぞ?」

「……ゆ、許してくだせえ……許してくだせえ……」

息も絶え絶えのあえぐような声で、兵士は信長に答えた。

「どこの何者ぞと訊いておる」

「……こ、怖えんです……あの方だけには……あの方だけにはオラたち、逆らえねえ……だ、だから、許してくだせえ、信長さま……」

信長の問いかけにも、兵士はひぃひぃと要領の得ない言葉を洩《も》らすばかりだった。

だが、実を言えばこの時、信長の脳裏には一人の人物の姿が色濃く浮かび上がっていた。魔王と呼ばれる自分よりも兵が恐れる人物。そんな人間は、この日の本広しと言えどもそうそうはいない。まして、その兵たちが織田家の家紋を身につけているとなれば、自ずと相手は絞られてくる。

しかし、かと言って、兵は何か確信に繋がることを一つでも洩らしたわけではなかった。

この際、腕の一本でも切り落として口を割らせようか。信長が冷酷に考えたその時だった。

「——?!」

長年戦場に身を置いてきた信長の肉体が、すべてを凍てつかせる冷気のような殺意を感じ取った。無意識のうちに、信長は片手で掴み上げていた兵の身体を、殺意を感じた方向へと差し出した。「ぐぶぁぼっ!」と呻《うめ》き、口から大量の血を吐いて、兵は一瞬にして絶命した。兵の血によって顔面を真っ赤に染め上げた信長の目が、兵の背中に突き刺さった巨大な鎌《かま》の刃を捉えた。そしてその刃から続く柄の先にいる、銀髪を背まで垂らした血色の悪い黒衣の男の姿を。

「そのような下賤《げせん》の兵を、問い詰める必要はありませんよ」

黒衣の男は、抑揚《よくよう》の安定しない声で、そう言った。

「こうして、謀反《むほん》の首謀者が自ら出向いてきたのですからねぇ」

それは、まさに信長が予想していた人物そのものだった。

男の鎌によって骸と化した兵の身体を投げ捨てて、信長は天をも揺るがす声で叫んだ。

「やはり貴様か!!　光秀《みつひで》ぇッ!!」

「ええ、その通り。この私ですよ、信長公」

明智《あけち》光秀。

それが、この男の名であった。れっきとした織田家家臣団の一人である。いや、それどころか、光秀と出会ったのは信長がまだ尾張で燻《くすぶ》っていた頃のことであり、付き合いの長さから言えば充分古参に数えられる人物だった。

明智光秀は、一目でわかるほど狂気に身を支配された男だった。愛用の大鎌を振るい殺戮《さつりく》を行なうことに無上の喜びを覚える異常者であり、臣下からの恐怖の対象としては信長さえも凌《しの》ぐ人間だった。信長の行なう殺戮には確かな目的が存在するが、明智光秀のそれには明確な目的も志も存在しなかった。いわば、光秀にとって殺戮は最高の快楽に過ぎなかった。

だが、この上ない異常者ではあったが、明智光秀は優れた武将でもあった。恐怖によって他者を支配し動かす術を熟知しており、それがゆえに信長はこの男を家臣として置いていたのである。また、光秀には、他の勇将、名将も持ち得なかった優れた点が一つあった。それは、その生まれついての性質ゆえに、権威にも神仏にも一片の畏《おそ》れを抱かないということだ。先の本願寺《ほんがんじ》攻めの際にも、光秀は先陣を切って攻め入り、笑い声をあげながら容赦《ようしゃ》なく本願寺の信徒たちの命を奪っていったのである。

光秀のその行動が、怯《ひる》みを見せていた他の織田の武将たちを動かしたという側面は確かにあった。

むろん、その光秀の凶刃が信長に対して向けられる危険性は当然あったが、これまで信長はそれほど危惧《きぐ》してはいなかった。

光秀が野心や志を持った人間ならば――たとえば信長自身が命を奪った義弟の浅井《あざい》長政《ながまさ》のように――信長の地位や権勢を狙って謀反を起こすこともあるだろう。だが、明智光秀という男にはそのような名誉欲はない。その凶刃を存分に振るうことのできる場を、いわば餌《えさ》をあてがっている限りは、光秀の欲求は満たされ続けるはずである。とするなら、もしも光秀が叛旗《はんき》を翻《ひるがえ》すとすれば、それは殺戮という餌をあてがうことができなくなった時。つまり、信長が天下を統一し、日の本に敵が存在しなくなった時である。その瞬間に、光秀は信長へその血塗《ちぬ》られた大鎌を向けることだろう。信長はそのように考えていたのである

信長としては、そうなる直前に、光秀を切り捨てるつもりだったのだが――現実には、信長が天下分け目の合戦に挑もうという最も大事なその時に、明智光秀は牙を剝《む》いたのである。

「……おのれ、この、うつけめが」

自身の見通しの甘さへの怒りも手伝って、信長は悔しげに呻いた。

肩を揺すりくっくっくっと不気味に笑いながら、明智光秀は言った。見事なまでに抑揚の安定しない口調で。

「素敵だ、嗚呼《ああ》、素敵ですよ、信長公。誰よりも気高く残忍な貴方の、その口惜しげな姿、その表情……やはり、雑兵《ぞうひょう》などの手に貴方の首をゆだねるのは勿体《もったい》なさすぎます。この私が、貴方をこの上なく残酷に葬《ほうむ》って差し上げますよ」

言うが早いが、明智光秀の手から死神を髣髴《ほうふつ》させる大鎌が勢いよく振るわれた。立ち込める煙と炎とを勢いよく切り裂いて、信長へ白刃が襲いかかる。信長は舌打ちを洩らし、側面へ身体を転がすことで、光秀の一撃から逃れた。そのまま床を転がり光秀と距離を取り、起き上がりざまに背中から長銃を引き抜いて光秀めがけて乱射した。

「……ククク……アーッハッハッハ……、いいですよ!!　いいですよ、信長公!!　あがきなさい、もがきなさい!!　それこそが私の望み!!　その姿こそが私の欲しているものです!!　そして貴方は無様《ぶざま》にこの世を去ることになるのですよ……アハハハハ!!」

信長の銃から放たれた無数の弾丸を、大鎌の刃を盾代わりに使うことで防ぎながら、明智光秀は哄笑《こうしょう》した。

「なぜだ、光秀」弾を撃ちつくした長銃に新たな弾丸を装塡《そうてん》しながら、笑みを浮かべゆらりと迫る光秀に、信長は問いかけた。

「なぜ、今、この時期に余に背《そむ》く」

「私はこの日のために生きていたのですよ、信長公。貴方が、苦悶の表情を浮かべるこの瞬間を眺めるそのために、ね」

自らへの殺意を愉《たの》しげに語る光秀に、動揺の色も見せずに信長は重ねて言った。

「なぜ、今、この時期なのか。余は、そう問うておる」

「アーッハッハッハッハッハッハッハ!!」

光秀はこの日一番の愉しげな笑い声をたてた。

「そう、貴方はご存知でしたね、信長公。この私が、貴方の命を狂おしいほどに欲していることを。それを承知した上で、私を臣下に置いておくその器の大きさ、まさに貴方こそ魔王の名にふさわしい。その魔王の絶望の表情をこの網膜《もうまく》に映すことができる、それはまさに私にとって無上の喜びです。もちろん、本来なら貴方の天下がほぼ決まった時にこそ、行動を起こすつもりだったのですがね」

身体をくねらせ喜びを表現しながら、光秀は続けた。

「親切な友人がね、教えてくれたのですよ、信長公。天下の統一を目前にしての謀反は、貴方は充分に予期していることだと。その状況で貴方に刃を向けることも、想像するだけで私の身体を途方もない快感が駆け抜けるのですがね。ククク、友人が助言をくれたのです。貴方が予想もしていない状況で謀反を起こす方が、つまり今この時の方が、より深い絶望と怒りの表情を私に見せてくれるでしょう、とね。彼の言葉は正しかった。今、この瞬間、私は言葉では言い尽せないほどの快楽に身を包まれていますよ、アハハ」

悶え身体をよじり吐息さえ洩らしながら、明智光秀は言った。

「むろん、貴方という主を失うことは、私にとってもこの刃を振るう場を提供してくれる方を失くしてしまうということを意味しています。それだけが、私にとって残念なことだったんですがねえ。だからこそ貴方をいただくのは最後まで我慢するつもりだったのですが……クク……持つべきものは親切な友ですね。彼は貴方を最も美味《おい》しくいただく方法を私に助言してくれたばかりか、今後、私がこの鎌を振るう場所も提供してくれるというのですよ。どうですか？　なんて素晴らしい話ではありませんか。アーッハッハッハ!!」

「……踊らされおって、このうつけが」

光秀の告白によって、信長はすべてを悟った。光秀を動かした者は、豊臣《とよとみ》の手の者。恐らくは、噂で伝え聞く秀吉《ひでよし》の仮面の軍師あたりの仕業であろう。見事、と敵でありながら信長の中にその軍師を賞賛する念が少なからず芽生えていた。

信長以外の誰もが、異常者、殺戮者として恐れ、味方でさえ近づくことさえなかった明智光秀という狂人の本質を、そこまで冷静に見抜き、なおかつ自分たちの望む方向へと導くとは、凡庸《ぼんよう》の輩に為しうることではなかった。

そして光秀をそそのかした者が優れた智謀《ちぼう》を誇るということは、豊臣軍はすでに大坂からこの本能寺目指して進軍していることを示していた。それほどの軍師がこの好機を逃すはずはない。必ず、混乱に乗じて織田軍を滅ぼそうとする。

いや、そのついでに、密約を反故《ほご》にして明智光秀をも討つことを画策しているかもしれなかった。何しろ明智光秀という男は、魔王と称される信長にさえ扱いきることができなかったのだから。

「……是非もなし」

信長は力強く言った。明智軍によって周到に包囲され、おそらく豊臣の大軍が殺到してくるであろうこの本能寺から逃れる方法は、ほとんど皆無のように思われた。供回《ともまわ》りの者たちはすでに皆倒れ、味方が駆けつけてくる気配もない。すでに煙と炎によって視界はほとんど塞《ふさ》がれ、出口がどちらの方向にあるのかさえ見当もつかなくなっていた。あるいは、もし仮にこの地から逃れ落ちたとしても、大打撃を受けた（そしてこれからさらに受けるであろう）織田軍に、豊臣軍に抗するだけの戦力は残されてはいないはずである。

「光秀。貴様の望み、余が叶《かな》えてやろう」

静かに、信長はそう言った。ゆっくりと、彼の顔に笑みが広がっていく。それはまさに、魔王めいた、としか表現できない、凄惨《せいさん》な笑顔だった。

「余との殺し合い、存分に楽しむがよい」

信長は、左手に長銃を携《たずさ》え、右手の魔剣の切っ先を、明智光秀へと向けた。

「……ああ、最高だ……なんて、愉しい……私は、私はもう……」

うっとりと微笑《ほほえ》み、光秀は言った。

「……さあ、信長公!!　私と一緒に踊りましょう!!　クックックックック!!　アーッハッハッハッハッハッハッハッハ!!」

そして、炎に包まれた本能寺に、激しい剣戟《けんげき》の音と銃声が響き渡った――。

「進め!!　遅れる者は、容赦《ようしゃ》なくこの僕が切り捨てる!!」

真夜中の街道に、高らかな声が響き渡る。烈《はげ》しい言葉に反して、その男の声は、聞く者にどこか穏やかな気持ちを与える優しげなものだった。その声に応じるように、松明《たいまつ》の光だけが道を照らす暗闇の街道に、無数の蹄《ひづめ》の音と足音とがこだましていく。

ここは、大坂から続く街道の、本能寺に程近い地点。

声の主は、噂の豊臣軍の仮面の軍師、竹中半兵衛《たけなかはんべえ》その人である。兵の疲弊《ひへい》を招くことを承知で、豊臣軍は真夜中の行軍を敢行《かんこう》している真っ最中であった。

「そう焦《あせ》ることはあるまい、半兵衛」

馬上から、勇ましく兵たちに指示を出す半兵衛に、傍《かたわ》らの人物が静かに声をかけた。途方もない巨体を誇る人物だった。この巨大な肉体とそれにふさわしい存在感とを示す人物こそ、覇《は》王《おう》として魔王・信長と並び称されている豊臣秀吉その人であった。

半兵衛は仮面で隠されていない口元を少し困ったように歪《ゆが》め、主君に答えた。

「焦りもするさ、秀吉。これは織田軍を殲滅《せんめつ》する一世一代の機会なんだ。それを逃したりしたら、僕は君の軍師の座を退かなければならなくなる」

「もしも間に合わなければ、それは全軍の総師たる我の責任であろう。半兵衛、お前の策は成功した。すでに軍師たる責任は果たしている」

豊臣軍が歩みを進める遙か前方の空は、真夜中だというのに真っ赤に染め上がっていた。その空の下には、織田軍の進駐する本能寺があるはずである。半兵衛の目論見《もくろみ》どおり、明智光秀が謀反を起こしたに相違なかった。

だが、半兵衛は秀吉の言葉にかぶりを振った。

「仕上げまでやり遂《と》げることができなければ、策を成功させたとは言えないさ。信長の首を取れなければ、策を練った意味はない」

「我を信じよ」

赤く染まった本能寺の方角を見すえながら、秀吉は静かに言った。

「たとえ信長があの本能寺から逃れ落ちたとしても、手負いの織田軍ごとき我が一撃で殲滅してみせよう。それとも、信長が相手では、我の勝利を確信できぬか、半兵衛」

「……まさか」

半兵衛は苦笑した。

「それを疑うようなら、僕はこの場所にはいないよ、秀吉」

「ならばよし」

と、秀吉は頷いた。

「いずれにせよ、本能寺が炎上した時点で、我らの勝利は確定している。いたずらに兵を怯えさせ疲弊させる必要もあるまい。何より半兵衛、お前も少し緊張を解き心身を休ませよ。わずかだが顔色が優れぬ。我らの道程は、まだ途上に過ぎぬのだぞ」

半兵衛は秀吉の言葉に小さく頷き返していたが、口に出して「休む」とは言わなかった。

「……ねえ、秀吉」

やがて半兵衛は、馬を進ませながら、ふたたび傍らの主に目を向けた。

「本当は君は、こんな策なんて用いたくはなかったんじゃないか？」

「どういう意味だ」

問い返され、半兵衛はうつむき、少し躊躇《ためら》った後、また顔を上げた。

「明智光秀のような狂人を操り、信長を襲わせる。その隙をついて織田軍を滅ぼす。こんな世間に知れたら非難を浴びるような策を用いたりせず、本当は君は、正々堂々とあの信長と雌雄《しゆう》を決したかったんじゃないのか？　君の器ならば、たとえ正面から戦ったとしても、あの魔王に勝利することができる。そうして天下に、魔王を滅ぼした者として、覇王・秀吉の名を知らしめたかったんじゃないのか？」

「半兵衛」

秀吉は、前方の赤く染まった空から半兵衛へと視線を移した。

「我らの道のりはまだ遠い。魔王を滅ぼしたとしても、我らの戦いは終わらぬ。いや、たとえこの日の本を統一したとしても、我らの戦いは終わらぬのだ。名誉や誇りのためなどのために、無用に兵を減らすような愚行《ぐこう》は避けねばならぬ。消耗することなく魔王をこの世から消すことができるのならば、それに越したことはない」

豊臣秀吉という人物は、迷いや逡巡《しゅんじゅん》といったものからは、世界で最も遠くに立っている人物だった。この時も秀吉は、一片の迷いもなく、半兵衛にそう告げた。

「それに」と秀吉はつけ加えた。

「あの信長の通った後には、焦土《しょうど》と化した大地だけが残される。あの男は、国を疲弊させるまさに魔王よ。この日の本の未来のためには、一刻一秒でも早く、あの魔王をこの日の本から消滅させねばならぬのだ。たとえ、どのような手段を用いても」

その秀吉の言葉を聞き入っていた半兵衛は、仮面の下に安堵《あんど》の表情を浮かべた。

「案ずるな、我が友よ」

と秀吉は言った。

「我の意志は、常にお前と共にある。お前が最善と信じる手段は、我にとっても最善の手段にほかならぬ」

「……それは、軍師の職にある者にとっては、これ以上ない誉め言葉だね。——もちろん、僕の意志も常に君と共にある」

そう言って一瞬口元をほころばせた半兵衛だったが、すぐに表情を引き締めて言葉を継いだ。

「行こう、秀吉。君の信じる未来のために。この国に巣食う元凶を滅ぼしに、本能寺へ」

秀吉と半兵衛に率いられた大軍勢は、一路燃え盛る本能寺へと馬を進めた。


豊臣軍が本能寺に到着した時には、すでに本能寺は業火に飲み込まれており、中に突入して信長や明智光秀の姿を探索するというわけにはいかなくなっていた。周辺に布陣していた織田軍は、布陣の内側から襲いかかって来た明智軍に混乱を余儀《よぎ》なくされ、信長不在のために一度陥《おちい》ったその混乱を収拾することもできず、大打撃をこうむっていた。

そこに、到着した豊臣軍が急襲をかけたのである。織田軍は、この奇襲に対して抵抗らしい抵抗をすることもできず、ただ一度の衝突によって、逃げ出していった。それは、撤退などといった統制の取れたものではなく、武器も防具も放り出しての文字通りの潰走《かいそう》だった。半兵衛が目論んだ通りに、一大勢力を誇っていたはずの織田軍は、いとも容易《たやす》く壊滅したのである。

秀吉は軍勢を手勢をいくつかに分け、四方に散った織田軍の追撃を命じた。そして自らも兵を率いて、一夜にして残党に成り果てた織田の軍勢を追いかけた。その一方で、半兵衛にもいくつかの兵を与え、炎上する本能寺へ残し、燃え盛る本能寺から逃れ出ようとするものは、織田軍であれ明智軍であれ一兵たりとも逃がさぬように命じた。むろん、その最大の目的は、織田信長を確実に葬り去ることにあった。


……三日後。織田軍の追撃を終えて帰還した秀吉を、廃墟と化した本能寺の跡地にて、竹中半兵衛が出迎えた。

「……残念な報告だよ」

表情を曇《くも》らせ、半兵衛は再会したばかりの秀吉に告げた。

「光秀君が、想像以上に火を放ちすぎた。……どうやら、かなりの量の火薬も使ったみたいだ。見ての通り、本能寺は完全な灰となってしまったし、三日間探索に費やしたんだが、魔王殿の首も光秀君の首も発見することはできなかった」

「本能寺から逃れようとする人間は？」

「包囲してからは、一兵残さず捕らえたはずだ。でも、その中にも魔王殿の姿はなかった」

「……そうか」

「一つ、気になる報告があるんだ」

「ほう？」

「捕らえた明智軍と織田軍の兵のかなり多くの人間が、炎と煙の向こうから、地の底から響くような笑い声と、『滅せぬ者の、あるべきか』という声を聞いているんだ。その声は、断末魔《だんまつま》のようでもあり、楽しげな様子でもあったというんだが――」

半兵衛の報告に、秀吉は表情を崩さず、鼻を鳴らした。

「それが、魔王の辞世の句というわけか」

「やはりそう思うかい、秀吉？」

秀吉は頷《うなず》いた。

半兵衛は、ため息をついた。

「魔王殿がこの本能寺で絶命したのなら、僕としてはなおのこと彼の首を見つけておきたかったのだけど……。魔王殿の首があるのとないのとでは、周囲に与える印象がまるで違ってくるからね。それに、やはり死んだという確かな証拠も欲しいところなんだが」

「かまわぬ」と秀吉は言った。

「もはや織田軍などというものは存在せぬも同然だ。生き延びていようが、ここで死に絶えていようが、織田信長という魔王の名は、今や過去の遺物に過ぎぬ。そんなものは、歴史を編纂《へんさん》する者に任せておけばよい。半兵衛、我とお前が見据えるべきは、未来だ。魔王なきこれからの日の本の姿だ」

「……そうか。そうだね」

半兵衛は頷き、微笑んだ。

「武田《たけだ》に上杉《うえすぎ》、その他にもまだまだ有力な大名が勢力を誇っている。僕らには、過去に目を向けている暇はないかもしれない。一刻も早く、君のもとにこの日の本を統一しなければならないのだからね」

「その通りだ。半兵衛」

「……となると、まずは西だ」と半兵衛は言った。

「西方の主だった大名は服従の意を示してくれたが、まだまだ完全に平定したとは言い難い。東の強国と事を構える前に、後顧《こうこ》の憂《うれ》いは絶たなければならないからね」

「お前の策を頼りにしているぞ」

「任せておいてくれ。君の思い描く理想の国を実現させるために、僕は君のもとにいるんだからね」

言葉を交わしながら、秀吉と半兵衛は自軍の駐屯地に設置された天幕へ向かって歩き出した。

その場を離れる際、秀吉も半兵衛も、一度も灰塵《かいじん》と化した本能寺を振り返ることはしなかった。

秀吉が半兵衛を諭《さと》した通り、それはすでに二人にとって記憶の隅にとどめておくだけの過去に過ぎなかった。

この日を境に、日の本の勢力図から、織田という名は消滅した。代わって、豊臣という字がその中央に大きく輝くことになる。この国の支配権を巡る戦いは、新たな局面を迎えたのである。

だが、この変化が、百年以上にも渡ってこの国で続く戦乱の世を終局へと導く第一歩になるのか、それとも無数に年表上に記される小事の一つにとどまるのか。

この日の本に生きる者の中に、それを知る者は、まだ誰一人として存在しなかった。

第一章　迫るザビー教団の脅威

ザビー教教訓その三、愛など……イラヌ!!

——ザビー

この世で一番イケてる男は誰だ?

——長曾我部元親

アニキ!! アニキ!! アニキ!! アニキ!! アニキ!! アニキ!! アニキ!!

——長曾我部軍兵士

1

日の本の中央勢力図を大きく塗り替えた豊臣秀吉《とよとみひでよし》の居城がある大坂《おおさか》よりさらに西方。

ここに、瀬戸内《せとうち》と呼ばれる海がある。

南を四国に、北を中国、近畿《きんき》に挟まれたこの豊饒《ほうじょう》な海は、日の本全土でも特に漁業が盛んな場所として知られていた。当然、この瀬戸内の周辺に住む男たちは海に生きることを生業とする腕力自慢の荒らくれ者たちが多く、権力者たちといえども彼らをおいそれと従わせることは難しいと言われていた。

しかし、そんな瀬戸内に住む男たちが半ば恐れ、半ば敬意の念を込めて、『西海の鬼』と呼ぶ男がいた。男の名は長曾我部元親《ちょうそかべもとちか》。瀬戸内はおろか西国の海にその名を知らぬ者はいない、長曾我部軍を束《たば》ねる長である。

この瀬戸内の海は、戦国の世となる以前から、海賊《かいぞく》の多い土地として知られていた。

これには、先に挙げたこの地の人々の生業や気質とが大きく関係している。力自慢の気性の荒い漁師たちが、仲間うちで揉め事を起こし、あるいは役人との間のいさかいで、それまで住んでいた土地にいられなくなり海へと逃れる。そうした人間が幾人も集まって、自然発生的に海賊団が結成されていった。一度海賊となった漁師たちは、生きるために近隣の村を襲うようになり、襲われた村では食いつめた漁師たちが、生きるために海に出て、そして新たなる海賊へと生まれ変わる。このようにして海賊は別の海賊を生み出し、瀬戸内は日の本でも屈指の危険な海になっていったのである。

この海賊たちの楽園とも言うべき瀬戸内海に突如として現われたのが、長曾我部元親という人物だった。

彼が瀬戸内で最初に狙った獲物は、なんと海賊たちだった。ごく小さな一艘の船とわずかな手勢とで瀬戸内の海に姿を現した長曾我部元親は、無謀にも、航海中の海賊船の側面に、船首から体当たりをしてみせたのである。その一撃で海賊船の動きを止めると、手下たちを船の守りに残して、たった一人で海賊船へと乗り込んでいった。

元親の襲撃を受けた海賊たちは、最初こそ突然の襲撃《しゅうげき》に混乱したものの、すぐに哄笑《こうしょう》をあげた。襲撃者が、たった一人だと知れたからである。五十人以上もの船員を乗せた海賊船に、たった一人で乗り込んでくるなど、その時点で死人も同然。海賊たちはそう思っていた。

だが、すぐにその海賊たちの哄笑は凍りつくことになる。襲撃者が何かをしたわけではない。ただ、海賊たちの目にも、次第に襲撃者の男――つまりは長曾我部元親――の風貌《ふうぼう》が明らかになっていったからだった。

荒ぶる鬼のように逆立てられたその男の髪は、日の本の民にしては極めて珍しく、白銀であり、彼の顔の左上半分は、男がこれまで過ごしてきた生活の厳しさを物語るように、紫がかった眼帯によって覆い隠されている。また、派手な布を巻きつけただけでほとんど露出した上半身は、一目で分かるほどに厳しく鍛え抜かれていた。

何より、海賊たちの口から哄笑を奪い去ったのは、襲撃者が肩口に抱えていた得物だった。

それは漁師が主に漁に使う銛《もり》にも、あるいは船船を停留させるための碇《いかり》にも似た金属製の物体だった。海に生きる海賊の目にもそれは奇妙な形状をしていたが、それ以上に異様だったのは、その大きさだった。もしそれが漁に使うための銛だとするならば、漁師たちに恐れられる人食い鮫《ざめ》さえ一撃で葬《ほうむ》りさるに違いない。それがもし船を停留させるための碇ならば、百人以上が乗る巨船さえもたやすく停めてしまうかも知れない。それほどその銛にも碇にも似た物体は巨大だった。

海賊たちは気づいたのだ。

それほど巨大な物体を易々《やすやす》と肩に担ぎ、あまつさえそれを担いだまま自分の船からこの海賊船に乗り移ってきたこの男が、只者《ただもの》であるはずはない、と。

その時、不意に沈黙が訪れた海賊船を見回して、男は満足げに叫んだ。

「気にいったッ!!」と。

そして眼帯で半分近くが覆われた顔に不敵な笑みを浮かべると、こう続けたのである。

「なかなかいい船じゃねえか、ええ？　――よし、たった今から、この長曾我部元親がこの船はいただいた！」

唖然《あぜん》、が海賊船の中を駆け巡った。

海賊船などというものは、そう容易《たやす》く他人にあげたりもらったりするものではないのだ。だが長曾我部元親と名乗る男の、まるで傘でも借りるかのようなあまりにも朗らかな口調と態度

ることさえできない。
ら、海賊船の中を我が物顔で歩き出した。それでも、海賊たちは動くことはおろか、声をあげ
ほど、元親の口調は曇りのないものだった。長曾我部元親は、あろうことか口笛さえ吹きなが
というと、まるでそれがすでに決定事項であるかのように海賊たちの耳には届いたのだ。それ
とが、海賊たちから反論は愚《おろ》か思考能力さえも奪いさってしまった。元親がこの船をもらった

しかし、すべての海賊が金縛りにされていたというわけではない。海賊たちの中でも一番奥
に立ち、ひときわ豪華な衣服に身を包んだ男が、沈黙に包まれた海賊船に怒声を響かせた。
「何やってやがる野郎ども!! でかい面をさせてその馬鹿を歩かせているんじゃねぇ!! とっ
ととその頭のおかしい野郎を、ひき肉にして鮫の餌にするんだよ!!」
豪華な衣服を着込んだ海賊が叫んだその時だった。
「……そうか、テメエがカシラだな……?」
長曾我部元親はそうつぶやくと、肩口に巨大な物体を抱えたまま、勢いよく駆け出した。そ
の勢いは凄《すさ》まじく、巨大な重量をその身に抱えているとはとても思わせない動きだった。
「テメエら、ぼーっとしているんじゃねぇ!! 今すぐその野郎を止めろ! ほれ、早くしろ!!」
元親がカシラと呼んだ海賊が口から泡を飛ばして、部下の海賊たちを叱咤《しった》する。その声によ
うやく他の海賊たちも金縛りが解け、長曾我部元親の行く手を阻《はば》むべく動き出す素振りを見せ
た。
「どいてな! 串刺しにされたくねぇならな!!」

疾風《しっぷう》のように駆けながら、元親は海賊らを威嚇《いかく》するように肩口に抱えた巨大な物体をぶんと水平に一振りした。その凶悪な物体の寸法と、何より元親がその物体を薙《な》いだときに発生した風圧の凄《すさ》まじさに気圧《けお》されて、海賊たちは一歩、二歩と退き、またもや金縛り状態へと戻ってしまう。元親が手にしたその物体は、船を停留させるための碇などではなく、彼の槍であり武器だった。元親の一振りで、海賊たちは皆同時にそれを悟っていた。

「くっ、何をやっていやがる?! バカ野郎どもが!!」

手下たちが頼りにならないことを悟ったのだろう。海賊のカシラは、自ら進み出ると腰から湾曲した刀を引き抜いた。

「あんた、鬼との闘い方を知ってんのかい?」

「なめるんじゃねえ!! テメエのその馬鹿デカい得物がただのこけおどしだってことはわかってんだぞ!! 人間の腕力でそんなモンが自在に操れるわけがねえんだ!!」

元親が一目でこの船の長だと見抜いた通り、この海賊船を束ねるカシラは、瀬戸内の海賊たちの中ではなかなかに名の知れた男であり、自らの腕力一本で海賊船の船長にのし上がり、五十人からなる手下たちをまとめ挙げた人物だった。当然、それまでの人生で、数多くの修羅場《しゅらば》をくぐり抜けてきてもいた。

だからこそこの海賊のカシラは知っていた。ときとして、自分の力を実際以上に見せようとして、虚勢を張り、操《あやつ》れもしない得物を振り回す愚か者がいるということを。長曾我部元親と名乗るこの男もその類《たぐい》だと、海賊のカシラは判断したのである。

海賊のカシラは湾曲刀を手にすると、自ら長曾我部元親との距離を詰めるべく走りだした。元親の持つその巨大な槍は、その巨大さゆえに、至近距離に入ってしまえば死角ができる。そう判断したからである。敵の武器の欠点を一目で見抜く辺り、この男も紛《まぎ》れもなく荒波の中で生きてきた歴戦の海賊であった。

だが――

海賊のカシラが一歩を踏み出し、二歩目を踏み出そうとしたその時、すでに、長曾我部元親の振るう槍の巨大な穂先が、彼の眼前へと迫っていた。ありうべからざる事態だった。元親が甲板を駆ける速度も、得物を振るうその速度も、海賊のカシラの予測も常識もはるかに超えたものだった。

「なっ?! バ、バカな――」

事態の異変に気づき、海賊のカシラは唖然と呆然とがない交ぜになった声をあげた。それでも、曲刀を直角に立てて、迫り来る巨大槍の一撃からその身を防ごうとする。

しかし、結局のところ、それが海賊のカシラの最後の言葉となった。

海賊のカシラの細身の曲刀は、元親が振るった槍の圧力に負け、音をたてて中心から真っ二つにへし折られた。そして海賊船中に響き渡る、グシャリという不快な音。元親の一撃は見事にカシラの頭骨を砕いたのだった。

もんどりを打って、海賊のカシラは甲板の上に倒れた。

「……暗い海に火を灯したぜ……。あんたが無事に、渡りきれるようにな」

動かなくなった海賊のカシラを見下ろして、長曾我部元親がそう声をかけた。それから、いまだ金縛りから脱出することのできない海賊たちを見回して、高らかに宣言した。

「さあ、たった今からこの船もテメエらも俺のモンだ。それとも、不服のある野郎はいるか？」

わずかな沈黙に続き、甲板の上に次々と金属音が響いた。海賊たちが手や腰の武器を投げ捨てる音だった。身の丈をはるかに超える槍を軽々と振り回し、自分たちを力によって支配していたカシラを一撃で葬った豪傑と戦う勇気など、海賊たちの誰も持ち合わせてはいなかった。海賊たちは、我先にとひざまずき、長曾我部元親に忠誠を誓った。

元親は高らかに笑い、そして言ったのだった。

「そうしゃっちょこばるんじゃねえよ。今日からテメエらは長曾我部軍の一員、俺とテメエらは家族だ。――そうだな、俺のことはアニキとでも呼んでくれや」

これが、西海の鬼の伝説の始まりである。

自分よりも身体の大きな草食獣を喰らう肉食の獣のように、長曾我部元親率いる軍勢は、次々と瀬戸内の海を根城とする海賊船を襲い、そのカシラを倒しては海賊たちを吸収していった。そのような行為を短期間に幾度となく繰り返し、瞬《また》く間に長曾我部軍は瀬戸内でも有数の勢力を誇るようになったのである。

もちろん、長曾我部元親に狩られる側の海賊たちも、実際には狩られるのをただ待つおとなしいだけの草食獣ではなく、暴力と略奪とを生業とした荒くれ者である。元親の襲撃をただ黙って待っているというわけではない。時に自分たちの側から元親の船に襲撃を仕掛け、時にはそれまで敵対していたいくつかの海賊団で同盟を結び、元親の襲撃に備えた。

ところが、元親の名が海賊たちの間に知れ渡るようになるにつれて、新たな事態が起きるようになる。今度は元親の襲来を待たずして、別の海賊団から脱走して元親のもとへ走る海賊が後を絶たないようになったのだ。

元親の武勇が他の海賊たちを圧倒するものだった、という理由ももちろんこれには関係している。だがそれ以上にこの事態に大きく関係したのは、長曾我部元親の在《あ》り方だった。

長曾我部元親は、決して近海の村を襲ったり一般の漁船を襲撃することはなかった。手下たちにも漁民や村民からの略奪を厳しく禁じ、ときには他の海賊に襲われている村や漁船を救出したりもした。その際、当然漁師たちから謝礼を受け取ったが、それも漁獲した新鮮な魚のごく一部などにとどめた。

そうして民衆から略奪する代わりに、元親率いる長曾我部軍は海賊を襲い、あるいは近海の悪名で知られる領主や商人などを襲うことで、収入を得ていたのである。

この地方の海賊は、もともと漁師や村民であった者が非常に多い。彼らは生きるために賊に身を落としたのであって、できることならば過去の自分自身とも言うべき漁民や村民を襲いたくはない、と考える者も多くいたのである。

それともう一つ、海賊たちの間で長曾我部元親の名声を高めたのが、彼の手下たちに対する接し方だ。

いつの時代も、どこの立場であっても、自分の配下に当たる者を所有物のように考える支配者は少なくない。領主は領民を、大名は兵士を道具として見るように、海賊のカシラたちもその多くは手下を、自分の目的を叶えるための道具として見る傾向があった。

ところが、長曾我部元親は自身のことを「アニキ!!」と親しみを込めて呼ぶことを許し、彼らを自身の家族のように扱った。

また戦の際に元親は、自ら先陣を切って敵船へ乗り込み、手下の被害をできる限り少なく抑えるように尽力した。数百名からなる手下たちの、末端の一人一人に至るまで名前も顔も性格もしっかりと記憶していた。手下たちも、強制されたからではなく、いつしか心の底から敬意と親しみを込めて元親のことをこう呼ぶようになったのだ。

「アニキ――――っっ!!」と。

これが、海賊たちを長曾我部元親という人物のもとへ走らせた理由であった。

戦いと、それによって着実に高めた名声によって、一大勢力を築き上げた長曾我部元親は、ついには彼らが拠点とする瀬戸内の海から、自分たち以外の海賊を殲滅《せんめつ》、吸収することに成功したのだった。

かくして、瀬戸内近海に住む人々は、圧倒的な力とその経歴の神秘性から、長曾我部元親のことを『西海の鬼』と称するようになったのである。

2

「……さあ、野郎ども!! 一カ月ぶりの故郷だ!! 存分に飲め! 唄え!! 休め!! 次の出航までしっかりと英気を養っておくんだぜ!!」

「うぉぉぉぉ——!! アニキ!!」

岸辺に停留した船の上に、威勢のいい男の声と、それを称える大合唱とが響き渡り、海上の波を強く震わせた。

ここは瀬戸内の海に浮かぶ、四国の地のとある港である。

小高い山と鬱蒼《うっそう》とした木々とに囲まれたこの地こそ、世にその名を背負う長曾我部軍の本拠地であった。

この日、手下たちに語ったように、長曾我部元親とその仲間たちは、一カ月ぶりにこの隠し砦へと帰還した。瀬戸内の海賊を殲滅した長曾我部軍にとって、収入を得るためには——つまり新たな獲物としての海賊を探すためには——外海へと行動範囲を伸ばす必要があったのである。

そうして、一カ月に及ぶ航海の末に、土佐湾周辺で悪名を馳せていた海賊団と遭遇《そうぐう》し、これを撃滅。彼らが溜め込んでいた金銀財宝を山ほど詰め込んで、意気揚々《いきようよう》と帰還を果たしたのである。

手下たちが奪ってきた金銀財宝を砦に運び込む作業をある程度見送ってから、元親は自身も砦へと足を踏み入れた。

長曾我部軍が根城として使っているのは、雨露が染み込んで山の内部に自然に造られた巨大な洞穴である。入り口は極めて分かりづらいが、内部は広く、その上ひどく入り組んでいる。いわば自然と時間とが作り上げた天然の要害であった。

その砦に一カ月ぶりに足を踏み入れた長曾我部元親は、少し歩いた後、立ち止まり、眉をしかめた。言葉にはできない違和感を元親は覚えていた。

いつものように遠征に出ていた海賊たちが帰還し、砦に残り留守を守っていた船員たちが歓声をあげて出迎える。だが、以前に比べて、何かがおかしい……。

しばし考え込んで、ようやく違和感の正体を理解した。顔を見せない人間が十数名いる。元親の記憶の中の砦と比べて、わずかながら活気に欠けていたのだ。

「お疲れさまッス、アニキ。今回の遠征も大漁っスね、さすがアニキだ!!」

砦の異変に元親が眉をひそめていると、留守番役を務めていた手下の一人が、笑顔で話しかけてきた。最古参の手下の一人であり、長曾我部軍の幹部とでも呼ぶべき手下である。

「おい、顔が見えねえみたいだが、あいつらどうした？」

元親は幹部にそう訊ね、気がついた限り見かけない手下たちの名前を一人一人あげていった。

すると、見る見る幹部の表情が曇った。

「そ、それがですね……」と、言ったきり、言いづらそうに口ごもる。

幹部のその口調と表情が、姿を見せない手下たちの身に何かがあったことを物語っていた。

「なんだ？　いったい何があった?!」

元親の声は、自然と高まっていた。

「どこぞの領主の軍勢の襲撃でもあったのか？　それとも、ぶちのめしてやった海賊団の残党どもが、身の程知らずに復讐《ふくしゅう》にでも来たってのか?!」

「い、いえ、そういうわけじゃねえんですが……」

わずかに元親は落ち着きを取り戻した。たしかに、砦のあるこの島や、あるいは砦の内部に、争った痕跡は残されてはいなかった。

「じゃあ、いったい何があった？　いなくなった連中は無事なのか？」

「……無事、かどうかはわかりやせんが……、とりあえず生きてはいると思います」

そう返す手下の顔には、少なからぬ困惑の色が浮かんでいた。

「なんだ。まるで連中が神隠しにでもあったみたいな言い方をするじゃねえか」

「……神隠し……そうっすね。ある意味その親戚みたいなもんですかねぇ」

元親は首を傾げ、右手で髪をかいた。

「おいおい。俺はまどっろこしい会話は苦手なんだ。奥歯に物を挟んだ言い方してねえで、はっきりと言いやがれ、はっきりと」

「へえ。……アニキ。アニキは、ザビー教とかいうモンをご存知ですかい？」

「なんだそりゃ？　……あんまろくなもんじゃなさそうだな。何だかわからねえが、名前を聞いた瞬間に寒気がしたぞ」

元親の言葉に手下は小さく何度か頷き、そして、静かに説明を始めた。

ザビー教とは、新興宗教の名前であった。

なんでも遠く日の本の外側から海を渡ってきた、仏教や儒教とはまったく異なる教えの宗教らしく、その教えは一言で言えば『愛』がすべて。この日の本の地を溢れんばかりの愛で満たすべく、各地に宣教師を派遣して、積極的に布教活動に励んでいるという。ちなみにザビー教の冠についているザビーというのは教祖である南蛮人の名前で、この人物が自ら日の本にザビー教を持ち込んだのだという。一大勢力を誇っていた本願寺が織田信長によって事実上滅ぼされたことも手伝って、特に西方で、急速にザビー教は勢力を伸ばしつつあるとのことだった。

「……その、ステキに愛を語るザビー教とやらが、あいつらがいなくなったのと何の関係があるってんだ？」

ザビー教の説明を聞き終えて、元親はそう訊ねた。

「まさか、海の男ともあろうものが、『愛』がすべてなんて甘ったるい教えの宗教に入信したってわけでもねぇだろう？」

だが、手下は、力強く首を縦に振った。

「嘘、だろ？」

——それは、元親たちがまだ見ぬ獲物を求めて土佐湾へと出航してから十日あまりが過ぎた頃のこと。

長曾我部軍の面々はこの砦で生活を営んでいるが、砦に財宝は持ってはいても、狩りや漁を行なうわけではない。食料品や衣服のような生活用品を手に入れるためには、近隣の村や町まで買い出しに出かける必要があった。

また、長曾我部軍は、南蛮から渡来した技術を転用した、カラクリ兵器の研究に、資金と人材と情熱とを費やしていた。

というのも、いかに四国の地に拠点を築いたといえども、しょせんは元親たちは地方の一勢力に過ぎない。操船技術や海の上での戦には圧倒的な自信を持っているが、中央の大名らと比べれば兵の数の上では絶対的な差が出てしまう。本能寺で討たれる以前の織田信長のように、もしも強大な国力を誇る大名が、自軍の損害を考えずに人海戦術をもって長曾我部軍の討伐を企だてたときに、それを押し返す自信はさすがの元親にもなかった。

そこで元親は、まだ日の本の諸大名たちも目撃したことはないであろうカラクリ兵器を開発し、武装することで、諸大名との兵力差を補おうと考えたのである。そのために元親は、近隣の土地から南蛮の兵器の研究を行なえる技術者たちを募ったりもしたのであった。

その甲斐もあって、今では長曾我部の砦には、海賊たちは元より諸大名でも持ち得ないほどのカラクリ兵器の数々が、秘蔵されているのである。

そのようなわけで近隣の町々を訪れる長曾我部の者たちには、このカラクリ兵器開発のための資材を買いつけるという使命も、同時にあるのだった。

ザビー教へ入信してしまった手下たちも、いつものように買いつけを行なうために、近隣の町へと赴いた。食料だけではなく資材も手に入れるため、村ではなく規模としては中程度の町であった。その町に、頭頂部の髪の毛を綺麗《きれい》に剃《そ》り落としたおかっぱ姿の男もまた、偶然滞在していたのだ。

「……あん？　てっぺんを剃ったおかっぱの男？　なんなんだ、そのカッパのマネ事みたいなヘンタイくんは」

それまで黙って手下の話に耳を傾けていた元親だったが、思わずそのくだりには口を挟んでしまった。手下たちの失踪《しっそう》の説明を聞いていたのに、なぜそんな珍妙な髪型の男の話題が出てくるのか理解できなかったのだ。

「その男の正体が、布教活動のために滞在していたザビー教の宣教師だったんですよ。なんでも、その髪型にすることが、ザビー教に入信した証なんだそうで」

「つまり、ザビー教に入った奴はみんなカッパ頭にしなきゃなんねーのか？」

元親は、自分の頭頂部へと手を伸ばした。顔をしかめそこを押さえながら、元親は言った。

「なんつーか俺、それだけでザビー教とやらに入信するのはご免なんだが」

「ええ。俺もっす」

「……だが、それでも連中は、ここを抜けてザビー教に入信したんだな？」

元親の言葉に、手下は頷いた。そして説明を続けた。

買出しに出かけた手下たちが、資材の購入について商人と交渉を行っているところに、ザビー教の宣教師がやってきた。宣教師は布教の言葉を周辺の人々に投げかけ始めた。曰《いわ》く、『愛は一日、一時間』。曰く、『ラーブ・アーンド・ピィース!!』。曰く、『愛を信じぬ者が逝《ゆ》く』。曰く、『お前の物は俺の物!!』。曰く、『俺の物はお前の物!!』……。

「……なあ、それのどこが、愛についての教えなんだ？　そいつ、ホントにザビー教とやらの宣教師だったのか？」

「ええ、宣教師の言葉を聞いていた連中も皆、同じように思ったそうですぜ。たいがいの奴はそのうさん臭い宣教師のことなんか無視してたそうっす。もちろん、うちの連中も宣教師のことなんぞ相手にしないで、商談を進めていたそうで」

「じゃあ、なんであいつらはここにいないんだ？」

「それが……。その宣教師が、いきなり歌い始めたそうなんです」

「歌？」

「へい。『ザビー様を称《たた》える愛の歌』だそうで。あっしも直に耳にしたわけじゃねえんで、正確な節まではわからねえんですが――」

そう言うと、手下の男はひとつ深呼吸をして、高らかに唄い始めた。

「ザービ♪　ザビザビザビザビ～♪　ザービ♪　ザビザビザビザビ～♪　ザービ――」

「や、やめろやめろ、バカ野郎!!　頭がおかしくなるじゃねえか!!」

耳を押さえて、元親は怒鳴った。手下が歌い始めた途端、言い知れぬ悪寒が元親の背筋を駆け抜けていったのだ。あまつさえ、頭痛だけではなく吐き気さえもが元親の身を襲ったのだ。

気持ちよさそうに『ザビー♪』と連呼していた手下は、元親の怒声でようやく我に返ったらしかった。気まずそうな表情を浮かべた彼は、コホンと一つ咳払いをして体勢を整えると、改まった声で元親に言った。

「つまりですねアニキ、今のアニキみたいに、連中もその歌を聞いた後、本当に頭がおかしくなっちまったってわけなんですよ」

まだ呼吸を乱し、青ざめた顔をしたままで、元親はつぶやいた。

「それで、その歌を聞いてザビー教に目覚めたあいつらは、そのままこの砦には戻ってこなかったってわけなのか」

それはほとんど自分に向けてつぶやいた言葉だった。ところが、手下の男はその元親の声に、かぶりを振って「それが違うんです、アニキ」と答えた。それはひどく残念そうな声だった。

「……どういう意味だ？」

「連中は、その後一度、普通にここに戻ってきたんです。もちろん仕入れた資材や食料もちゃんと持ち帰って。髪の毛も別にてっぺんを剃り落としてはいませんでした。だから、俺も他の連中も、奴らがザビー教の宣教師に出会ったなんて気がつかなかった」

無念さを滲《にじ》ませて、手下の男はうつむき、言った。それから顔を上げると、手下の男はひどく言いづらそうな顔で、元親に向けて口を開いた。

「……ところが、戻ってきたその日の翌朝、連中の姿はもう砦の中から消えてたんです。小型船が一隻と、それから蔵に保管してあったお宝の一部と一緒に」

「おいおい、お宝まで持ち出されたってのか？」

「す、すみません、アニキ!!」と、手下の男は頭を直角に下げた。「留守を預かる身でありながら、こんなことになっちまって!! あっしらが気づいてりゃ、せめてお宝だけでも守れたものを!!」

顔をあげた手下の瞳《ひとみ》は、涙で濡《ぬ》れていた。

涙を垂れ流しながら、手下の男は元親にさらに説明した。

「連中が消えてすぐに、あっしらも捜索隊を出してはみたんです。でも、もうどこにも奴らの影も形も見当たらなかった。戻ってくるまでの奴らの足取りを追って、聞き込みを行なって、ようやく今話したザビー教の宣教師との接触があったことを突き止めたんですが……」

手下に裏切られたことへの怒り、そして宝を奪われたことへの怒りが、一瞬、元親の全身を支配しかけた。

特に手下に裏切られたことは、元親を強く打ちのめした。これまで元親は、手下たちを家族として愛し、何よりも大切にしてきたつもりだった。にも関わらず、安っぽい愛をうたうインチキ教団などに……。家族だと思っていたのは、自分の勝手な思い込みだったのだろうか。元親が手下たちにかけていた情は、独りよがりなものに過ぎなかったのだろうか。一瞬、元親はそう思った。

だが、元親の身をその怒りと、そしてある種の虚無感が支配していたのは、ほんの一瞬のことに過ぎなかった。元親の中の最も冷静な部分が、手下の今の話の中に潜む違和感について、強烈に訴えかけてきたのである。

なぜ、それまで宣教師の言葉に耳を傾けていなかった手下たちが、歌を聞いただけでザビー教に入信してしまったのか。たとえザビー教に入信してしまったとしても、なぜ恩義も情もあるはずの元親から、金品を盗みだすなどという非人道的なマネを、ためらいもなく実行することができたのか。そして、手下が歌ったザビーを称える歌を耳にした時の、元親の背筋を走った言い知れぬ不快感……。

幾分冷静さを取り戻して、元親は言った。

「もしかすっと、こりゃ洗脳ってやつかもしれねえぞ」

手下は、不思議そうな顔をした。

「えっと、アニキ……、センノウってなんすか？」

元親は苦笑して言い直した。

「洗脳でわかんなけりゃ、催眠術だ。それならわかんだろ？」

「ああ、催眠術!!　あの、なんだかよくわからねえうちにそいつに言うことを聞かせちまう怪しげな術のことっすね?!　そっか、洗脳ってのは催眠術のことか。アニキは物知りだなあ」

厳密に言えば洗脳とは、新たな思想を繰り返し吹き込むことによって、それ以外の考えを捨てさせる行為のことである。日の本でも忍びの里などではある程度研究が進められている技術で、これを施されると、本人の意とは関係なく、新たな思想に染まってしまう。時として、本来その人間が持っていた人格さえ、一変してしまうこともあるという。

新たな思想を繰り返し吹き込む。宣教師が歌ったという『ザビザビザビ〜♪』という歌は、まさにそれそのものと言えるのではないだろうか。

元親は、知らぬうちに両の拳《こぶし》を握り締めていた。元親の爪が手のひらの皮膚を突き破り、いつのまにか真っ赤な血が地面にしたたり落ちていた。

「ア、アニキ？」

「おい、そのザビー教とやらがある場所はわかってんのか？」

「ザビー教の連中について調査したとき、一応その辺についても調べておきやしたが……」

「そうか」元親は頷き、言った。

「悪いが全員に集合をかけてくれ。俺から話があるってな」

「……アニキ……？」


半刻後。

砦の広々とした集会場に、長曾我部軍の手下たちは集結した。家族同然の付き合いをしているとはいえ、そこは元親は一軍を束ねる長である。彼が一声集合をかければ、それに従わぬ者は長曾我部軍の中にはいなかった。

だが、集まった手下たちの顔の多くには、疑問と不安の表情が浮かんでいた。一度の航海から戻った後には、一カ月から半年は休養をとるのが通常だった。たった今、戻ってきたばかりなのに、いったい何事が生じたのだろう。集まった手下たちは、ひそひそとそう言葉を交わすのだった。

手下たちの注目が集まる中、元親はゆっくりと集会場の壇上へと上った。

そして大きく深呼吸すると、手下たちに向けて語りかけた。

「お前たちに、聞いてもらいたいことがある」

元親は、つい先ほど聞いた、手下の幾人かが失踪し、ザビー教団へ入信したらしいという話を、語ってきかせた。元親が語るにつれて、手下たちの表情に驚きと怒りとが満ちていく。

「俺たちのアニキを捨てて、インチキ宗教に走る裏切り者は許せねぇ!!」「そんなクソ野郎はぶっ殺しちまえ!!」。手下たちの中からは、そんな声さえも上がり始める。

長曾我部元親は、どうやら手下たちが宣教師の歌で洗脳されてしまったらしい、という自分の推理まで話し終えた後、いきり立つ手下たちを見回して言った。

「……俺はな、連中がここを嫌になったってんなら、それもしかたねえと思っている」

「そんな!!　アニキ!!」

「何言ってんだよ、アンタはサイコーだよ、アニキ!!」

すぐさま元親の台詞《せりふ》に、手下たちの熱い言葉が返ってくる。手下たちの言葉に小さく頷きながら、元親は続けた。

「ありがとよ、野郎ども。……だが、この長曾我部軍から抜け出したってなら、それは俺の器量不足が原因だ。ここにいるお前らもそうだぜ？　もしもうちを抜けたくなったら、正直にそう打ち明けてくれればいい。俺は追う気はねえし、責めるつもりもねえ。だが——」

元親はそこで一度、言葉を切った。手下たちは息を呑み、口をつぐんだ。一瞬にして元親の纏《まと》う雰囲気が一変したのだ。それまでの自嘲《じちょう》気味《ぎみ》のものから、静かな、だがだからこそ激しい怒りへと。

「もしもここを抜けた連中が、自分らの意思じゃなく、誰かに強制されてそうしたんだとしたら——俺のカワイイ子分たちが、苦しんでいるのを見過ごすわけにはいかねえ。その後ろにいる奴を、俺は絶対に許さねえ」

「アニキ!!」「アニキ!!!!」「アニキ!!!!!!」――

と、誰からともなく手下の間から合唱が始まった。中には、元親の言葉に感動して、顔を紅潮させる者や涙を流す者までいた。

手下たちの「「アニキ!!」」「「アニキ!!」」の大合唱の中、元親は叫んだ。

「まして奴らは子分を使って、ここからお宝を盗み出していきやがった。海賊がお宝を奪われたまま黙ってるようなら、廃業しなけりゃならねえだろ? 野郎ども、帰ってきたばかりでご苦労だが、そのザビーだがゾビーだかのいかれた連中のとこに、殴りこみに出かけるぞ!!」

手下たちの間から『うぉぉおっっ!!』という地鳴りのような歓声が巻き上がった。

「長曾我部軍に喧嘩《けんか》を売ったらどうなるのか、イカレ教団の奴らに思い知らせてやろうぜ、野郎ども!!」

大歓声の中、元親は叫んだ。

3

「――この国は、愛を失いマシタ!!」

九州のとある地方。

玄界灘《げんかいなだ》に程近い場所で、カタコトの日本語が響いた。

それは奇怪な光景だった。

舞台上には南蛮風の黒服に身を包んだ割腹のよい男性が立ち、周囲を見渡しながら、どこか発音の異なる言葉で、舞台の下の人々に声をかける。舞台の下には、一千とも二千ともつかない多勢の人々がつめかけ、舞台上の男性の言葉を一言足りとも聞き逃すまいと意識を集中させていた。舞台上の男性同様に、つめかけた人々の誰も彼もが、男性と同じ造りの南蛮風の黒服に身を包んでいる。

すべての人間が同様の衣服に身を包んでいる光景はそれだけで充分に異様なものである。しかし、それ以上に奇怪なのは、舞台上の男性も含めそこに集まった一千以上もの人々すべてが、頭頂部を剃り落とし、まるでカッパのような奇妙な髪型に揃えていることだった。その上、舞台上で語る男性の背後には、彼を描いた大きな肖像画が堂々と飾られてもいるのだ。これを奇怪と言わずして、何を奇怪と言えばいいだろうか？

加えて、彼らが集結しているこの建物も、日の本の他の地ではあまり目にすることのないものである。彼らがいるのは円形をした集会場のような場所で、見るものが見ればその建築様式が異国のものであることを瞬時に見て取ることができるだろう。会場を照らすために使われている照明器具の多くも、ここ日の本で一般的に使われている物とは形状等が大きく異なっていた。

舞台上に立った男性は、身を乗り出して、自分と同じ髪型と衣服に身を包んだ人々に向けて、カタコトの言葉で静かに訴えかけた。

「――コレハ、ワタシたちの敗北なのデショウカ？」

男性の言葉に、舞台下の人々は沈黙をもって答える。

舞台の上の男性は、目の前の壇上にその大きな手を勢いよく叩きつけて、叫んだ。

「イエース、はじまりなのデース!!」

「「イエス、ザビー!!」」

「「イエス、ザビー!!」」

「「イエス、ザビー!!」」

円形状の建物の中を、熱狂的なザビーコールが包み込んだ。舞台上の男性は晴れ晴れとした笑みを浮かべ、その合唱に両手をかかげることで答える。

……そう、ここそが近頃世間を騒がせているザビー教団の本部であった。そして舞台上からでカタコトの日本語で熱弁を振るうこの男こそ、ザビー教の教祖にしてミナギル愛の伝道師ザビーその人だった。

ザビーは、自分の名を熱狂的に口ずさむ信者らの様子に満足げに頷き、そして拳を振り上げて熱弁を振るった。

「悲しみヲ愛ニ変えて立ち上がりマショウ!!　人はミナ、愛を欲シテいるのデス!!」

「「イエス、ザビー!!　イエス、ザビー!!　イエス、ザビー!!」」

教祖ザビーのありがたいお言葉に、信者たちのボルテージも最高潮に達しようとしていた。

感極まったザビーが、また新たな言葉を紡ごうとする。

だが、その時――

突然、轟音《ごうおん》が鳴り響き、ザビー教徒たちの詰めかけた集会場を強烈な震動が襲った。

「ナ、ナニゴトデスカー?!　もしかしてニッポン名物のアースクエイク?!　ワタシそんなモノ怖くナーイ!!　愛の力があれバ怖くナーイヨ!!」

言いながら、ザビーは頭を抱えて目の前の壇の下へと身を隠した。身を隠す場所を持たない一般の信者たちは、ザビー同様に頭を抱えてその場に伏せた。ただでさえ会場一杯に信者たちがつめかけていたために、しゃがんでしまうと簡単に会場の収容限界とを越えてしまった。信者と信者の肘《ひじ》や膝《ひざ》があちこちでぶつかり合い、あるところでは将棋倒しさえ起こってしまい、会場はあっという間にザビーコールから苦悶《くもん》の声に取って代わられた。

「オー、マグニチュード20デスカ?!　マグニチュード30デスカー?!　デモ愛があれば乗り切れるヨ!!　怖くナーイ!!　ホントにぜんぜん怖くナイんダカラ!!」

「ザビー様!!　大変でーす!!　ザビー様!!」

壇の下に隠れてザビーがぷるぷると震えていると、突然、勢いよく会場のドアが開け放たれた。集会には参加せず、会場の警備に当たっていた信者の一人が開いたドアから姿を現し、轟《とどろ》く爆音にも負けない声を響かせた。そのあまりの声量に、恐怖や苦悶の言葉を発していた信者たちも、一瞬にしてしんと静まり返った。もっとも、もちろん会場の外から轟く爆音も会場を揺らす震動も止まることはなかったが。

「ナ、ナンデスカー？　今、ワタシとても忙しいデース!!　アースクエイク……そう、愛のミナギルパワーで、アースクエイクを鎮《しず》めなくてはナラナイのヨー」

相変わらず壇の下に身を隠しながら、声だけは張り上げてザビーが答えた。頭は壇の下にすっぽりと入っているが、巨体を誇るザビーがゆえに、臀部《でんぶ》の方はまるで隠れてはいないという、非常に無様な姿勢である。信者たちからはこのザビーの姿が見えないのが、せめてもの救いと言えたかもしれない。

会場に飛び込んできた信者は、壇の下から姿を見せない教祖に対して、訴えかけた。

「ザビー様、これは地震ではありませんよ!!」

信者の言葉に、初めてザビーは壇の下から顔をのぞかせた。

「ナヌ？　コレ、アースクエイクじゃナイノ？　じゃあ、いったいナニ？」

「不信心者たちが、超でっかい大砲で、我々の居城を砲撃しているのです!!」

「ナンデスト?!　ナマイキデース!!　逆さ磔《はりつけ》打ち首獄門《ごくもん》ネー!!」

「オラ!!　撃て撃て!!　弾が切れるまで撃ちつくせ!!」

「了解っす!!　アニキ!!」

「時代は火力よ!!　騎馬《きば》で突撃はもう古い!!」

爆音が響き、丘の上に設置された巨大な大砲から次々と砲弾が打ち出されていく。勢いよく飛び出していった砲弾は、南蛮風の奇妙な形状をした城らしきものを始めとして、円形の集会場らしき建物や、ねじれた形の柱などが立ち並ぶ敷地内に、次々と煙と爆発とを巻き上げて着弾していった。

もちろん、この砲撃を行なっているのは長曾我部元親とその手下たちであり、その目標とされているのはザビー教の本部であった。

ザビー教襲撃を決定した後、元親は秘蔵していた兵器の中から移動式の大砲を愛船へと積み込み、手下たちを率いてはるばる瀬戸内の海から玄界灘へと航海を続けた。そして、目的地付近へと着くと、ザビー教本部が一望できる丘へと移動式砲台を運び込み、その上で、このように砲撃を開始したのだった。

長曾我部軍自慢の大砲によって、ザビー教本部の敷地を取り囲む防壁や、敷地内に立ち並ぶ建物の壁や屋根に見る見る巨大な風穴が穿《うが》たれていった。遠目にも、突然の砲撃で混乱状態に陥り右往左往するザビー教徒らの様子が見て取れた。

「よっしゃ!!　そろそろ頃合だ。仕上げと洒落《しゃれ》込もうぜ!!」

持ち込んだ砲弾をあらかた撃ちつくしたことを確認して、元親は手下たちを振り返った。

「クソったれなザビー教団とやらに突撃をかける。野郎ども、最後までついてこいよ!!」

「海の底までお供しますぜ、アニキィッ!!」

長曾我部元親たちは、ときの声を上げながら、ザビー教団本部を目指し、丘の上から一気呵成《いっきかせい》に駆け下りた。

4

「ノー・ザビー!! ノー・ライフ!!」

「ザビー教教義第八節・この髪型には愛が宿る!!」

「臨兵闘者皆陣烈列《りんぴょうとうしゃかいじんれつれつ》ザビー!!」

……長曾我部元親は内心で大いに呆《あき》れ、そして少しの恐怖を覚えていた。

ザビー教本部への突入を果たした元親ら一行を待ち受けていたのは、不気味《ぶきみ》な言葉を口ずさみながら、手に握り締めた刀や槍で斬りかかってくる、カッパ頭の黒ずくめの集団だったのである。一目で荒くれ者とわかる元親らを前にしても怯《ひる》むことなく、ただひたすらにザビーへの愛を唱えながら襲いかかってきた。あれだけ砲撃によって打撃を与えたはずなのに、それでも本部の中の教徒の数はまだまだ多く、またザビー教への信心の賜物《たまもの》か、すでに元親らが突撃をした際には、一時の混乱からも立ち直っていた。

「ちくしょう、なんなんだ、こいつらは。だいたい愛を語る宗教を信じる連中が、武器なんかもって殺生をしていいのかよ……」

群がるザビー教徒たちを愛用の槍で薙ぎ倒しながら、元親は呻《うめ》いた。

すぐさまその元親の言葉に、周りを取り囲んだザビー教徒たちから一斉に返答が返って来た。

「『ザビー教教義第十節・愛は戦いを生む!!』」

「ア、アニキ〜、気色わりぃ〜、こいつら気色わりぃよ〜」

「泣くな、ばっきゃろう。俺だって吐きそうになるのをさっきからこらえてるんだ。海の男なら我慢だ、我慢」

半べそをかきながら叫ぶ手下を、元親は叱咤《しった》した。

だが、その元親の叱咤の言葉さえも聞き咎《とが》め、ザビー教義の声をあげるのだ。

「異議あり!!　被告は愛を無視している!!」

周辺の信者からそんな言葉が飛べば、また別の方向から新たな言葉が飛んでくる。

「お前に判決を言い渡す!!　懲役《ちょうえき》百万年ッッ!!」

「ああ、うるせえッつってんだろ、この野郎!!　とっととくたばりやがれ!!」

長曾我部元親は裸一貫から一軍の長にまで登りつめた男である。言うまでもなく、自分の腕っ節には絶対の自信を持っている。いかに武装しているとはいえ、たかだか一宗教の教徒たちなど、百戦錬磨《れんま》の元親の敵になるはずはない。

だが今、群がるザビー教徒たちを薙ぎ倒し吹き飛ばしながら、長曾我部元親は恐怖にも似た感情を覚えていた。

それは自分とは決定的に異なるもの、理解のできない異質なものに対する生理的な恐怖である。元親自身にはそのような経験はなかったが、それは見たこともない怪物を前にした時の感情に、ある意味似ていたかもしれない。少なくとも、皆が同じような格好をして、目も空ろにザビーとやらへの愛を語る信者たちを、元親は自分と同じ人間であるようには感じられなかった。その不気味さが、百戦錬磨の元親さえも恐怖させているのだった。

元親でさえもそうなのだから、手下たちがザビー教徒に怯えるのも無理からぬことだった。恐怖は、人間の動きや反応を鉛のように鈍らせる。個々の戦闘能力では圧倒的にザビー教徒に対して優位に立つ手下たちだったが、このままでは思わぬ失錯から損害を出してしまうのは明らかだった。

「そらアッ!!」

力任せに槍を振るった後、元親は前方を指差した。元親が示したその方向には、南蛮風の建築様式によって建てられた、城のような建物がそびえていた。

「野郎ども!! こんなわけのわからねえ連中といつまでも遊んでる暇はねえぞ!! とにかく今は吐き気をこらえてあそこを目指せ!! とっととそのザビーとかいう南蛮人をぶっ殺して、こんな頭のおかしな場所からずらかるぞ!!」

殴り込みをかけたらとにかく総大将の首を取る。——それは戦国の世の戦における常識ではあったが、このザビー教との喧嘩の場合、そこにはもうひとつ異なる意味が含まれていた。

そもそも今回の喧嘩は、洗脳などという汚いやり方で信者を増やすザビー教そのものが気に入らなかったこともあるが、第一の目的はあくまで洗脳され去ってしまった手下たちを正気に戻すことだった。洗脳によってザビーへの忠誠心を無理やり植えつけられてしまったというのなら、その忠誠の対象であるザビーを彼らの語る天国とやらに送りつけてやればいい。そうすれば、自然と洗脳は解けるはずだ。元親はそう考えたのである。

もちろん、洗脳された手下たちを直接見つけ出し、ぶん殴ってでも力づくで正気を取り戻させる、という方法もあるにはある。しかし、ここザビー教本部にはこれだけ雲霞《うんか》のごとく信者が集結していることを考えると、この中から手下たちを全員見つけ出すことは、現実的な手段とは言えなかった。

「そら、行くぞ。できるだけこのバカどもの相手なんかするんじゃねえぞ、キリがねえ!!」

そう叫ぶと、元親は自ら教徒たちの波を切り開き、先ほど指し示した城らしきものを目指して駆け出した。

半ば顔を青ざめさせながら、元親の後ろから手下たちが続いてくる。

「でも、どうしてあのヘンテコリンな城に、ザビーとかいう野郎がいるってわかるんすか?」

「んなモンは決まってるだろ。……しゃらくせぇッ!!」

もちろん、こうして会話を交わし、一路城を目指して駆けている間にも、次から次へとザビー教徒たちは襲いかかってくる。それを豪快に叩きのめしながら、元親は手下の問いに答えた。

「……だいたいな、大名でも何でも、その組織で一番えらぶってる野郎ってのは、面倒なことは部下に押しつけて、一番豪華な場所にこもってるもんなんだよ。だからそいつに会いてえなら、その辺りで一番金がかかってそうな建物を目指しゃいいんだ。警備が一番厚い場所って条件も加えりゃ完ぺきだろうな。――で、それがあの城ってわけだ」

元親が手下にそう説明を終えた、その時である。

元親ら海賊団一行の頭上から、発音のおかしいカタコトの男の声が響いた。

「オー、そこのミナサンたち、愛を知らナーイ!! ……悲しいネ……。でもダイジョウブ!! 親愛ナルザビー教のミナサーン、コノカタたちにたっぷり愛の素晴らしさを教えてあげてクダサーイ!!」

見上げると、元親らが目指そうとしている南蛮風の建物の、通常の和風の城ならば天守閣《てんしゅかく》にあたるところから、ひときわ割腹のいい男が顔を出していた。もちろん信者たち同様にカッパ頭に黒ずくめの衣装に身を包んでいる。

「右のホッペを殴られたら! 左のホッペで愛しマスルゾーッッ!!」

天守閣(にあたる場所)から顔をのぞかせた男が、ふたたび声を張りあげた。

するとどうしたことだろう。元親たちの周りに群がるザビー教徒たちが、皆で示し合わせたかのように同時に声を張りあげる。

「『右のホッペを殴られたら!! 左のホッペで愛しまするぞーっっ!!』」

元親は疑問をぶつけてきた手下に言った。

「……な? 俺の言った通りだったたろ?」

元親は当然、ザビーという男の顔を見たことはない。だが、手下の報告で、ザビー教の教祖が南蛮人だという情報は得ていた。あの高みからカタコトの日本語を張りあげている男が、ザビーであることは明白だった。

「よし、そうとわかれば、とっととあのカッパをぶっ飛ばしに行くぜ、野郎ども!!」

襲い来る荒波を乗り越えるように、元親とその手下の海賊たちは、ザビー教徒たちを蹴散《けち》らしながら、まっしぐらに教祖がいるとおぼしき建物を目指した。ようやく辿りついたその建物は、日の本の城と同様に、入り口を鋼鉄の門で覆い隠し、侵入者たちの行く手を阻んでいた。

だがここで、突撃の前に砲撃をしていたことが元親たちに幸いした。元親らが放った砲弾によって、門の横に大きな穴が開けられていたのである。

元親たちは、その穴から、ザビーの立て籠もっていると思しき建物に侵入した。

5

長曾我部元親自身も研究開発させている、カラクリ兵器と呼ばれるものの多くは——今回の戦いで使用した移動式の大砲も、広義で言えばそこに分類されるだろう——その根幹には南蛮より伝来した様々な技術や知識が使われている。

いや、と言うよりも、今ではほとんどの大名が鉄砲隊を擁し、大筒を備えた城も幾つも建築され、あまつさえ戦場で原理さえわからないカラクリ兵器が使用されることとすらある現状からではにわかには想像し難いが、数十年前、初めて南蛮人が海を渡って来訪してくるまでは、この日の本にはカラクリ兵器はおろか鉄砲すら存在しなかったのだ。日の本の民は、火薬の生成方法さえまったく知らなかったし、ましてそれを軍事的に転用することなど誰も考えつきもしなかった。

日の本の歴史上もっとも早く火薬と鉄砲という兵器の軍事的な有用性に目をつけたのは、あの征天魔王・織田信長だが、もしも南蛮人が渡来し鉄砲の技術を伝えなければ、その信長とて短期間であれほどの軍事的成功を収めることはできなかったかもしれない。南蛮人が日の本の大地を訪れたことは、確実にこの国の歴史に大きな変革をもたらしたのである。そして鉄砲の伝来は、この日の本の兵器開発の技術力を、急速に進歩、いや進化させる結果をも生み出した。

だが、いかに日の本の技術力が急速に進化したといえども、まだまだその分野では本家である南蛮に一日の長があった。そのことを、城の中への侵入に成功した元親と手下たちは、己の身をもって思い知らされることとなる。

「……い、いったいなんなんだ……こりゃ……?」

長曾我部元親は、呆然とつぶやいていた。

それは、押し寄せる信者たちをなぎ倒し、ザビー教の居城を突き進む元親たちが、細長い通路へと差しかかったその時だった。

通路の奥から、まるで小さな幼児が楽しげにはしゃいでいるかのような声が、突然元親たちの耳に聞こえてきたのだ。命のやり取りが行なわれている現場であることは言うに及ばず、厳粛な雰囲気が常であるはずの宗教団体の総本山にもまるで場違いな声だった。そのあまりの場違いさに驚き、思わず足を止めた元親たちの視界に、やがて声の正体が通路の奥から姿を現した。

それはつい先ほどこの城の最上階から顔をのぞかせていた、教祖ザビーを模したと思しき姿の、赤子ほどの小ささの鋼鉄造りの人形だったのである。

その数ざっと見ただけでも数十体。狭い通路をびっしりと埋め尽くしたその鋼鉄造りの人形たちは、聞き取れないような小さな声で何かをつぶやきながら、通路を走って元親らのところへと向かってきていたのだった。

「どうなってんですかい、アニキ?!」と、元親の背後で手下が悲鳴をあげた。「なんであんな小さな人形が勝手に動いているんです?!　しかもわけのわかんねー言葉までしゃべって!!」

「もしかして、呪いの人形?!」と別の手下もぶるぶる震えながら悲鳴をあげる。「怖ぇー!!　怖ぇーよ!!　助けて、アニキ!!」

「落ち着きやがれ、野郎ども!!」

移動する鋼鉄人形を目にした瞬間、思考不能に陥った元親だったが、そこは、人の上に立つ立場の人間である。すぐに普段の自分を取り戻し、手下たちを一喝《いっかつ》した。

「呪いの人形？　んなもんいるわけねえだろうが」

自分たちの尊敬するカシラの力強い言葉に、にわかに手下たちも落ち着きを取り戻していく。

それでも、まだ恐怖から逃れきることのできない手下の一人が、通路を黒く染めて接近する鋼鉄の人形たちを指差し、声を震わせて言った。

「で、でもアニキ。呪いの人形じゃねえっつうなら、いったいあれは何なんで?!」

「よく考えろ。ここは南蛮人の城だぞ。ありゃカラクリ人形の一種だろ」

「カラクリ? あんな小さなカラクリ人形があるんですかい? おまけに言葉まで喋《しゃべ》って」

「南蛮はカラクリの本家だ。あんなもんがあったって不思議じゃねえさ」

さすがはカラクリ兵器の研究と開発にも情熱を注ぐ長曾我部元親と言うべきであった。冷静さを取り戻した彼は、一瞬にしてその鋼鉄造りの人形の正体を見極めたのである。

元親は、愛用の槍を構えなおして、手下たちに声をかけた。

「だが、気をつけろよ。この状況でいきなり出てきたんだ。あのカラクリ人形には何か仕掛けがあるに違いねえ」

『——オー、ソレ、ザビー城みやげのチビザビーネ!』

突如、元親の疑問に答えるように、どこからともなくカタコトの声が響いた。もちろん、周囲の狭い通路の背後や前方を見回しても、こちらに接近してくる鋼鉄造りの人形たち以外に人の姿は見当たらない。

「な、なんだこの声?! どこから聞こえてくるんだ?」

「もしかして、な、南蛮の魔術?! 呪い殺される?! こ、怖いよ、アニキ!!」

正体の見えないその声に、またもや手下たちがあたふたと取り乱す。

「だから、いちいち驚くんじゃねえ!!」と、元親は怒声を張り上げた。「ここは南蛮の城だっつってんだろ。俺らの知らねえ技術が使われててもおかしくねえんだよ」

『——ミナサンもお一つどうデスカー？　一つ百両で売ってるヨ』

元親の一喝にかぶせるように、またもやザビーの声が通路に響いた。だが、もちろん、元親の怒声が利いたのだろう。もうその声に取り乱す手下は一人もいなかった。それどころか、手下の一人は安心したように息をつき、元親の横を通り抜けて進み出た。

「……んだよ、魔術じゃねえのか、びびらせやがって。こいつらも単なるみやげもんかよ。何がチビザビーだ。誰がこんなカッパ頭の気持ち悪りい人形を、百両も出して買うんだっつーの。ね、アニキ？」

その手下は片膝をついてしゃがみこみ、迫るチビザビーとやらをまじまじと見つめ、悪態をついた。魔術や呪いの恐怖から解放された安心感が、彼にそのような行動を取らせたのだろう。

「……あれ？」だが、その手下は悪態をついてすぐに、表情をやわらげてつぶやいた。「なんだろう？　よく見ると、この人形もけっこうかわいいような……」

「おいおいおい」呆れて元親はつぶやいた。

「いくらおねだりされたって、そんなくだらねえもんに百両なんて金は出さねえぞ。そういうので金を取るのを霊感商法って言うんだ」

「わ、わかってますよ、アニキ。……で、でも、ザビーとやらをぶっ殺した後で、金を払わずに連れ帰るってならいいっすよね？」

「……まさか、お前までザビーとかいう馬鹿に洗脳されてるんじゃねえだろうな？」

「や、やだなあ。そんなわけないじゃないっすか」と、言いつつも、その手下の視線は地面を這《は》うチビザビーに釘づけのままだった。「……しっかし、かわいいなあ。やっぱ、一体だけでも今連れていっちゃダメっすかね、アニキ——」

言いながら、手下の海賊は元親の返事も待たずに近くにいたチビザビーの一体に無警戒に右手を伸ばした。

だが、その手下の右手がチビザビーに触れた、その瞬間だった。

——ドカンッッ!!!!!!

突如として、手下の手元に閃光《せんこう》が走った。爆発が起こり、煙が立ち込め、もんどりを打ってチビザビーに手を伸ばした手下が倒れた。

「熱いッ!! 熱いよぉッ、アニキッッ!! 顔が!! 顔が熱いんだアッ!!」

両手で顔を覆い床の上で身体をよじらせながら、手下は悲鳴をあげた。元親は見た。手下の手が触れた瞬間に、チビザビーの身体が爆発四散した。その爆発に巻き込まれ、手下は顔を業火によって焼かれてしまったのだ。

元親は知った。目の前に迫るチビザビーというカラクリ人形が、ただの動く小さな人形ではなく、もちろんザビー城のおみやげなどでもなく、自動追尾式の移動爆弾なのだということを。

「ちくしょう!! あのふざけた人形は爆弾だったんだ! 卑怯《ひきょう》なマネしやがって!!」

元親は咄嗟《とっさ》に手下たちに叫んでいた。

「下がれ!!　とにかくテメーらは下がるんだ!!」

　この狭い通路にチビザビーを配置したザビーの意図を、元親は正確に把握した。

　ほんのわずかな接触で、チビザビーの身体は爆発してしまった。この自動追尾式の爆弾をやり過ごすには、たとえわずかでも触れてはならない。だが、このように狭い通路に、しかもそれを埋め尽くすように配備されたチビザビーを、触れることなく通り抜けることなどほとんど不可能に近かった。

　元親自身は瀬戸内の荒波で鍛えた驚異の足腰で一気に飛び越えることはできるかもしれなかったが、この場にいるのは元親だけではない。手下たちにそれを望むのは酷《こく》なことであった。ましてて、もしかしたらチビザビーの爆発には、直接的な接触を必要としないかもしれないのだ。

　元親の号令で、手下たちは悲鳴を上げながら後方に下がった。とはいえ、もちろんそこは硬い仲間意識で結ばれた長曾我部軍である。半ば混乱状態に陥りながらも、数人が駆け寄り、負傷した仲間を抱えていくことを忘れはしなかった。

　仲間へ下がるよう指示した元親だったが、彼自身はその場にとどまった。

「アニキ?　何してるんですか?!」

「アニキも、に、逃げてくだせえ!!」

　元親の行動に気づいた後方の手下たちから、悲痛な声が上がった。

『——オー!!　アナタ、チビザビーのファンになりマシタカ?　オーケーデス。チビザビー、ミナサンにバーニングな愛をプレゼント・フォー・ユー』

　またもや、どこからともなくザビーの不快な声が響いてきた。後方からは元親の身を案じる手下たちの叫び声も聞こえ続けている。

　だが、その声を無視し、元親は向かい来るチビザビーこと小型移動式爆弾を前に、ぐっとその場に踏みとどまり、愛用の巨大な槍を構えた。

　手下を洗脳されたばかりか、カラクリ仕込みの爆弾でだまし討ちまでされたのだ。もちろん元親はザビーとやらもこのザビー教団も、決して見逃すつもりはなかった。やられたらやり返す。それが元親の流儀である。ここまで来てこの場所から逃げ出したりすれば、カシラとしての沽券《こけん》に関わる。それより何より元親の腹の虫がおさまらない。

　しかし、ザビーをぶちのめすためには、この通路の先に進む必要があった。手下の被害を顧みず、この爆弾の埋め尽くした通路を突き進む。そんな真似は元親には絶対にできなかった。だとするならば、このチビザビーという移動式の爆弾を、手を触れずしてどうにかしなければならない。

　だから元親は、自らの手でどうにかすることを決意したのだ。

　元親の考えはこうである。元親愛用の長大な槍の射程が届かない、可能な限りギリギリまでチビザビーの群れを自分に接近させて、そして渾身の一撃を見舞うのだ。裂帛《れっぱく》の闘気を込めた一撃は、物理的な力を伴った風圧を巻き起こして、元親が接触することなくチビザビーを吹き飛ばすことだろう。風圧によって押し返されたチビザビー同士が接触を起こし、元親らから離れた場所で爆発を起こすはずである。

それは一種の賭けだった。それも、極めて危険な。

豪腕《ごうわん》を誇る長曾我部元親だが、大槍を触れさせずして風圧だけで何かを動かした経験など一度もない。そのような行為が可能なのか、元親自身にもわからないのだ。

それでも、元親は一撃にかけるつもりだった。カシラである元親の身を案じ、手下たちが急いで駆け戻ってこようとする。背後にその気配を感じ取ると、

「黙ってそこで見てろ‼　テメエらのカシラを信じやがれ‼」

と制止して、そして一撃を放つために意識を集中させていく。

慎重に、先頭のチビザビーと自分との距離を推し量る。

口には出さず、心の中で数をかぞえていく。

……一つ……

……二つ……

……三つッッ‼

「――オーウラッッ‼‼」

元親は隻眼《せきがん》をかっと大きく見開いて、力任せに構えた大槍を薙ぎ払った‼

――その瞬間、元親の背後に控えていた手下たちは目撃した。元親が振るった大槍から、真紅の炎が波のように放たれるのを。それは、集中によって極限まで高められた元親の闘気の産物だった。もちろん、通常闘気などというものは不可視の存在である。だが、長曾我部元親の身を案じ、勝利を信じる手下たちの心が、彼らの瞳にそのような現象を見せたのだろう。少な

くとも、その場にいた長曾我部軍の面々たちはみな、たしかに元親の放った真紅の炎をその目に映していた。

炎の波が津波のように押し寄せたチビザビーたちを飲み込んでいく。チビザビーたちはその勢いに抗《あらが》うことはできず、一体、また一体と後方へと転がされ、吹き飛ばされ、互いに身体をぶつけ合う。

「――伏せろッッ!!」

叫んで、元親は自らも地面に倒れ込んだ。

間髪《かんはつ》をいれず、鼓膜《こまく》を突き破らんばかりの爆音が轟き、火炎と硝煙とが前方の通路に一瞬にして出現した。もちろん、元親の槍から放たれた不可視の炎とは異なり、熱量を伴った本物の炎だ。一つの爆発はまた新たな爆発を生み出し、誘爆が誘爆を呼んで、無限の爆発が狭い通路の床や壁や天井とを破壊しつくした。地に伏せていた元親の背中にも、爆発によって吹き飛ばされた壁や天井の細かな破片が次々と降り注いだ。

「……どうやら、終わったようだな……」

最後の爆発音から数十秒。心中でたっぷりと時間を数え、もはや爆発するチビザビーがいないことを確信した後で、元親は身を起こした。

元親の目に映った光景は、まさに凄惨の一言だった。つい数分前までチビザビーがひしめいていた通路は、今や爆発で生じた瓦礫《がれき》に埋め尽くされ、足の踏み場さえ見当たらない。もはやそれは通路としての姿を残しているとは言えなかった。

『──マイガ────ッッ！！！！！』

みたび、どこからともなくザビーの声が響いた。

『こんな小さな子をイジメルなんテ……。アナタ、ひどいヒト！　訴えてやる!!』

「……黙れ」

元親は言った。静かに。だが、煮えたぎるような怒りを込めて。

振り返り、手下たちに視線を向ける。チビザビーの最初の爆発で負傷した手下は、仲間たちの治療を受けていたが、今も苦痛に身をよじらせていた。

「……俺のかわいい手下をあんな目に遭わせやがったんだ。こんなもんじゃやすまさねえ。そのくそったれなドタマを必ずかち割ってやるからな」

『これは愛の試練ネ……今は耐えル時』

──移動式小型爆弾の卑劣な罠を打ち破った元親は、ここで手勢を二つに分けることにした。チビザビーによって負傷した手下の安全を守るべくこの場にとどまる者と、ザビーの首を取りに行く者とに。負傷していたのは何も顔面を爆破によって負傷した手下だけではない。ザビー教徒との戦いで、少なからず手傷を負った者や疲労が目立つ者もいたのだ。彼らにここを守るように指示して──むろん、彼らも元親と共に行きたいと渋ったが、どうにかこれを説き伏せた──残った者たちで元親たちは瓦礫を乗り越え、南蛮城をさらに奥へ奥へと突き進んだ。

幾つもの階段を昇り、狂信者たちを切り伏せて、そして──。

6

その男は、階段を駆け上がってくる元親たちの姿を認めると、まるで長年の友を出迎えるように両手を大きく広げ、満面にこぼれんばかりの笑みを浮かべた。

「アメージング!! そのガンタン、ちがッタ、ガンタイ!! もしかしてアナタ、海賊のオヤビンね? カッキー!!」

もちろんこのカタコトの日本語を操る奇妙な髪型をした男こそ、ザビー教団の教祖ザビーその人だった。遠目で見たときにも充分に恰幅のよさは見て取れたが、間近にしてみるとザビーは破格とも言うべき体格の持ち主だった。

長曾我部元親自身も平均的な日の本の民からすれば、長身だ。手下たちの中にも、元親に並ぶ者は一人もいない。その長身を誇る元親でさえザビーと比較しては、肩口程度にしか達しないのだ。

常識外れの体格は縦方向に対してだけではない。ザビーの肉体は、横方向にも見事なものだった。ザビー教徒の証でもある黒い装束によって全身を覆い隠してはいるが、その下に鍛え抜かれた肉体を隠し持っているのは、一目でわかる。神の道を説く人間にはあまりに似つかわしくない体型である。ザビーの周囲を固める信者たちと比べて見ても、まるで子供と大人のようだった。南蛮人ならではのその肉体に、元親の手下たちからも驚きの声が上がった。

「……デモ、ナゼに海賊のオヤビンがザビーランドにやってきたノデスカ？　もしかしテ入信キボウ？　だったらチョー歓迎デスヨ!!」

手下たちの驚きの様子を意にも介さず、あいかわらずなぜか嬉しそうにザビーは言った。

すかさずザビーの周りの信者たちからも言葉が上がる。

「どんな人物をも虜《とりこ》にする……これがザビー教の力ですね!!」

「なめてるのか、てめぇ？」

元親は、地面を踏み鳴らして、答えた。

「どこの世界に大砲でドンパチやって乗り込んでくる入信希望者がいるってんだ」

「ノーノー、そんなのケッコウよくあるコトヨ。盗ンダ軍馬で走りダシテ、夜のお城カベの板を壊してマワル感ジ？　愛ミナギッテ、ゆえニ暴走ハリケーンネ。さあ、素直にナッテ、ワタシと愛を語らいマショウ」

「違う！　俺たちは入信希望者なんかじゃねぇ!!」

「……ホントにチガうノ？　じゃあ、ナニしに来たノ？」

言い知れぬ苛立たしさを覚えながら、元親は叫んだ。

「てめぇら、うちの若いもんを洗脳して連れ出しやがったろ。知らねぇとは言わせねぇぞ。そいつらを連れ戻しに来たに決まってるじゃねぇか」

「オー！　部下ヘノ愛ゆぇニ？　そのタメに、ワザワザ危険を冒シてザビーのトコまでやって来ましたカ!!」

なぜか、ザビーは歓喜で巨体を奮わせた。

「ソレこそ、ホントの愛!! 無償の愛ネ、おフクロサーン!!」

ザビーは顔中を喜びで溢れさせると、これまた常人よりもはるかに巨大な両手を元親に差し出して、言った。

「アナタ、ホントの愛を知る者デスネ。ワタシ、海賊のオヤビンにシビれマシタ!! アナタのこと、アニキと呼ばせて下サイ!!」

……なんなんだ、こいつは?

当然のことながら、元親は驚き、啞然とした。そしてすぐにその驚きは疑惑へと変わった。

本当にこの男がザビー教の教祖なのか。もしかしたらこの男は単なる影武者なのではないか。

そんな疑いが元親の頭をよぎったのだ。

ザビーの外見や口調が、厳《おごそ》かであるべき宗教の教祖にあまりに似つかわしくないことも、そんな疑問を抱いた原因の一つではある。

だがそれ以上に、ザビーの元親たちに対する態度に、元親は違和感を覚えていた。

元親がそんなことを考えるのもおかしなものだが、彼らの襲撃によってザビー教の教徒たちの間にも少なからぬ被害が出ているのである。

むろん元親らがそのような行為に及んだのには充分な理由がある。しかし、教団を束ねる教祖ならば、元親らに怒りや恨みを覚えさえすれ、歓迎するような素振りをしたり、あまつさえ元親を愛称で呼ぶことを申し出たりするものだろうか?

「……あー、コホン」と、元親は一つ咳払いをした。

目の前の南蛮人の真意と正体を探る意味も込めて、ザビーの言葉にこう返した。

「……ああいいぜ。てめえが、お宝を差し出すならな」

「オタカラ？　ワタシの持っているオタカラは『愛』ネ!!」

元親は呆れてため息をついた。

「あのなあ……。俺が求めているのはそんな不確かなもんじゃねえ。もっとはっきりと目に見える、ホンモノのお宝だ。それともちろん、てめえらが洗脳した俺の子分たちの身柄も返してもらうぞ。そしたらてめえにもアニキって呼ばせてやるよ」

「愛は不確かなモノなんかジャナイヨ!!　ハッキリと目に見エルヨ!!」

元親の言葉に、ザビー――と思われる南蛮人――は、にこやかにそう宣言した。南蛮人の周囲の教徒たちが、ごそごそと動き何かを南蛮人に手渡した。

ザビーは、両手を広げて高らかに叫んだ。

「ジャーン!!　ホラ、こんな感ジネ!!」

「――なっ?!」

元親は絶句した。

いつの間にか、南蛮人の両手に一門ずつ、巨大な大筒が握られていたのだ。

「お、大筒だ!!　ありゃ、大筒だぞ!!」

「ど、どこからあんなデカイモンを取り出しやがったんだ?!」

子が、彼らの内心を表していた。当然である。長曾我部軍に属する彼らは、他の誰よりも大筒の破壊力を知っているのだ。
元親の手下たちが、ザビーの手に出現した凶器に色めき立った。上ずった手下たちの声の調
「ひ、卑怯だぞ、この野郎!!」

ザビーは、軽々と大筒を持ちながら、嬉しそうに答えた。

「ヒキョウ違いマスヨ。コレ、愛のバズーカキャノンネ!!」

「ちょ、ちょっと待――」

「愛は惜シミなく与エるモノ。ワタシのメラメラ燃えル愛を受け取ってクダサーイ!!」

元親の制止の声も間に合わなかった。微笑みながらそう言った瞬間、ザビーの手にした二門の大筒の口から、勢いよく鋼鉄の弾が飛び出した。

ザビー教本部の南蛮城の最上階は、一瞬にして阿鼻《あび》叫喚《きょうかん》の地獄と化してしまった。通常は城壁や砦を破壊するのに使われるような大筒が火を吹き、次々と手下たちを襲う。先ほどのチビザビーもかくやという爆発が次々と生じ、逃げ惑う手下たちを吹き飛ばしていく。吹き飛ばされるのは手下ばかりではない。壁には次々と大穴が開いて青空が覗き、元親らが駆け上がってきた階段は瓦礫の海へと沈んでいく。

辺り一面に死の砲弾をばら撒きながら、ザビーが高らかに言った。

「サアサア、愛するか死ぬか選びナサーイ!!」

「ザビー様、チョイ悪親父ですね!」

「ザビー様、今日も最高にザビってますね！」

屋内で大筒を撃つという教祖の蛮行《ばんこう》を咎《とが》めるどころか、教徒たちも一緒になって喜びの声をあげている。手下たちの身を案じつつ、飛び交う砲弾から身をかわしながら元親は叫んだ。

「ここはテメーらの城だろうが！ そんなむやみやたらにぶっ壊していいのか?!」

「ナニ言ってんノ、アニーキ？」

元親に答える間も、新たな砲弾がザビーの大筒からは飛び出していく。

「アニーキたちが外からバズーカキャノンぶちかましたり、かわいいチビザビーをドカーンしたせいデ、とっくの昔にザビーランドはボロボロデース。ここまで壊れちゃったら、もうドウなっちゃってもイイヨ!! ドーセ信者をバンバン集めテ、もっともっとステキなザビーランドを建設スルモンネー」

その言葉通りに、自身の城の被害もまるで考えていないように、ますますザビーは破壊の砲弾を撃ち続ける。

「くそったれが!!」

飛び交う砲弾の中を突き進むのは非常な危険を伴う。しかし、意を決して元親はザビーへ突撃を試みようとした。それまで手下たち同様、ザビーの放つ大筒に驚き身をかわすばかりだったが、防戦一方ではいつしか不覚を取ることになってしまう。何より、元親が無傷でいても、手下たちが全滅してしまえば意味はない。

元親は体勢を整え、一直線にザビー目指して走り出した。

その動きに気づいたザビーが、信者たちに号令をかける。

「ミナサン、ザビーのため、ハラキッテチョウダイ!!」

「「イエス、ザビー!!」」「「イエス、ザビー!!」」

教祖の指示に従って、信者たちがザビーの前に一斉に進み出た。彼らの意図は火を見るよりも明らかだった。信者ら自身が人間の壁となって、元親の進撃を押し留めようというのだ。

信者たちとて、ここまで突き進んできた元親の剛勇は承知しているはずである。何しろ元親は、あのチビザビーの大群を大槍の一振りで乗り越えてきたのだから。しかし、信者たちは恐怖の色もなく、まっしぐらに元親に殺到する。

「邪魔だっ！　どけ!!」

「異議あり!!　被告はザビー領を侵犯している!!」

愛用の大槍を振るい、斬って、薙ぎ払い、ときには鍛え抜かれた己の拳や脚部まで動員して、元親は襲い来る信者の波をかき分けて行く。

しかし、それでも次から次へと信者たちは立ち向かってくる。手を伸ばせばすぐ届きそうなところにザビーの姿は見えているのに、その距離が元親には無限に感じられるほどだった。

だからといって、元親も歩みを止めるわけにはいかない。すでに元親自身も無傷とは言えず、巨大な槍を振るうことによる疲労も決して軽いものではない。それでも元親は槍を振るい続け、大筒で手下たちを吹き飛ばすザビーのもとへ辿り着こうとした。だが——

この日、相手をするのは何百人目のことだったろう。新たに向かってきた教徒たちを切り払おうとして、元親は息を呑んだ。我知らず、彼は槍を振るう手を止めていた。斬りかかってくるその信者たちのその顔は、元親が連れ戻しにやってきたはずの、彼のもとから出奔《しゅっぽん》した手下たちのものだったのだ。

戦の最中に他に気を取られる。それがどれほど命取りに繋がるか、元親は熟知していたはずだった。だが、このときの元親はその愚を犯してしまった。彼が意識を先日までの手下の出現に取られたのはほんの一瞬だったが、その一瞬のせいで、元親は自分の両脚に鉛のような重さを感じる羽目に陥った。元親が殴り倒し、地面で気を失っていたはずの信者が息を吹き返し、元親の両脚を摑んだのだ。

もちろん、元親は足を動かし力ずくでその手を振り払おうとした。振り払った。だが、その時にはすでに、至近距離まで敵の姿が迫っている。その新たな敵を斬り倒そうとして、しかし元親にはそれはできない。一度でも自分の手下だったものを無下に斬り捨てるなどという真似が、長曾我部元親にできるはずはなかった。

咄嗟に元親は、大槍ではなく、己の拳を振るった。

だがしかし、拳だけで四方八方から群がる信者たちを打ち倒し吹き飛ばすことなどできはしない。ついに元親の前進は止まり、彼の身体は信者の波に飲み込まれようとしていた。

——その時、必死に拳で信者たちを殴り倒しながらも、元親は見た。

信者の人壁の向こうでニンマリと笑みを浮かべたザビーが、手にした大筒の砲口を、元親へと向けているのを。

「な、何やってやがる、てめえ!!」

拳を振るい続けながら、元親は叫んだ。

「ここには、てめえの信者だっているんだぞ?!」

「信者のミナサーン、ワタシを信じてクサイ。死ンでもキット、愛のパワーで天国行けマスヨ!!」

「クソがっ!!」

吐き捨てて、元親は周囲を取り囲む信者たち——特に、ついこの間まで自分と同じ呰で寝食を共にしていた者たちに、声をかけた。

「おい、テメエら、ここから逃げろ!! あの南蛮人野郎はテメエらを捨て駒にしようとしてやがるんだぞ?!」

だが、信者たちは耳を貸さない。

「……私が死んだら、灰はザビー城の噴水に……」

「……肉体が滅んでも、魂はザビー様と共に……」

と、口々にうっとりとつぶやきながら、殉教者《じゅんきょうしゃ》の恍惚《こうこつ》を顔に浮かべていた。

勝ち誇ったザビーの声が元親の耳に聞こえた。

「じゃ、アニーキ。バイバイキーン」

ザビーの手にした大筒が火を吹いた。

……それは、ひどく不思議な現象だった。極限まで集中力が高められた結果だろうか。ザビーの大筒から砲弾が発射されたと思ったその瞬間、元親の周囲を取り巻く時の流れが、突如としてそれまでとはまったく異なるものに変化したのだ。砲口から飛び出した砲弾も、元親を逃がすまいと懸命に襲い来る信者たちも、勝利を確信し高笑いをあげるザビーの姿も、そのすべてがひどくゆっくりと元親には感じられた。

このままでは、自分もこの信者たちもすべてあの砲弾の直撃を受けて命を落とす。そのひどくゆっくりと流れる時間の世界で、元親は思った。それだけではない。手下たちもすぐに、元親の後を追う結果となってしまうだろう。自分を失った手下たちに、あのザビーの大筒や狂信者たちに抗う術は、おそらくない。

そんなことは絶対に認められなかった。元親には、手下たちをこの戦へと連れ出した責任があった。カシラとして、彼らを無事に砦まで連れ帰らなければならない。このような場所で、狂信者たちに四方を囲まれて爆死するわけにはいかなかった。

元親は咆哮《ほうこう》した。

海上で巨大な鮫《さめ》と一本釣りで格闘する時のように、元親は力任せに大槍を振り回した。むろん、穂先で信者を——自分の手下を斬り殺してしまわぬように気をつけながら。その槍の勢いに巻き込まれて、十人、二十人、三十人と、ザビー教徒たちが遠方へと吹き飛ばされていく。

元来、剛力を誇る元親ではある。だが、このような真似ができるほどの筋力が自分に備わっているとは、この時まで元親自身知らなかった。

「オー、火事場のクソ力デスネ!!　ファーンタスティック!!　デモ、どーせおサラバヨ」

喜ぶザビーの声が聞こえてくる。

どうにか行動の自由を取り戻した元親だったが、すでに眼前に砲弾は迫っていた。今からそれを避けるだけの時間的余裕は、元親には与えられてはいない。

覚悟を決め、信者を吹き飛ばしたその槍を、元親はもう一度構え直した。裂帛の気合を咆哮と共に吐き出し、全身全霊の力を込めて、もう一度愛槍を振り回す。この場に居合わせた元親の手下たちの中には、もしかしたらつい数刻前のカシラの姿と重ね合わせた者もいるかもしれない。チビザビーの群れを風圧で吹き飛ばしたときと同じように、元親の振るう槍からは、真紅の闘気が放出されていた。だが、あの時と決定的に異なるのは、元親の愛槍が直接、飛来する鋼鉄の砲弾の中心を捉えたことだった。

砲弾自身の重量に、火薬によって大筒から射出された時の勢いとが加味される。正面からそれに槍を叩きつけた元親の手から肩までに、凄まじいまでの衝撃と痛みとが走った。元親が一瞬でも気を抜けば、砲弾は彼の手から槍を弾き飛ばし、そして彼の身体をただの肉塊へと変えてしまったことだろう。

「うぉぉおりゃあぁっっ！！！！！！」

だが、元親はその砲弾の圧力をはねのけた。信じがたいことに、腕力によって飛来する砲弾を打ち返してしまったのだ。元親によって弾き返された砲弾は、勢いを失い彼の前にぼとりと落下し、床の板を砕いてその場で制止した。

「ウソ?!　そんなノっての、アリオリハベリ?!」

人間離れした業を披露した代償は、両腕を走る猛烈なしびれと痛みだった。もしかしたら今の一撃で、腕の筋肉の一本や二本は断裂したかもしれない。だがそれでも、元親は苦痛に耐えて駆け出した。目指すはもちろん、たった今素《す》っ頓狂《とんきょう》な声をあげたザビーのもとだ。

そのザビーはと言えば、元親の起こした奇跡に一瞬呆然としていたが、すぐに我を取り戻した。猛然と迫る元親を足止めすべく、両手の大筒に装塡《そうてん》された砲弾を、新たに左右一発ずつ射出する。しかし、砲弾が元親を捉えることはない。自由を取り戻した元親の両脚は、ザビーの目測をはるかに超えて地を駆けた。

「ヤバイヨヤバイヨ。アニーキ、チョー怒ってル！　ミナサン、ザビーをキチンと守ってネー」

元親の人間離れした所業に呆然状態に陥ったのは、ザビー教の信者たちも同様のことだった。それでも、信者にとってザビーの声は神の声である。教祖の助けを求める必死の台詞に、信者たちはまた新たな人の壁を形成する。

そうして信者が元親の足止めをしている隙に、ザビーは意外な行動に出た。両手に装備した二門の大筒を、なぜか接近する元親にではなく、自らの足下へと向けたのだ。

「3……2……1……ラーヴッッ!!」

掛け声と共に、ザビーは大筒を地面に目がけて発射した。

そして元親は、信じがたい現象を目撃した。

なんと、元親の二倍以上もの重量を誇るであろうザビーの巨体が、ふわふわと空中へと浮き上がったのだ。大筒から発射された砲弾と火薬の勢いが、ザビーの肉体を重力の支配から解き放ったのである。

「おお、ザビー様の背中には天使の羽が生えていらっしゃる!!」

「これは奇跡です、奇跡なのです!!」

人体浮遊という脅威の業を披露した教祖の姿に、交戦中であるにも関わらずザビー教の信者たちが歓声をあげた。

「ナーンデ、ワタシがお空を飛ぶか、ワカル？　アニキ」

空中から得意げなザビーの声が響いてくる。

宙を舞いつつ器用に大筒をいじりながら、ザビーは言った。

「ソレハ、安全ナ所からアニーキに愛を与エるためデース!!　アニーキに、火葬アレ!!」

またもや、空中のザビーの二門の大筒が火を吹いた。おそらくそれも南蛮のカラクリ技術の賜物なのだろう。砲口から放たれたのはこれまでの砲弾ではなく、真っ赤な炎の滝だった。

その炎の噴射《ふんしゃ》の勢いが、ザビーの身体を空中で舞い続けることを可能とした。

そして元親の頭上には、灼熱《しゃくねつ》の炎が降り注ぐ。

だが降り注ぐ灼熱の炎さえ、元親の燃え上がる怒りに比べればどうということはなかった。

「アアン？　空を飛んだぐらいでこの鬼から逃げられると思ってんのか！」

元親は炎の熱さに耐え——というよりは、今の元親はほとんどそんなものは感じない——宙を舞うザビーを追った。

むろん、元親の背中に翼はない。いかに手にした大槍が巨大なものとはいえ、空中を飛んでいるザビーのところまでは届かない。だが、そんなことも、今の元親には関係ない。元親は床を蹴り、高く高く跳ぶと、教祖と協力して自分を斬り伏せようと迫る信者の一人の頭を力一杯踏みつけたのだ。

「わ、私を!!　踏み台にしたのですかぁっ?!」

元親に踏みつけられ、体勢を崩し地面に倒れいく信者の口から、驚愕の悲鳴がほとばしる。

元親の身体は高く高く宙を飛んだ。ついに元親の身体はザビーよりも高く舞い上がった。その勢いもそのままに、元親は両手で強く愛槍を振りかぶる。

明らかにザビーの顔に、狼狽《ろうばい》の色が浮かんだ。おそらく、その一瞬の間にザビーは何とか身を守る手段を思索しただろう。だが、ザビーの両手は大空を飛ぶことにすでに使われていた。その手で元親の一撃を防ごうとすれば、ザビーの身体は推進力を失ってあえなく墜落することになる。

「――消えちまいな!!」

渾身《こんしん》の力を込めて、元親はザビーの脳天めがけて大槍を振り下ろした。

「マイガ――――――――ッッッ!!!!!」

ザビーの身体は、凄まじい勢いで落下して、勢いよく脳天から床に突き刺さった。

7

ザビーに渾身の一撃を放った反動で、元親の身体は後方にクルリと回転してしまった。しかしそこは長曾我部元親、荒波の上で培った絶妙な平行感覚が備わっている。元親は空中で自分の姿勢を整えると、先に脳天から地面に刺さったザビーとは異なり、ふわりと華麗に着地した。

「ヨーホー!! すげえぜ、アニキ!!」

「やっぱアニキに乗れねえ波なんかねえんだ!!」

ザビーの砲撃から解放された手下たちが、地に降り立った元親の周囲に集まってきた。彼らのどの顔にも、カシラを思う誇らしげな表情が浮かんでいる。

むろんザビーの放つ砲弾によって、手下たちにも少なからぬ損害は生じていた。重傷を負って倒れている者も一人や二人ではない。駆け寄ってきた手下たちさえ無傷の者は皆無と言ってもよかった。どの顔も、血や煤のために汚れてしまっている。だが、彼らも荒らくれ者の端くれである。戦には犠牲がつきものだと熟知していた。今はただ、彼らの頼れるカシラの勝利を心から祝うだけだった。

元親は、片手をあげて手下たちの歓声に応えた。

墜落したザビーを一瞥《いちべつ》し、唇の端を吊り上げて声をかけた。

「俺と渡り合ったこと、冥土《めいど》で自慢しろよ? ……おい、野郎ども、引き上げるぜ!」

……一方、ボロ雑巾のようになったザビー教の信者たちも、敬愛する教祖のもとへと集まっていた。彼らの視線の先のザビーの姿は、それは悲惨なものだった。頭部を地面にめり込ませ、胴体部分から下半身はといえば不必要なほどにまっすぐ天に向かってピーンと伸びている。それはさながら南蛮城の最上階に突如として出現した小型の塔のようでさえあった。地面にザビ

ーが墜落して、すでに一分以上の時間が流れている。その間、教祖の身体はピクリとも動くことはない。

「おお、なんということだ!! ザビー様が!! ザビー様が!! 我々を残して天国に旅立ってしまわれた!!」

「「リジェクト・ザビー!!」」

「「グッドラック・ザビー!!」」

信者たちはその場にひざまずき、大粒の涙を流しながら口々に嘆いた。肉体を使った聖墓にすがりつく信者たちの中には、元親のもとから去っていったかつての手下たちの姿もあった。

「……おい、てめえら」

すでに、信者たちに戦意は残されてはいないようだった。悲観に暮れる彼らに歩み寄りながら、元親は声をかけた。

「いい加減に目を覚ませ。そのインチキ南蛮人はくたばったんだ」

だがもちろん、信者たちの様子に反応はない。元親の言葉など耳に入らぬように、床に突き刺さったザビーにすがりつき号泣をするばかりである。

それでも、元親は声をかけるのをやめなかった。

「天国なんてどこにもねえ。この世の荒波を乗り切っていけるのは、自分自身の腕と頼れる仲間があったればこそだ。──テメエらだって、この間までそのことを知っていたはずじゃねえか」

今度は――反応があった。

信者の大半がいまだ耳を貸さず涙を流しているのは同様だ。だが、ごく数人だけが、涙を流すのをやめて、ぼんやりとした目つきではありながら、たしかに元親の方に顔を向けたのだ。

彼らの空虚な瞳をしっかり見据えて、元親は言葉を重ねていく。

「野郎ども、この鬼の顔がわからねえか？」

そしてそこにいるかつての手下一人一人の名前を呼んで、元親は言った。

「俺だ。てめえらと共に大漁旗を振って来た、この長曾我部元親の顔に、本当に見覚えはねえのか？　俺とてめえらとの絆《きずな》は、インチキ教祖の歌声程度で消え去っちまうほど、安っぽいもんじゃねえだろう？」

相変わらず、かつての手下たちの顔は無表情で、瞳は空虚な光を放っていた。それでも、元親は真摯《しんし》に彼らに語りかけた。彼らの背後の信者たちの泣き声にかき消されてしまわぬよう、はっきりと、強い口調で。元親の後ろからも、手下たちの「目を覚ませ!!」「戻って来いよ!!」「またアニキと一緒に宝探しに出かけようぜ!!」と声が飛ぶ。

徐々に、本当にゆっくりとではあるが、カッパ頭に変わり果ててしまった手下たちの瞳に、生気が戻ってきたように元親の目には見えた。かつての手下たちの身体がふるふると震えだす。ゆっくりと、かつての手下の一人の口が開く。声に出しての、言葉はない。だが、彼の口から何かが発せられようとしているのは確かだった。

「なんだ、何が言いたい？」

どんな短い単語も小さな言葉も聞き逃すまいと、元親は耳をそばだてた。

「……ア……、……ア……」とその手下はそう言った。

「ア？　ア、なんだ？　その先をちゃんと言ってみろ!!」

元親も必死に彼に問い質した。

「……ア……、……ア……、……ア……ニ……、……ア……ニ……、……アニ……」

口を懸命に動かしながら、その手下は何かの単語を口に出そうとする。元親にはわかっていた。彼が何を言おうとしているのかも。そして確信もしていた。その言葉を発することができたとき、彼の記憶は甦《よみがえ》り洗脳が解けるのだということを。

かつての手下の口の動きに、元親の意識が集中した。

「……ア……ニ……、……アニ……、……アニ――」

「アー、ビックリシタ!!　一瞬、サンズ・リバーが見えマシタでアルヨ!!」

驚くべきことが起こった。完全に人柱と化していたザビーが、突如として蘇生して、ずぼっと地面から頭を引き抜き立ち上がったのだ。一瞬にして信者たちの悲観の涙が、歓喜の歓声へと変わった。ザビーがあげた素っ頓狂な声とそれに続く信者の歓声で、かつての元親の手下が口にした声は、完全に打ち消されてしまった。

いや、打ち消されてしまっただけではない。ついさっきまで確かに元親へと向けられていた視線が、今は完全に甦った教祖に向いてしまっていた。

「でも、ダイジョウブ。アタマ、ズキズキ痛いケド、愛は死にまシェン!!」

額からは真っ赤な血をボトボトと滴《したた》り落としながら。それでも、ザビーは首をコキコキ鳴らしながら、にこやかにそう言った。

「見なさい!!　ザビー様がまた一つ新たな奇跡を起こされた!!」

「お花畑からザビー様が帰ってこられましたよ!!」

死よりの蘇生。復活。それは聖人の起こす奇跡のうちでも、最たるものである。その奇跡を目の当たりにして、信者たちの信仰心――つまりは洗脳――は、より強固なものへとなってしまった。

元親も、信じられない思いで、甦ったザビーの姿を見つめていた。

空中で渾身の一撃を見舞ったとき、元親の手元には確かな手ごたえがあった。元親は数え切れぬほどの命のやり取りを経験してきた。鋼鉄製の大槍のあの一撃を受けたなら、頭骨は砕け、脊髄《せきずい》がへし折れていなければ理屈は合わないのだ。おまけにあの教祖は、元親が振り下ろした槍の勢いそのままに、床に頭から衝突さえしたではないか。息があるのも不可思議な状況なのに、どうしてあの男は平然と立ち上がることができたのだろうか。

「ハハーハ。驚イテマスネ、アニキ」

元親の動揺を見透かしたように、ザビーは笑った。

「ザビーのボディ、愛のチカラそのモノ!!　愛はフジミ!!　ダカラ、ワタシもフジミ!!　邪悪なアニキの攻撃なんテ、効かナイネ」

人間はおよそ信じがたい現象を体験したとき、それまで自分が築き上げてきた常識や価値観といった世界への信仰が揺らいでしまうことが往々にしてある。元親自身は気づいても認めてもいなかったが、たしかに彼はザビーという男の超人性に、恐怖に近い感情を抱き始めていた。

カシラである元親でさえそうなのだ。

元親の手下の間からも、「おいおい、マジかよ」「もしかしてあいつ、本当に神さんの使いなのか？」などという声が上がり始めてしまう始末だった。

「上等だ!! 不死身だっつーのなら、戻ってくる気がなくなるまで何回でも地獄に送りつけてやるよ！！！」

このままではいけない。手下たちの動揺を拭うためにも、何より自分自身に芽生えたわずかな不安と恐怖とを振り払うためにも、元親はふたたびザビーめがけての突進を開始した。

「おお、皆の者!! 今度こそあの背信者の手からザビー様をお守りするのだ!!」

元親の動きに気づいた信者たちが、一斉にふたたび人の壁を作ろうという気配を見せる。だがその信者たちの行動を、「ノーノー、ダイジョーブ」となぜかザビーは制止した。

「ワタシもチョット、間違ってマシタ。暴力で解決スルの、よくナイコトヨ」

もちろん、元親はザビーの台詞になど耳を貸さない。こいつは、愛を語りながら大筒をぶっ放すような、そんな男なのだ。油断も隙もありはしない。このザビーというインチキ宗教家への最善の対処法はただ一つ、奴が戯言を二度と口にできぬようぶちのめすことだけだ。元親はそう考えていた。

しかし、猛然と迫る元親の勢いにも、ザビーは慌てる様子も逃げ出す様子も見せなかった。

ザビーは両手を大きく広げて信者たちを悠然と見回すと、穏やかな口調で訴えかけた。

「アニキ、お空モ飛ぶシ、バズーカキャノン打ち返すモノすごい人デース。ワタシ、アニキとっても気に入りマシタ。ワタシ、ココに宣言シマース。アニキ、飛び級制度導入デザビー教の海軍総督に任命しちゃうヨ」

「どたまをかち割られても彼を許すその広いお心、まさに愛の化身!!」

「ザビー教は、あなたたちの入信を心から歓迎しますよ!!」

ザビーと信者たちとの会話は元親の耳にも届いている。だが元親は「誰がテメエらの仲間になんぞなるか!!」と心の内では叫んでも、表に出しては取り合わない。ザビーに引導を渡すべく、大地を駆けていく。しかし——

「さあ、ミナサン。新しイ幹部の誕生デース。手をツナギ、声を合わせて、アニキとその愉快ナ仲間たちの入信を祝いマショウゾ!!　——アニキに、祈りアレ!!」

「「祈りあれ!!」」

「ザービ♪　ザビザビザビザビ、ザービ♪　ザービ♪　ザビザビザビザビ、ザービ♪」

「「ザービ♪　ザビザビザビザビ、ザービ♪　ザービ♪　ザビザビザビザビザビ——」」

ザビーとその信者たちは、突然、ザビーの音頭で珍妙な節の歌を合唱し始めた。それはひたすらに律動に合わせて『ザビー』と繰り返すだけの不愉快なシロモノで、しかし、これを耳にした瞬間、元親の記憶巣と心の奥で何かがうごめきだす感じがした。

もちろん、元親はザビーの言葉などに耳を傾ける気は毛頭なかった。だが、我知らぬうちに自然とその歌について考えてしまっていたのだ。

やがて元親は記憶の奥底から、この歌についての情報を引き出していた。たしかに以前、元親はこれによく似た歌を耳にしていた。細部こそ多少異なるが、それはかつて砦にて、手下がザビー教の報告をする際に披露してみせた歌と同じものだった。

あの時は耳にした瞬間に、元親に頭痛が走り、全身を言葉にはできない不快感が駆け巡ったものだ。だが今、ザビーとその信者たちとが合唱するこの歌は、不快感どころか浮遊感のようなものを元親の身にもたらしていた。頭痛ではなく、元親の思考をぼんやりと穏やかな光が包み込んでいく。たしか報告では、この歌を聴いた後、手下たちはザビー教に入信してしまったはずではなかったか——。

「…………はっ?!」

気がつくと、いつのまにか元親の視界が一段低くなっていた。ザビーにとどめの一撃を見舞うべく大地を駆けていたはずなのに、知らぬうちに元親のその足は止まってしまっている。止まるどころか、なぜか元親はその場に膝をついてしまっていたのである。これは、いったいどうしたことだろう?

「ザービ♪　ザビザビザビ、ザービ♪　ザビザビザビザビ、ザービ♪」

「「ザービ♪　ザビザビザビザビ、ザービ♪　ザービ♪　ザビザビザビザビ——」」

だが、ザビー教徒たちの合唱が、元親に考えることを許さなかった。

自分の置かれた状況について思考を進めようとしてみても、耳から『ザビー』という単語が入ってきて、それを許さない。知らず知らずのうちに、元親の脳裏にザビーが笑顔で手招きしている光景が浮かんでくる。立ち上がろうとしても、それを実行に移すよりも早く、ザビー教徒たちと一緒にザビーの名前を音楽にのせて連呼したい、という誘惑の方が強くなってしまう。心の底から、ザビーのカッパ頭が、カタコトの日本語が、安っぽい愛の言葉が、いとおしいという気持ちが湧き上がってくる。

それでも元親の中に残された最後の平静な部分が、この事態の真実と危機とを元親に知らせていた。あの歌こそ洗脳の元凶なのだ。あの歌を長時間耳にした者は、自分でも気づかぬうちにザビー教の教徒になってしまうのだ。

身体はもはやほとんど動かない。声を出すことさえかなわない。それでも、意志の力を結集して、懸命の努力で元親は首を背後に巡らせた。彼の手下たちがどのような状況にあるか、それをどうしても確認しなければならなかった。

手下たちも、皆地面に膝をつき、ある者は四つんばいにさえなって、誰もが目の焦点を失いかけていた。口元からよだれを垂らしている者もいる。幾人かはすでに、小さな声ではあるが、教徒らと一緒にザビーの名前を口ずさんでしまっていた。

このままではいけない。元親は手下たちの姿にはっきりとそう思った。鉛のようになってしまった両腕と両脚に力を込める。手下たちを導くこと、守ること。それがカシラの存在意義だった。手下たちのためならば、元親は無限の活力を得ることができた。元親は全身の意志と筋肉を動員して、立ち上がりザビーに一撃を叩き込もうとした。

だが、それでも、元親の身体は言うことを聞かない。釘で打ちつけられてしまったかのように元親の手と膝はぴったりと大地に張りついたままぴくりともせず、気合の声をあげようとしても口からは喘ぎ声が洩れるだけだった。

「ムダ、ムダ、ムダムダムダムダムダムダムダァ―――ッッ!! デスヨ、アニーキ。愛ニ抗うことなド誰にもできまセン。サア、ワタシの目を見テ。素直ニなって下サイ。手を取り合っテ、世界人類愛ミナギッテ、ニエタギレ!!」

教徒たちの合唱を背景に、ザビーは微笑をたたえて元親に右手を差し出した。その甘美な誘惑に、思わず手を差し出したくなる己の感情を元親は自覚した。

「……ふ……、……ふ……、……ふっ……」

またもや元親の口から喘ぎが洩れた。「ナニ? ナニが言いタイノ、アニキ?」と、ザビーが顔を覗き込んでくる。その間も、信者たちのザビーを称える歌は止むことはない。

「もしかしテ、フレシイ、って言いたいノデスカ?」

「……ふっ……、……ふざ……、……ふざっ……」

「ノーノー、アニキ。ワタシのネーム、フザビーじゃありまセン。ザビーデース」

「……ふざっ……、……ふざっ……、……ふざけるなっっ!!」

振り絞るような声が、南蛮城の最上階にこだました。それは長曾我部元親の身体の奥の奥より発せられた魂の叫びだった。元親の内に充満した感情が、ザビー教徒たちの洗脳の歌が与える甘美さをも吹き飛ばし、彼に叫び声をあげさせることに成功したのだ。

その感情とは怒りだった。ザビーに対して、ではない。長曾我部軍の総大将という立場にありながら、こんなふざけた教団の歌に心を動かされている自分自身の不甲斐なさへの怒りである。怒りのままに、元親はふたたび声を絞り出し、自分自身に問い詰めた。

「……この世で、……一番……、強いのは、……誰だ？」

「……ア……、……アニ……キ……」

「——ッ?!」

返事などあるはずのない自身への問いかけ。ザビー教徒たちの歌にかき消され、元親自身の耳にさえようやく届く程度の大きさのその問いかけ。だが、その問いかけに答える複数の声を、元親は耳にした。それは元親の問いかけよりもさらに消え入りそうな声だったが、たしかに元親の耳には聞こえたのだ。

元親は首を巡らし後方を見た。それはひどく労力を伴う行為だったが、気のせいか先ほどに比べればはるかにたやすいように思われた。手下たちは、あいかわらず地面に座り込んだまま、生気のない瞳に虚空を映し出している。だが、さっき届いた彼を呼ぶあの声が、幻聴などではないことを元親は確信していた。

「……この世で……一番イケてる……男は？」

「……アニ……キ……」

元親は、自分の肉眼ではっきりと確かめた。さっきまで虚空を見つめていた手下たちの幾人かの口が動き、彼の言葉に反応するのを。心なしか、手下たちの声は一度目に「アニキ」と言ったときよりも大きく、なめらかになっているようだった。

元親は言葉を搾り出した。

「……この世で一番……海が似合う男は？」

「「……アニキ！」」

言葉を交わすたびに、手下たちの瞳や表情に生気が戻ってくる。手下たちだけではない。彼らとのやり取りを一つ行なうたびに、元親の体内に活力が漲《みなぎ》っていく。ザビー教に入信したいという気持ちは薄れていき、普段の元親が徐々に徐々に帰ってくる。

「……アレ？　ナーンカ、チョット、ヤバイ感じネ……？」

ザビーがぼそりとつぶやいた。ザビー教徒たちは歌い続ける。

両手両膝を地面から引き剥がし、元親は教徒の歌をかき消す大音量で叫んだ。

「……野郎ども!!　鬼の名前を、言ってみろ!!」

はたして、手下たちは一斉に立ち上がり、元親の問いかけにも負けない勢いで叫んだ。

「「——モッ！　トッ！　チッ！　カアッ!!　うぉぉぉぉぉぉぉぉ！！！！！！」」

そこには、虚無な瞳で虚空を見つめる者の姿など一つもなかった。口元からよだれを垂れ流す者も、もちろんザビー教徒と一緒になって歌う者もいない。誰もが元親のよく知る海賊の顔を取り戻し、笑顔を彼に向けていた。今や彼らの耳には、ザビー信者のさえずる歌など、ただの雑音でしかなかった。

「よーし、野郎ども」

完全に精神と肉体の自由を取り戻した元親は、ザビーの方へと向き直った。

首をぽきぽきと鳴らし、にやりと不敵な笑みを浮かべて、元親は言った。

「野郎ども。いい加減あのバカ野郎に、海賊の流儀ってヤツを教えてやるとするか？」

背後から、地鳴りのような歓声が返ってくる。

「「アニキ!!　アニキ!!　アニキ!!　アニキ!!　アニキ!!　アニキ!!　アニキ!!」」

元親の手下たちは、拳を突き上げ絶叫した。

いや、元親に熱狂を送っているのは、彼の後方に控えた手下たちだけではなかった。

「アレー?!　どーして歌うノやめちゃうノ？　ネーネー、チョット、どこ行きマスカ？」

カッパ頭の信徒たちの幾人かが、ザビーの歌の合唱をやめ、信者たちの群れから元親の方へと歩き出したのだ。元親の顔に笑みが広がった。歌うのをやめた信者たちの顔に、はっきりと見覚えがあったからだ。元親が頷きかけると、彼らは小走りに元親のもとへと駆け寄ってきた。

「チョット！　チョットチョット!!　ボンレス！　ポン太郎！　パーンチョ！　カプリチョ！　ミンナ、戻ってキテヨ!!　一緒に愛の歌を歌ウデスヨ!!　ねー、チョット!!」

「黙りやがれ。こいつらは俺の手下だ。二度とそんなふざけた名前で呼ぶんじゃねえ!!　……よく、正気に戻りやがったな、てめえら」

「……すんませんでした、アニキ」

「……あの、ザビー♪　ザビー♪　って歌を聴いてたら、何か頭がぼうってしてきて……、気がついたらこんな所にいて……」

「……さっき、アニキが必死に呼びかけてくれた声、聞こえてたっす。それなのに俺……」

「……本当に申し訳ないっす。砦からお宝をかっぱらったばかりか、大恩あるアニキに刀まで向けちまって、オレ、オレ……」

「気にするんじゃねえよ、バカ野郎」元親は、戻ってきた手下たち一人一人の肩を抱いてやりながら、言った。「お前らはあのイカれた教祖に操られてただけだろう？　俺を見くびるなよ。鬼が、そんな小せえことを気にすると思ってんのか？」

「「ア、アニキ!!!!」」

一度はザビー教に走った手下たちの目に、大粒の涙が浮かんだ。

悲しみではない。喜びと、感激の涙だ。

その光景を目の当たりにした他の手下たちも、その感動と興奮を声に出して表現する。

「「アニキ!!　アニキ!!　アニキ!!　アニキ!!　アニキ!!　アニキ!!　アニキ!!」」

この『アニキ』の大合唱が、洗脳された手下たちを正気に戻らせたのである。しかし、南蛮城の最上階に響き渡る大合唱の効果は、これだけにはとどまらなかった。

元親とは何の縁もゆかりもない者たちまで、『アニキ!!』の大合唱を耳にして、一人、また一人とザビーの歌を歌うのをやめていく。今度は逆に彼らの方が、糸の切れた操り人形のように、だらりと崩れて地面に両膝をついていった。中には明らかに正気を取り戻した顔で、首を傾げながら「……私はいったい何をしていたのでしょう？」と言い出す者まで出る始末だった。

「……さて、どうするよ、南蛮人」

「『アニキ!!　アニキ!!』」の声を背に受けて、元親は言った。

「俺にもまったく意外だったが、どうやら海の漢《おとこ》の熱い叫びには、俺の魂を奮い立たせるだけじゃなく、お前さんの怪しげな洗脳術とまったく逆の効果もあるみてえだな。もう、てめえを命を賭けて守る信者もいねえみたいだぜ」

「ムムム……ザビー、ピーンチ。でもネ――グッフッフッフ」

手勢を失い圧倒的な不利に立たされたはずのザビーが、なぜか肩を揺すって含み笑いをした。

「まだワタシ、切り札アルヨ。見タい？　見タいでショ？　――なら、見セてあげマショウ。ザビエモーン、ヘルプ・ミー!!」

ザビーが両手を掲げて大仰に叫んだその瞬間だった。

突如として、この部屋を囲む四方の壁が勢いよく崩れ落ち、その向こうからそれぞれ、巨大な黒い影が姿を現したのだ。

その四つの影は、一見すると教祖ザビーそのものの姿をしていた。身長も体格も、髪型も服装さえ、ザビーとまったく同じように見えた。

だが、よく見ればザビーと出現した四つの影との間には、明らかな差異があった。瞳や表情や皮膚が、生身の人間ではあり得ないほどに金属質のものであったのだ。その上、ザビーは二門の大筒をそれぞれ両手に装備していたが、このザビーそっくりの者たちは、装備をしているのではなく、肘から下が大筒そのものになってしまっていた。

元親はすぐに、彼らの正体に気がついた。

にわかには信じがたいことだが、彼らはカラクリ兵器なのだ。

「どうデスカ？　ザビーのビックリドッキリメカハ？　コレ、ワタシが作った傑作、メカザビー1号、2号、3号、4号ネ。ワタシ、機械いじり、けっこうトクイ。ワタシの科学力、見せテあげるネ！」

自慢げにザビーが胸を張った。

「……ああ。こんなモンを作るなんて、大した奴だよ、アンタは」

無感情にそう言って、それから元親は後ろを振り返った。元親の背後では、手下たちがみな呆気に取られた顔で、四方から出現した人型のからくり兵器を見つめていた。口を半開きにした彼らに向かって、元親は声をかけた。

「……おいおい、野郎ども。これから最後の大仕事だ。黙ってねえで、応援頼むぜ」

その言葉に、手下たちは弾かれたように元親へと視線をやった。自分たちのカシラの顔に、ひと欠片の不安も恐怖も戸惑いも浮かんでいないことを知って、強張っていた手下たちの表情にも徐々に生気が戻ってくる。一度は完全に止んでしまった『アニキ』の大合唱が、ふたたび辺り一面に響き渡った。

「……さて。んじゃあ、始めるかい？」

元親はザビーに向き直り、空いている方の手で手招きした。

「アレレ？　なんか、あんまりビックリしてないネ。ナマイキデース!!」

ザビーは、足を踏み鳴らして悔しがった。

「メカザビー1号、2号、3号、4号!!　アニーキに、アナタたちの愛の強サを思い知らせテあげチャッテ!!」

造物主のその言葉を合図に、四体のからくり仕掛けのザビーたちが、一斉に行動を開始した。からくり兵器特有の歯車が軋《きし》む音を響かせて、四方からメカザビーたちが元親へと接近する。

だが、手下たちが見て取った通り、元親には恐怖も焦りもなかった。虚勢ではない。一度は去った手下たちが戻ってきたこと。手下たちが自分に声援を送っていること。それが元親に、無限の活力を与えているのだった。手下たちを失ってしまうことに比べれば、からくり兵器の与えてくる恐怖など、たかが知れていた。

四方から同時に攻め来るメカザビーを、その場にとどまり迎え撃つなどというのは愚《ぐ》の骨頂《こっちょう》である。恐怖に足を縛られればそのような戦法を取ってしまったかもしれないが、元親は違う。元親は地面を飛ぶように蹴って、自ら北の方角より迫るメカザビーに襲いかかった。

戦いに心をたぎらせ、しかし恐怖に心を曇らせることのない元親は、自身とメカザビーとの距離が詰まるほんのわずかな時間に、メカザビーの致命的な欠点を見抜いていた。その外見同様に、メカザビーの一つ一つの動きはザビーのものとそっくりだった。しかし、本物のザビーと比べ、その速度は一段も二段も劣っていたのである。驚嘆すべき南蛮のからくり兵器の技術力をもってしても、本物の速さまでは再現することはできなかったらしい。もちろん、人体そっくりの外見と動きとをからくり兵器に与えること自体が、驚嘆すべき技術力であることには違いなかったが。

とにかくも、本物のザビーでさえ長曾我部元親は退けたのだ。そのザビーに劣るからくり兵器など、彼の敵であるはずはなかった。

「一つ！」

元親の振るった大槍が、確実にメカザビーの頭部をとらえた。メカザビーの胴体から上が勢いよく吹き飛び、胴体は煙を上げながら地面に崩れ落ちる。「なんてゴムタイな!!」とザビーが悲鳴をあげて、長曾我部軍の『アニキ!!』の声はますます大きくなる。

元親はと言えば、いつまでも一体のメカザビーに固執しているわけにはいかない。彼がメカザビー一体の首を刎ね飛ばすのとほぼ同時に、残る三体のメカザビーは一斉に腕代わりの大筒から砲弾を撃ち放した。が、もちろんその時にはすでに元親は新たな獲物を目指して動き出している。三体のメカザビーが放った砲弾は、むなしく首を失ったメカザビーの胴体を撃ち貫いただけだった。

同時に三発もの砲弾の直撃を受けたメカザビーの胴体が爆発炎上を起こす。

「二つ!!」

長曾我部元親の声が響いた。いつのまにか、元親は西より出現したメカザビーとの距離を零に詰めていたのだ。元親の大槍が、メカザビーの胴の中心を、見事なまでに貫いた。

「まだ半分ダヨ！　大逆転デスカラネ！　――ってウワォッッ!!　危ないジャナイノ!!」

負け惜しみの最中に、ザビーが悲鳴をあげたのには理由がある。

二体目のメカザビーを大槍で貫いた元親が、そのメカザビーを突き刺したままの状態で、力任せに大槍を振り回したのだ。遠心力の作用で槍の穂先からメカザビーの身体はすっぽ抜けて、勢いに任せてザビーのもとへと飛んで行ったのであった。だがそのザビーの悲鳴も、カシラの快進撃に一秒ごとに興奮の度合いを増す手下たちの『アニキ!!』の歓声にかき消されて、その場にいる誰の耳にも届かない。

「三つ!!」

もちろん、元親にもザビーの悲鳴などに耳を貸している暇はなかった。新たな一体が、すでに彼の眼前へと迫っていたからだ。東から出現したメカザビーが、人間ならば腕に当たる部分に取りつけられた大筒を、ハンマーのように力任せに上段から振り下ろした。

鈍い金属音が響いた。メカザビーには表情を変える機能も音声を発する機能も搭載されていないらしかったが、もしそのような機能があれば、彼の顔は驚愕に歪み、彼の口からは苦悶の叫びが発せられていたはずだった。

ほんのわずかな一瞬で、メカザビーの両腕に当たる部分が消失してしまっていた。

言うまでもなくそれは手品の類ではなく、長曾我部元親の仕業である。メカザビーの両腕が元親の頭部に振り下ろされる速度よりもはるかに早く、神速の槍がメカザビーの両腕を切り離してしまったのだ。その切り離された両腕が地面に落ちるよりもさらに早く、元親の大槍は頭頂部よりメカザビーの身体を一刀両断にした。

「……アア……ザビエモン3号までヤラレルなんて……。……コレで最後の一体、ヤラセはセン、ヤラセはセンゾ――」

「これで最後だ!! 四つッッッ!!」

残された最後の一体のもとに、元親は足を運ぶようなことはしなかった。熟練の漁師が巨大な獲物に銛を撃ち込むかのように、元親は迫る最後の一体のメカザビーめがけて力いっぱい大槍を投じたのだった。大槍は稲妻のようにメカザビーを撃ち、ついに残された最後の一体のメカザビーも爆発四散して消滅した。

海賊たちが、歓声をあげた。

「「アーニキィィィィイイッツッ!!!!!!」」

「おうよ!」

元親は、拳を天に突き上げて手下たちの声に応えた。

投じた勢いで壁に突き刺さった大槍へ歩み寄り、それを引き抜いて、「さて、と」と長曾我元親はこの場に残された唯一の敵へと視線をやった。

「どこへ行くつもりだい、南蛮人のダンナよ」

元親は、そろりそろりとデカい図体には似合わない足さばきで、自分から距離を取り、壁際近くまで移動していたザビーに声をかけた。

元親が声をかけた瞬間、ザビーの巨体がビクンと一度、大きく痙攣《けいれん》した。

「てめぇが大好きな天国になら、俺がきっちり送ってやる。どこにも行く必要はねぇ」

観念したのか、ザビーは鼻を鳴らして元親に向き直った。駄々をこねる幼児のように、床をばたばたと踏み鳴らして、ザビーは言った。

「もー、愛とかソンナノどーでもよくなッテキタヨ！　とりあえず死ンデ、キミ!!」

「ほう。つまり俺とサシでやろうってわけだな？　いいぜ、かかってきな」

「ソンナ野蛮なコトしマセーン」

「……なに？」

「アニキ、これがナニか、ワカル？」

「……壁に、取っ手？」

　ザビーの右手が握っているものを見て、元親は首を傾げた。壁から突き出すように設置されているそれは、彼自身が口にしたように、何かの仕掛けを動かすための取っ手であるように見えた。その取っ手に手をかけたまま、ザビーが言った。

「アニキ、ザビーにもう切り札ナイと思ってマスネ？　……でもザンネン。ワタシにはおトモダチ、まだまだイルのことヨ」

　絶体絶命の窮《きゅうち》地に追いつめられているはずのザビーが、ニヤリと笑う。

「ザビーランド作るノ協力してクレタ、ナンバーワンのオトモダチがザビーに言ッタヨ。ピーンチになったラ、これ下にひキなサーイ」

「……テメエの友達だと？　誰のことだ？」

「アニーキ、みたいナ野蛮人と違ウヨ。ザビーのナンバーワン・フレンドで、ナンバー・ワンタクティシャンネ！　ザビーのピーンチ、救ってくれるヨ!!」

　急速に、それまで考えたこともなかった疑念が元親の胸のうちに広がっていく。

これだけの規模の教団本部を、この辺りの領主や大名たちの許可もなく、勝手に建設できるのか?、さらに、もしも勝手に教団本部を作ることができたとしても、そんなものを放置しておくだろうか?

たしかに京の程近くに構えていた本願寺なども、魔王・信長が攻め入るまで、諸国大名たちは手を出せずにいた。だがそれは、本願寺そのものの力を怖れたせいもあるが、それ以上に神仏の祟《たた》りを諸国大名が怖れたからだ。

しかし、ザビー教が崇めているのはザビー——すなわち目の前のこのインチキ南蛮人だ。果たして、そんなものを恐れる領主や大名がいるだろうか? もしかすると、このインチキ宗教は、この辺りの大名と何らかの関係があるのではないか? だとすればそれは——

だが、元親の思考はそこで中断を余儀なくされた。

耳障りなザビーの声が、元親に思案をめぐらすことを許さなかったのだ。

「さあ、ナニがでるカナ? ナニがでるカナ? それはレバーを引いてのお楽しミ!! タースケテー、タクティシャーン!!」

陽気に浮かれ踊ると、ザビーは手をかけていた取っ手を下に引いた。

その瞬間——

ゴ、ゴ、ゴ、ゴ、ゴ、ゴ、ゴ、ゴ、ゴ、ゴ、ゴ、ゴ……

突然、大地が振動し始めた。

取っ手に手をかけたまま、ザビーが顔を引きつらせて叫んだ。

「こ、これ、ナニ事?! 今度こそホンモノのアースクエイク?! デ、デモ、ザビー、こんなのゼンゼン怖くないモンネ。愛がアルから大丈夫。大丈夫だけド、タ、タスケテ、アニーキ!」

何が起きているのか、元親はすぐに理解した。

手下たちを振り返り、元親は叫んだ。

「こいつは地震なんかじゃねえ!! に、逃げろ、野郎ども!! この建物自体が、崩れ――」

だが、その瞬間。

瓦礫と化した天井が落下し、長曾我部元親の叫び声ごと彼らのいる部屋を押し潰した――。

第二章　奥州の竜と、若き虎

…………………………！！！！！！！！

——本多忠勝

ワシが一番、忠勝を上手く使えるのだ！

——徳川家康

1

ザビー教団の本拠地があった九州の奥地からはるか東の彼方。

かの高名な武田信玄《たけだしんげん》が治める甲斐《かい》の国。

信州は上田城のごく近くで、二人の男が激しく剣戟《けんげき》を交わす姿があった。

一人は、烈火《れっか》のごとき紅《あか》い鎧《よろい》に身を包んだ若者である。

精悍《せいかん》ではあるが、実直そうな顔立ちの青年で、額には鎧と同じく真紅の鉢巻を巻いている。

全身に配色されたその真紅の色は、あたかも彼の体内のたぎる魂《たましい》を表現しているかのようだ。

特筆すべきは彼が操っている武器だった。彼の手に握られているのは戦国の世では広く扱われている十字槍《やり》である。だが、通常両手持ちで扱うべきその十字槍を、真紅の装備に身を包んだ青年は、片手で軽々と操《あやつ》っているのだ。

それも一本だけではない。右と左、両の腕で一本ずつ。その長さと重さに振り回されることもなく、まるで舞いでも踊るように、二本の槍は間髪《かんはつ》いれず敵対者へと次々と攻撃を繰り出していく。世にも珍しい二槍流《にそうりゅう》である。戦国の世広しと言えど、そのような芸当をこなすことができるのは、おそらくこの青年一人だけだろう。そのこと一事だけを取ってみても、この青年が尋常の徒ではないことは、容易に予想できることだった。

だが、その尋常ならざる二本の槍を相手どり、もう一方の人物も一歩も引かぬ立ち回りを演じていた。

こちらも二槍流の青年に負けず劣らず、まだ若い。

彼を一目でも目にしたものは、まずはその出で立ちに強い印象を受けることだろう。斬撃《ざんげき》より彼の頭部を守るための兜《かぶと》には、持ち主の性格を物語るように、兜そのものよりもはるかに大きな弧月を形どった前立てが飾られている。

顔立ちは整ってはいるが凶暴性を感じずにはいられないほど精悍で、双眸《そうぼう》の右半分は黒い眼帯によって覆い隠されている。その眼帯が生み出す陰影が、彼の残された野性の獣のように鋭い瞳の印象を、より忘れ難いものに演出していた。

彼の身体を覆うのは晴れ渡る空のように蒼き鎧で、それが真紅に身を包んだ二槍流の青年との間に見事な好対照を生み出していた。

この若者の外見でその隻眼《せきがん》と同じ程度に人目を引くのは、おそらく彼の腰から提《さ》げられた日本刀だった。

とは言っても、別に彼の操るその刀が、常軌《じょうき》を逸《いっ》した長さを誇っているわけでも、奇《き》妙奇天烈《てれつ》な形状をしているわけでもない。彼の腰から提げられた刀たちの一本一本は、もちろんそれなりに名の知れた銘が打たれたものではあるが、ごくごく一般的に使用されているものと何ら変わりはなかった。

一本一本。

そう、彼の腰の刀が人の目を引くのは、まさにこの点にあった。

通常戦国の世を生き戦を糧とする者たちは、主として扱う太刀の他に、脇差《わきざし》と呼ばれる小刀も携帯しているのが常である。また近年では、野に生き正式な剣を学んだわけではない者たちの中には、二本の刀双方に同じだけの重きを置いて操る人間もいる、という噂がまことしやかに流れてもいた。

だが、彼の腰に提げられた刀の数は、二本や三本などというケチなものではなかった。その数、左右の腰に三本ずつ。なんと、合計で破格の六本である。

どれほどの身体能力を誇ろうと、あるいはどれほど身分の高い家に生まれようと、人間の腕の本数は左右に一本ずつである。どれほど修錬を重ねようが、この数が減ることはあっても増えることは絶対にない。刀を操る腕を二本しか持たない人間が、その三倍もの本数の刀を提げているということは、やはり常識を大きく逸した姿に映る。

ところが、初めてそれを見る大方の人間の予想を裏切って、この六本の刀は決して伊達《だて》や飾りではなかった。

その証拠が、今まさに繰り広げられつつある二本の槍を操る若者との果たし合いである。

真紅の鎧に身を包んだ若者が、二本の槍で突き、薙《な》ぎ、斬りかかり、神速の連続突きをも繰り出していく。だが、蒼天の鎧に身を包んだ若者は、ときに一本の刀でその一撃をさばき、ときに両手に握った刀でそれを受け、あるいは片手で三本の刀を掴み反撃に転じ、そして隙あらば六本の刀すべてを動員して、真紅の若者へと襲いかかった。

彼は左右の手の五指の間に器用に一本ずつ挟みこみ、まるで獣の爪のように扱うことで片手で三本の刀を操ることを可能とし、さらには戦いの最中も状況に応じて臨機応変に操る刀の数を変えるのである。もちろん、そのような非現実的な行為を行なうことのできる人間が、常人の範疇《はんちゅう》に収まるはずもなかった。

「さすがにやるじゃねえか。遠路はるばる奥州《おうしゅう》から、アンタに会いに来ただけの甲斐はあるぜ」

「光栄なり。おぬしのような武士《もののふ》と出会えたこと、拙者《せっしゃ》も嬉しく思う!!」

いったいどれほど双方の刀と槍とを交えただろう？

百合、いや二百合はくだらない。

互いに命の削り合いに身を置きながら、二人の若者は楽しそうにそんな会話を交わしていた。

「闘魂絶唱《とうこんぜっしょう》!!──燃えよ、我が魂《たましい》イイィッッ!!」

暑苦しいほどに熱い叫びをあげながら、己の手足のように軽やかに二本の十字槍を操る真紅の若者は、その名を真田《さなだ》幸村《ゆきむら》という。

「GET UP! Ok、are you ready?──癖《くせ》になるなよ!」

粋《いき》に南蛮語《なんばんご》を操りながら、六本の刀を獣の爪のようにして使いこなす蒼天の若者は、『奥州筆頭』伊達政宗《まさむね》であった。

誰知れるともなく、無限に続く死闘を繰り広げるこの二人は、共にすでに戦国の世に広く名を知られた英傑《えいけつ》であった。

2

真田源二郎《げんじろう》幸村は、ここ甲斐の国の領主『甲斐の虎《とら》』武田信玄傘下の武将である。

世に知られる武田軍の旗印『風林火山』の一節、「～侵略すること火の如く」という言葉を具現化したように熱い男で、武田の戦において、何時如何《いついか》なる戦場でも先陣を切るのはこの真田幸村だった。戦場での働きから、彼の若さを考えれば異例とも言えるほど主君・武田信玄からの信頼も厚く、特に二度に渡って信玄の宿敵・上杉謙信《うえすぎけんしん》との間に繰り広げられた川中島の戦いでは、両軍を通して最も多くの首をあげている。

名将・豪傑《ごうけつ》の居並ぶ武田麾下《きか》の武将たちの間でも一、二を争う剛勇を誇る真田幸村には、その熱き血潮《ちしお》たぎる魂と、自在に操る二本の十字槍から、『天覇絶槍《てんはぜっそう》』なる異称さえも与えられていた。彼につけられたもう一つの異称『日の本一の兵《つわもの》』も、彼、真田幸村の実力を如実に物語るものだろう。

その実力と功績とを認められ、現在では真田幸村は、甲斐の国の要所の一つであるここ上田城の防衛を任されている身であった。

そしてこの上田城は、川中島と並び、真田幸村という若武者の武名を一躍高めることになった舞台でもあった。

それは、本能寺で散った尾張《おわり》の織田信長《おだのぶなが》がまだ健在で、その魔王が、いよいよ上洛《じょうらく》を目指した頃の話である。

かつて魔王自身も危惧《きぐ》したように、武田信玄は織田信長が天下へと道を歩み始めることを、黙って見過ごすつもりはなかった。織田信長に京に入ることを許してしまえば、自身の天下取がはるか遠退いてしまうだけではなく、日の本の国にとって決してよい結果をもたらさないであろうことを、さすがに武田信玄は見抜いていた。すでに信玄と謙信との間には、宿敵関係とも呼ぶべきものが構築されており、また北条《ほうじょう》軍との間にも長年に渡って緊張関係が続いていたが、信玄は上杉謙信と北条氏政《うじまさ》との三者会談の場を設けて、織田信長という魔王の危険性を説き、それを排除するまでの間という条件つきで、一時的な同盟を締結《ていけつ》したのだ。

後顧《こうこ》の憂《うれ》いを断った武田軍は、京を目指す魔王の背中を追って、一路西への行軍を開始した。

だが、この武田軍の隙を見事についた者が現れる。

甲斐と尾張との間に、三河《みかわ》という名の小国があった。

甲斐や当時の信長の支配領土と比べれば、十数分の一にも満たない小さな国である。ところが、その小さな国の領主・徳川家康《とくがわいえやす》が、突如として信玄が留守にした甲斐の領土内へと軍を率いて攻め入り、あっという間にその玄関口とも言うべき上田城を大軍をもって包囲してしまったのだった。そしてその当時から、その包囲された上田城の防衛にあたっていたのが、『天覇絶槍』真田幸村その人であった。

この戦いは、開戦当初より幸村のいる武田軍の方が圧倒的に不利な状況にあった。

武田信玄は誰もが認める慎重さと豪胆さを併《あわ》せ持った名将だが、このときは北条や上杉との同盟を心の底より信用していたのだろう。また、よもや三河のような小国が、精強をもって知られる武田軍に合戦《かっせん》を仕掛けるとは夢にも思っていなかったのに違いない。

魔王との一大決戦に備えるべく、武田信玄は自国領土内の主だった兵たちを行軍に参加させており、上田城の守りは極めて手薄な状態となっていた。それでも、真田幸村を最後の保険として上田城に残していたのは、長く戦場を往来した武田信玄の第六感のなせる業《わざ》だったのだろうが、とにかくもこの時の武田軍は、数の上でも徳川軍に対して圧倒的に劣勢を強いられていた。

さらに上田城の防衛にあたる武将や兵たちに絶望感を与えたのが、徳川軍の一人の武将の存在である。

その男の名は、本多忠勝《ほんだただかつ》。

誰もが『戦国最強』と謳《うた》うこの人物は、七尺を遙かに超えるという人類とは思われないほどの巨体を誇り、これまでの生涯でただの一度も刀傷を負ったことのないという、恐るべき逸話《いつわ》の持ち主であった。

もう一つ、この本多忠勝の逸話で有名なのが、彼の無口ぶりである。

その無口さは常軌《じょうき》を逸脱《いつだつ》しており、長く戦場を共に駆けた戦友や供回《ともまわ》りの者たちですらも、忠勝がため息をつく音さえも耳にしたことがなかった。あまりに本多忠勝が無口なために、同僚の武将たちの間には、

「あいつは口を利くことを忘れてしまっているんだ」

などという噂話が流布してしまうほどであった。

だが、どれほど本多忠勝が他者が奇異に思うほどの無口であろうとも、彼が戦国の世で最強の武人として同僚から一目も二目も置かれる存在であり、主である徳川家康に絶対の忠誠を誓っているのは純然たる事実である。

ひとたび徳川家康が、

「やれ!!　忠勝ッッ!!」

と号令を下せば、本多忠勝はたとえ単騎であっても敵陣の只中へと突入して、その場にいるすべての敵兵に、死という言葉の意味を身を以て教えることだろう。忠勝がひとたびその手にした削岩機《さくがんき》のような大槍を振るえば――槍なのに『削岩機』という形容は奇妙だが――辺りには一瞬にして血の匂いと悲鳴とが立ち込めることとなる。彼の撒き散らす死の嵐はあまりにその印象が強すぎて、かろうじてその渦から生還することができた者たちに、

「本多忠勝の身体から雷が放たれた思った瞬間、周囲の者が黒こげになった」や、

「本多忠勝の背中から炎が噴射されたと思った瞬間、彼の移動速度が三倍にもなった」などという現実にはありえない幻覚を見せることもしばしばだった。

とにかく、本多忠勝が味方に無限の活力を与え、敵対者に恐怖と絶望とを植えつける存在であることは確かなことだった。

古くは今川義元《いまがわよしもと》や少し範囲を広げて武田、上杉、北条。新しくは尾張の織田信長のような強

国に周囲を挟まれながら、三河の国が他国の侵略より領土を守ってこれたのは、ひとえにこの本多忠勝の存在があったからだ、と言っても過言ではなかった。

……その本多忠勝が眼前に出現した。

それも自軍をはるかに上回る徳川の兵力と共に。

その報せを受けた瞬間、それだけで上田城を守る兵や武将たちの士気は極限まで挫《くじ》けてしまった。徳川軍と一合も刃を交えぬままに、上田城の意見の多勢を降伏論が占める有様だった。

「――諸将方、目を覚まされよ!!」

この降伏論に敢然《かんぜん》と反論したのが、誰あろう、真田幸村その人だった。

「我らは誇り高き武田の武人ではありませぬか。敵を前に戦いもせず降伏などして、この地の守りを我らに託したお館さまに、申し開きができましょうか?!」

幸村はそう言って、同僚の武将たちに詰め寄った。

「お館さま」――つまり主君である信玄の名を出されて、居並ぶ諸将の顔に、動揺が走った。だが、それでも、幸村の抗戦論に同調する者は現れなかった。彼らに信玄への忠義心がないわけではない。ただその忠義心を上回るほどに、伝え聞く戦国最強の武人本多忠勝の伝説に、彼らの恐怖心が増大されていたのである。

武将の一人が視線を合わせぬままに、ぼそりと洩《も》らした。

「……しかし真田どの。勝ち目のない戦にて、無駄に命を落とすのは愚の骨頂ではありませぬか？　ここは、一時の屈辱に耐え降伏を選び、明日の勝利の日を待つべきでは――」

「何をおっしゃられるか!! 勝ち目のない戦などではござらぬぞ!!」

目を伏せる諸将に対し、幸村は熱弁を振るった。

上田城の異変は、すぐに西への行軍を続ける信玄の本隊にも報せがもたらされることだろう。となれば、すぐに信玄は京への行軍を取り止めて、この上田城へと全軍で引き返してくるはずである。いかに徳川軍が多勢を誇ろうと、兵の数で信玄率いる本隊に及ぶべくもない。

「つまり我らは、お館さまが戻られるまでわずかな間だけ、時を稼げばいいのです。勝機は十分にある。そうではありませぬか? 皆様方」

この時、幸村がこれほど強く進言したのには、相応の理由があった
この幸村たちの守る上田城は甲斐の国への玄関口のような場所である。この城を徳川軍に奪われるということは、すなわち京を目指し進軍中の、信玄率いる本隊の退路が断たれることになってしまうのだ。

さらに、上田城を落とされてしまえば、その先に広がるのはほとんど無防備な甲斐の国の領土である。目の前に広がる肥沃《ひよく》な領土を前にして、徳川家康がこの城をとったことだけで満足をするはずがなかった。

だが、これだけ幸村が熱意をもって語って聞かせても、諸将の重い腰は一向に持ち上がる気配を見せなかった。彼らが何を恐れているか、もちろん幸村も知っていた。幸村はここに至って理解した。このままでは、たとえ自軍の勝算が九割九分あると知っても、彼らは決して抗戦の道を選ぼうとはしないだろう。

「……わかり申した」

幸村は愛用の二本の槍を手に取り、立ち上がった。

問いかける顔を向けてくる諸将に対し、幸村は言った。

「この幸村が、ここにいる諸将の方々の心に巣食う恐怖の虫を、取り払って差し上げまする」

「……どういう意味じゃ？」

「彼も人、我も人、ということを思い出せば、諸将も武人の心を思い出されるでござろう」

合議が行なわれている天守閣《てんしゅかく》を退出した真田幸村は、その足で一人上田城の城門へと向かった。城門の傍《かたわ》らに繋《つな》いであった愛馬の背に颯爽《さっそう》と跨《また》がると、兵士たちに悠然《ゆうぜん》と声をかけた。

「すまないが、開門してくれ」

声をかけられた兵士たちは顔を見合わせた。当然である。門の外には、徳川の大群がひしめきあっているのである。今このような状況で門を開けることに何の意味があるのか？　兵士たちにはまるで理解ができなかったのだ。

それでも、幸村は馬の背に跨ったまま、もう一度兵士たちに言った。

「開けるのは、俺一人が通れるだけのわずかな隙間でいい。俺が門をくぐったら、敵兵が押し寄せてこれぬよう、すぐに門を閉じてくれ。――頼む、この幸村の行動で、武田全軍の命運が変わるやも知れぬのだ」

いずれにせよ、れっきとした将である幸村の命を拒むような権限は、門兵たちには与えられてはいなかった。指示どおり、上田城の門はわずかに開かれ、その隙間から幸村の駆る白馬が勢いよく飛び出していった。

一方、天守に残された武将たちは、幸村の退出後も、話し合いを続けていた。すでに結論は出ているようなもので、後はいかに体裁を整えて徳川に下るかを決めるばかりだったが、武士《もののふ》としての誇りや主君である信玄への忠義が妨害になり、なかなかはっきりとしか意見が述べられることはなかった。

合議の行き詰まりに苦しさを覚えた諸将の一人が、天守より城下の徳川軍へちらりと視線をやったとき、自分たちの城より飛び出していく白馬の姿を発見した。

「……あっ!! み、皆様方!!」

すぐにその武将は同僚たちを呼び寄せた。

土煙を立ち昇らせて駆けていく白馬の姿を指差し、叫ぶ。

「見てくだされ!! あれはもしや、真田殿ではありませぬか?!」

他の武将たちの間からも、感嘆の声が洩れこぼれた。

「まことじゃ! なぜ、真田殿が城外へ?」

「もしや、あれだけ偉そうなことを申しておきながら、一足先に徳川に下ろうというのか?」

「なんと卑劣《ひれつ》な!!」

「いや、一人だけ安全な場所へと落ち延びようという腹積もりかも知れませぬぞ!!」

だがもちろん、幸村は降伏を図ったわけでも、敵前逃亡をしたわけでもなかった。

「――邪魔だ、邪魔だ、邪魔だッッ!!!!」

幸村も、世にその名を轟《とどろ》かせる武田騎馬隊の一員である。周囲を威圧するように叫びながら、曲芸のように両の足のみで巧みに愛馬を操り、両の腕に一本ずつ十字槍を振り回し、猛然とした勢いで、徳川の陣営へと斬りこんで行った。

「……な、なんじゃ、あいつは?! 敵襲……まさか、一騎駆けか!!」

その時、上田城を包囲する立場の徳川家康は、自軍の本営にて、ゆるりと武田軍が降伏の道を選ぶのを待っていた。家臣の本多忠勝の武名とそれが与える恐怖とを、誰よりも熟知しているのがこの徳川家康だった。

彼に言わせれば、

「ワシが一番忠勝を上手く使えるのだ!!」

ということになる。忠勝の恐怖の圧力を前にして、抗戦の道を選ぶことのできる気骨のある者など、世に数えるほどしか存在しないことを家康はよく理解していた。万が一、上田城の将らが籠城《ろうじょう》し抗戦の道を選んだとしても、その時はその時である。本多忠勝の人智を超えた武力にて、正面より城門を破り、正攻法で上田城を落とすだけのことであった。忠勝こそ、徳川家康の天下取りへの戦略の、基幹となる存在だった。本多忠勝がある限り、勝利は常に自分と共にある。家康はそのことを露ほども疑ってはいない。

その徳川家康は、たった一騎で自軍を切り崩していく真紅の鎧を身に纏《まと》った若武者の姿に、思わず仰天《ぎょうてん》し、腰を浮かしかけた。

敵の狙いは自分の首だ。

家康は瞬間的にそう思ったのである。たとえどれほどの兵力差があれど、大将を失ってしまえば全軍総崩れになってしまうのは、いわば戦場の常識である。あの白馬に乗って、たった一騎で徳川陣営を切り崩さんとしている真紅の若武者は、まさに玉砕《ぎょくさい》覚悟でそれを狙っているに違いない。それが家康に浮かんだ思考だった。

「何をやっておる?! 弓でも刀でもなんでもいい、早くあやつを討ち取るのじゃ!! たった一騎を本営まで近づかせたとあっては、三河武士の名折れじゃぞ!! ——起きろ! 起きろ、忠勝!!」

もちろん、ただ一騎の人間が、敵陣深くの大将の首を取るなどとは、常識的に考えればありえないことである。そのようなことが可能ならば、合戦の意義は失われてしまうであろうし、万が一それを可能とする者が存在するとすれば、それは本多忠勝をおいて他にはいなかった。その本多忠勝は、家康のそばにて鎮座《ちんざ》している。とすれば、武田の武者が一騎駆けを試みたところで、恐れるものなど何もないはずである。——はずなのだが、遠目にも見て取れる武田の若武者の気迫に満ちた戦ぶりが、本人も自覚できぬ不安と恐怖を家康に抱かせ、傍らの本多忠勝に助けを求めさせたのである。

「…………………………!!」

これまでに何度もそうであったように、家康の声に応じて本多忠勝が目を覚ました。それだけで、家康の中に芽生えたわずかな不安が吹き飛んだ。たとえあの武田の若武者がここまで辿《たど》り着いたとしても、忠勝さえ目覚めていれば、恐れることなど何もない。

「よーし、やれ、やれ！　三河武士の強さを見せるのじゃ――」

家康は手にした刀を軍配のように振り下ろし、家来たちに指示を送ろうとした。

だが、不意にその刀を振るう家康の腕が空中で制止した。

「……………なんじゃ？」と、家康は小首を傾げた。

遙か前方の馬上の若武者が、二振りの槍を鬼神のごとく振るいながら、何事かを大音声《だいおんじょう》で叫んでいるのが見て取れたのだ。

「あやつはいったい、何を言っておる？」

白馬に乗った若武者は、馬上で槍を振るいながら、こう叫んでいたのである。

「――遠からん者は音にも聞け！　近からん者は、目にも見よ!!　我は武田信玄が将、真田源二郎幸村なり！　戦国最強の武人の誉《ほま》れ高き本多忠勝どのと手合わせを願いたい!!　本多どの、本多忠勝どのはいずこにおわせられまするか?!」

「…………………………!!!」

「なんとっ!!」

真田幸村と名乗る若武者の台詞《せりふ》に、思わず徳川家康は目を剝《む》いた。城をぐるりと包囲する徳川軍に一騎駆けを試みるだけでも充分無謀だが、その上なんとあの若武者は、誰もが恐怖におののく本多忠勝と刀を交えることを望んでいるのだ。

これを無謀と言わずして、いったい何を無謀と言うべきだろうか。

「おもしれえ……あいつ、おもしれえぞ。——忠勝ッッ!!」

自然と、家康の顔に笑みが浮かんでいた。家康は合図を出して忠勝に姿勢を低くさせると、ぴょんとその肩に飛び乗り、「よし、いいぞ忠勝」と彼を立ち上がらせた。

そして本多忠勝の肩の上から、全軍に対して、

「やめーいッッッ!!!!!」

と大声で指令を出した。

総大将の一声で、幸村に今にも斬りかからんとしていた兵たちは矛《ほこ》を収め、矢を射掛けんとしていた兵たちも弓を下げた。

「忠勝が通るぞ、死にたくなくば、どけどけどけー!!」

家康の言葉を合図に、彼と忠勝がいる本陣と幸村との間を埋め尽くしていた徳川の兵が左右に真っ二つに分かれ、一本のまっすぐな道が綺麗《きれい》に出現した。

「よし、進め、忠勝!」

「…………………………!!」

背面から猛烈な炎を噴き出して、まるで地を這《は》うように、家康を肩に乗せたまま本多忠勝は出現した道を高速で突進する。あっという間に、家康と忠勝は、真田幸村のもとへと辿り着いていた。

突然粉塵《ふんじん》を巻き上げながら目の前へと現れた本多忠勝の姿に、さすがの真田幸村にも驚きの

色が浮かんだ。

本多忠勝のその巨体も、そしてそこから受ける威圧感も、幸村の想像をはるかに超えるものだったのだ。しかし何よりも幸村が驚いたのは、彼の想像と本多忠勝の実物との間の印象の差異だった。

伝え聞く戦国最強の噂から、幸村は勝手に本多忠勝というのは凶獣のごとき危険な雰囲気を纏った武将だと思い込んでいた。たとえば幸村の主君である武田信玄が『虎』にたとえられ、かつてほんの一瞬だけ邂逅《かいこう》した奥州を治めるあの男が『竜』にたとえられるように、人間も生物である以上、個としての戦闘力を高めていく課程で、どこか野生の獣に近づいていく、そんな部分が出てくるものだ。これまで、真田幸村はそう考えていた。幸村自身も、主君の信玄と重ねあわされて、『若き虎』と呼ばれることもある。

少なくとも、敵方であれ味方であれ、幸村が出会ってきた名のある武将たちは、皆どこかにそういう雰囲気を纏っていた。

しかし、今の前に現れた本多忠勝の巨体からは、そのようなものは微塵《みじん》も感じ取ることができない。威圧感を感じない、というわけではもちろんない。ただ、幸村が彼から受ける印象は、どこまでも冷たく無機質で、まるで仏や悪魔を形取った巨大な石像を前にしているような、そんな感覚を彼は抱いたのだった。

「……そなたが、本多忠勝どのか？」

幸村は目の前に現れた巨人に対し、馬上のままそう言葉を投げかけた。

「……………！」

幸村のその問いかけは、実は質問ではなく確認だったが、忠勝自身からの返事はなかった。

代わりに忠勝の肩に乗った子供のように小柄な男が、明るく元気に答えた。

「おうともよ。戦国最強・本多忠勝、ここに参上！——そしてワシが、三河の主・徳川家康じゃ!!」

徳川軍の総帥を名乗った男は、ぴょんと身軽な様子で忠勝の肩から飛び降りた。

威勢良く馬上の幸村の顔に人差し指を突きつけて、徳川家康は伝法《でんぽう》な口調で言った。

「おめぇ、本当に忠勝と一戦交えてぇのか？」

幸村は、静かに頷《うなず》いた。

「命知らずな野郎だなあ、おめぇ」

呆れたように首を振り、しかし家康はすぐに満面の笑みを浮かべた。

「だが、気に入ったぜ、真田とやら。ワシも命知らずは嫌いじゃねぇ。よし、忠勝！　いっちょこの男を揉《も》んでやれ！」

「……………！！！！！」

徳川家康の号令に、本多忠勝の双眸《そうぼう》が不気味な赤い光を放った。

「お？　忠勝、おめぇも久々に歯ごたえのある相手に会えて、喜んでるな？」と笑い、それから家康は前後左右を埋め尽くす自軍の兵を見渡し、言った。

「おめぇらも、余計な手出しはするんじゃねぇぞ！　こいつは忠勝と、この真田って奴の一騎打ちだ！　……でも真田とやら、おめぇの命の保証はできねえからな」

「……感謝いたす、家康どの」

幸村は馬上より飛び降り、二本の十字槍を本多忠勝へと向けた。

「…………真田幸村、いざ参る!!」

幸村は、戦国最強の男に挑みかかった——。

——さて、この一騎打ちの顚末《てんまつ》は？

結論から言えば、本多忠勝の背負った戦国最強の看板はあまりに重く厚かった。

「燃えよ、我が槍！　我が魂!!　命の限り奮えよ!!」

真田幸村はそのとき持ち得たすべての技術と体力とを注ぎ込み、本多忠勝に手傷のひとつも負わせんとしたが、忠勝の無尽蔵《むじんぞう》に続く体力と、常人ならば自重で歩くことさえかなわぬであろう、ぶ厚く強固な装甲の前に、攻撃のほとんどが無惨に跳ね返される結果となった。

だが。

ただ一度。何十、何百と繰り出した槍撃の中で、本当にたった一度だけ、幸村は本多忠勝に大きな隙を作り出すことに成功した。

すでにそのとき、幸村の肉体は疲労の極地にあった。

彼の肉体を襲っているのは疲労ばかりではなく、幾度となく振り下ろされた忠勝の巨槍の衝撃で、幸村は絶え間なく続く苦痛に襲われていた。

かろうじて、致命的な一撃を受けることだけは避けていたが、汗と血と泥とに塗《まみ》れた幸村の顔を見れば、誰の目にも彼の敗色は濃厚だった。

いや、実質的には、すでに幸村は負けていた――。

だがそんな時に、幸村に千載一遇《せんざいいちぐう》の機会が訪れた。

それはあくまでも偶然の産物だった。

振り下ろされた忠勝の削岩機のような巨槍の一撃を、幸村は左の槍で受け止めようとした。だが疲労のために、幸村の左の手にはすでに、忠勝の剛槍を受け止めるだけの握力は残されてはいなかった。抵抗らしい抵抗もできずに、幸村は槍を地面へ叩き落されてしまった。

絶対絶命の危機。

だが、災い転じて福となす。その瞬間こそが、幸村に訪れた最大の好機へと転じたのである。

忠勝の予想よりも、一撃を受け止めようとした幸村の抵抗の力がはるかに弱々しかったのだろう。

「…………………………！！！！！！」

振り下ろされた忠勝の削岩機のような巨槍は、幸村の手から十字槍を叩き落しただけでは飽き足らず、そのまま地面に勢いよく突き刺さってしまったのだった。まさに、削岩機のように、である。

ほとんど無防備な本多忠勝の側面が、何の前触れもなく幸村の眼前にさらけ出された。

「いかん、忠勝ッッ！！！」

忠勝との一騎打ちが始まってから初めて、徳川家康が悲鳴のような声をあげた。

もちろん真田幸村は、目の前に差し出された幸運の女神の手を払いのけるような、愚か者ではない。

「ぬぉぉぉぉぉぉぉぉぉぉぉっっっっ！！！！！」

最後に残った体力のすべてを結集して、真田幸村は気合と共に残された右の槍を突き出した。

幸村の燃えたぎる熱き魂の一撃が、本多忠勝の脇腹を捉えた——。

「…………………………………！！！！！」

「バ、バカなッッ!!　忠勝？　忠勝ッッ!?！！！！！」

——だが、幸運の女神は、寸でのところで幸村の差し出した手を離してしまった。

長時間にも及ぶ戦国最強の武人との一騎打ちで、幸村の左手の握力に限界が来たように、幸村の右手に握られた十字槍の耐久力にもまた、限界に達していたのだ。

十字槍はへし折れた。鈍い音をたてて根元から。

幸村の渾身《こんしん》の一撃は、ついに本多忠勝の装甲を貫《つらぬ》くことはかなわなかったのである。

真田幸村は、根元だけになってしまった愛用の槍の姿を見た。そしてすでに空となった、己のもう一方の手に視線をやった。目の前では、本多忠勝が瞳を赤々と光らせて、大地にめり込んでしまった己の削岩機のような巨槍を引き抜いた——。

「……さすがは戦国最強の武人、本田どの。この幸村、己の未熟さを思い知らされ申した」

すでに体勢を整え直した忠勝に、幸村は疲労の滲《にじ》む笑顔でそう声をかけた。馬上から。

幸村は、自分の槍がもはや使い物にならないことを悟ると、潔くそれを宙に投げ捨てて、そのままこの場所まで駆けてきた白馬の上へと飛び乗ったのだ。

「得物なくして、もはや幸村に戦う術はございませぬ。……されど我が命、この幸村のものではなくお館さまに捧げし物。申し訳ござらんが、ここで本多どのに差し出すわけにはございませぬ。しからば――」

「なっ⁈」

「――御免《ごめん》!!」

徳川方の兵たちは驚愕《きょうがく》した。

突如、真田幸村を乗せた白馬は身を翻《ひるがえ》し、上田城の方角へと走りだしたのだ。

「た、武田の武者が逃げ出したぞ!! 止めろ! 矢を射よ!!」

一瞬、虚を突かれた徳川の兵たちは我に返り、一帯に怒号が飛び交った。

幸村がここまで斬り進んできたときと同じように、刀や槍を持った徳川兵が止めにかかる。

それでも、幸村の駆る白馬は止まらない。槍を失い、両手で手綱を操る幸村の白馬の動きはさらに凄みを増し、その様子はまさに人馬一体という形容そのものだった。

しかし徳川勢も、黙って幸村を行かせるわけにはいかない。

もはや刀では止まらぬと判断した弓兵たちが、馬上の幸村に的を定めて弦《つる》を引き絞った。

だが、彼らの弓から、矢が放たれることはなかった。

徳川家康がおもむろにこう言ったのだ。

「……よい、行かせてやれ」

「はっ？　な、なぜでございますか、家康さま?!　ここまで攻め込まれ生かして帰したとあっては、徳川軍の名にかかわりますぞ!!」

色めき立つ徳川方の武将たち。しかし家康は、忠勝の幸村の一撃を受けた部分を確認しながら、カカカと笑って答えた。

「ワシはあやつが気に入った。忠勝と正面切ってやり合おうなんてバカ野郎を、しかもこれだけ長い間忠勝を相手に持ち堪えた豪傑《ごうけつ》を、むざむざ皆でよってたかって殺してしまうのは、あまりに惜しい!!」

「……は。し、しかし……」

「それに、ここを見てみるのじゃ」

そう言って家康は、忠勝の脇腹に当たる部分を指差した。

徳川方の武将たちから、どよめきの声があがった。

「な、なんと!!　忠勝どのの鋼鉄の皮膚にひとすじの傷が！」

「まさかこんなことが?!　し、信じられん!!」

驚愕する家臣の様子に満足そうに頷きながら、家康は言った。

「あやつはこの戦国の世で、はじめて忠勝の身体に傷をつけたあっぱれな漢《おとこ》じゃ。褒美《ほうび》として、この場を見逃してやるくらいはかまわんじゃろ。のう、忠勝？」

「…………………………！」

「そうか、そうか。忠勝もワシと同じ意見か！　……あの真田幸村とやら、忠勝が戦国最強なら、あやつは日の本一の兵《つわもの》かもしれんのぅ」

感嘆し、そうつぶやきを洩らす家康の視線の前方で、遠ざかる幸村の駆る白馬の白い尾が、流星のように残像を残し、上田城の城門の中に吸い込まれていった。

戦国最強・本多忠勝との一騎打ちより生還した真田幸村を、上田城は熱狂をもって出迎えた。

幸村が上田城を飛び出したときに漂っていた言い知れぬ絶望感は、すでに上田城の武将の中からも兵たちの中からも雲散霧消《うんさんむしょう》してしまっていた。

「真田どの！　真田どの!!」

合議の際、最も強く降伏を主張していた武将などは、馬上より降りた幸村に、すかさず熱い抱擁《ほうよう》をしたほどだった。鎧の上からでも痛いほど強く抱きしめられながら、幸村はその場にいる同僚たちに言った。

「……諸将方、わかっていただけたでござろうか？　たとえ戦国最強を謳われる本多忠勝どのとて、決して刃を交えられぬ相手ではござらぬ。勝つことはかなわぬまでも、お館さまが戻られるまでの間を稼ぐことは――」

「みなまで言われるな、真田どの！」

武将の一人が、幸村の言葉を遮《さえぎ》り、熱く叫んだ。

「ここにいる者の中に、真田どのの戦いを見て感じるもののない腰抜けは一人もおりませぬ！

すでに一同、風林火山の旗のもと、信玄公が兵を返してこられるまで、戦い抜く覚悟はできておりまする!!」

「おお！　諸将方!!」

我も人なり。本多忠勝も人なり。これが、幸村が本多忠勝に戦いを挑むことで、同僚たちに訴えかけたかったことだった。そしてそれは武将たちに伝わっていた。幸村の帰還の直後、上田城は籠城戦を行なうことを決定した。


――そしてこの日より一カ月の間、真田幸村と上田城の面々は、周囲を取り囲んだ徳川軍の必死の攻勢から、上田城を守り抜く。

当然、幾度となく徳川方から本多忠勝が出現し、上田城の守りを脅《おびや》かしたが、真田幸村が積極的にこの戦国最強の武人の相手を引き受け、人的被害を最小限に抑えた。あまりの忠勝との激闘ぶりゆえに、この籠城戦の間に、真田幸村は百本近くの槍を失った。このことが、いかに幸村がよく戦ったかを、物語っているだろう。

上田城の兵たちは、士気がくじけそうになると、仲間たちにこう声をかけてお互いを励ましあった。

「徳川には、本多忠勝がおるかもしれんが、武田には真田幸村がおる!!　恐れることはない!!」

かくして、兵糧《へいりょう》は不足し、水さえも充分に行き渡らない過酷な環境ではあったが、武田軍は最後まで戦意を失うことなく戦いぬいた。ほぼ連日におよぶ徳川の攻勢に耐えて、ついに幸村たちは上田城の城門を突破させることなく守り抜いたのだった。

一カ月後、西方より取って返した本隊により、包囲を解かれた上田城で信玄と面会したとき、真田幸村の身体は疲労と負傷でボロ雑巾のようになっており、さらには脱水症状まで引き起こしていた。

信玄は、徳川家康の存在を軽視していた己の不明を恥じ、すぐさま最大の功労者である真田幸村の身体を抱きしめた。

「幸村!!」

「お館さま!!」

「幸村アッ!!」

「お館さまアッ!!」

真田幸村も、主君自らひざまずき抱きしめてくれたことにいたく感動し、己の状態も忘れて喉が枯れるまで信玄の言葉に応えた。

結局、この時間的な損耗《そんもう》が原因となり、また魔王・信長の脅迫に屈した北条が一方的に三国同盟を破棄したことも手伝って、信玄率いる武田軍の西方遠征は中止されることになった。しかし、この戦で武田軍内における真田幸村の声価は絶対的なものとなった。

これが、上田城の戦いの一部始終である。

ちなみにこれ以降、信玄と幸村との臣君の絆は前にも増して強固なものとなった。

幸村と信玄とでは精神的な波長もひどく合うらしい。もとより武田軍の名物であった幸村と信玄との、

「幸村!!」
「お館さまァ!!」
「幸村アッッ!!」
「お館さまアッッ!!!!」

という拳をぶつけ互いの熱い魂を確認するやり取りも、この事件以降より一層激しいものとなった。

現在、幸村は依然として上田城の防衛の任に就いているために、あまりその光景を目にすることのできる機会は少ないが、それでも幸村と信玄は、顔を合わせる機会があれば必ずこのようにして臣君の垣根を越えて魂と魂とをぶつけ合うことを忘れなかった。

つまり、真田幸村は、そういう漢だった。

真田幸村を見逃したことが、結局自軍の勝機を失わせる結果を招いた徳川家康だったが、彼が地団駄を踏んで悔しがったかと言えば、そうでもない。

奮闘むなしく撤退に追い込まれ、徒労感に苛《さいな》まれて三河への帰路につく全軍にあって、家康はまんざら負け惜しみでもなく、こう嘯《うそぶ》いた。

「おめぇら、そんなに落ち込むんじゃねえぞ。ここでワシが勝利を摑めなかったということは、

時代がまだワシの出番じゃねぇと言ってるんじゃ。戦乱の世はまだ続く。いずれ時代がワシを呼ぶときが、必ず来る。——本多忠勝ある限り、最後に天下を取るのは、この徳川じゃ！」

「………………………………!!!」

徳川家康という人物は、本多忠勝の添え物のように考えられることも多い。

だが、敗れてなお天下を口にすることができる辺り、この徳川家康もかなりの大人物なのかも知れない。

3

「——Ha—ha!!　楽しいねえ、真田幸村!!　まったく見事なダンスじゃねえか?!」

さて、その武田の若き虎、真田幸村に今、嬉《うれ》しげな言葉を投げかけながら、上田城の付近の森の中の開けた地にて、誰知れず激しい戦いを演じている男がいた。

伊達政宗である。

武田信玄に天下を取らせることを至上の命題としている真田幸村のような人物とは異なり、この伊達政宗は他者の風下に立つことを潔《いさぎよ》しとしない男だった。

伊達政宗は、『奥州筆頭』『奥州の竜』の二つ名を持つ、日の本の北東の地、奥州を治めるれっきとした領主である。

彼は真田幸村と同世代なのだが、その半生は苦難に満ちたものだった。

まず、伊達政宗の人生に最初に降りかかった最初の苦難は、まだ彼が幼い五歳のときに訪れる。伊達家の当主となることを期待して大切に育てられていた政宗の身を病が襲ったのだ。病の名は天然痘《てんねんとう》。

幸いにしてこの病で政宗が命を失うことはなかったが、代わりに彼の右の瞳からは、永遠に光が失われることとなった。そのときから、彼の顔の右上半分は、黒い眼帯によって覆い隠されるようになる。

まだ幼い少年の政宗にとって、その瞳の片方を失うということがどれほど心身に衝撃を与えたか、想像するに難くはない。

まして政宗は、伊達家の跡取りという立場にあった少年である。伊達家に仕える人間の中には、右の瞳を失い異相となった政宗を、将来の当主に相応《ふさわ》しくはないと考える者まで現れる始末だった。そうした人間の中でも最も過激な一部な者たちは、暗殺者を放って政宗を物理的に当主に就《つ》けぬようとさえすることもあった。政宗は五歳にして天然痘によって、右の瞳から光を奪われたばかりか、未来の当主としての地位やあるいは自身の命さえも危機にさらされることとなったのである。これを苦難と言わずして、何を苦難と言えるだろう。

しかし、運命という名の見えざる者の意思は、政宗にさらなる犠牲《ぎせい》を差し出すことを要求する。

それはすでに政宗が元服を迎えた後の話である。

当時、まだまだ奥州は平穏にはほど遠い状態だった。もちろん日の本全土が当時から現在に至るまで戦国の世にあるわけだが、奥州もまたその戦国の世をそのまま小さくしたような、争いの絶えない状態だった。奥州の広いとは言えない大地の上に、伊達家に敵対する者たちがひしめき合い、いつでもその首を取る機会を狙って牙を研いでいた。

そんな状況の中、敵対する畠山《はたけやま》という近隣領主の手勢によって、政宗の父が拉致《らち》されるという事件が起きてしまったのだ。

その事件が起きたとき、伊達政宗は側近の片倉小《かたくらこ》十郎《じゅうろう》を伴って、狩りへと出かけている最中だった。事件の報を受け、すぐさま政宗は軍勢を率いて、拉致された父の救出へと向かった。

しかし——

ようやく追いついた政宗らの軍勢に対して、畠山は父の首に刀を突きつけて、逆に降伏を迫ってきたのである。抵抗するならば、父の命は保証しない、というわけだった。

「なんて卑劣な連中だ。……どうしますか、政宗さま」

畠山軍の要求に、普段は冷静が常の側近、片倉小十郎が動揺に声を震わせた。

片倉小十郎という男は、幼き頃より政宗の腹心である。だがその小十郎をしても、これは答えの出せない難問だった。

父の命をとれば、政宗は捕らえられ伊達軍は壊滅を余儀なくされてしまう。さりとて、伊達軍の安全を選べば、賊《ぞく》たちは容赦《ようしゃ》なく政宗の父を殺害するだろう。伊達家に仕える家臣の身に、そのいずれかを選ぶなどということが、できるはずもない。

小十郎の問いかけに、政宗もすぐには即答しなかった。

その問いに答えたのは、人質になっている政宗の父だった。

「――政宗ッッッ！！！！」

と父は強引に身をよじらせ猿ぐつわをほどき、一面に轟《とどろ》くような声で息子の名を呼んだ。

「わしを殺せ!!」と父は叫んだ。

「お前ならば、人の上に立つ者が何を選ばねばならぬのかわかるはずだ!!　我が息子よ!!」

その時、父のその絶叫にも、政宗は表情一つ動かさなかった。

政宗は顔からすべての表情を消したまま、供廻りの者より無言で弓矢を受け取った。

「……政宗さま、自分が」と言う小十郎の申し出にも、「オレがやる」と短く答え、政宗は実父を的に定めて弓の弦を引き絞った。

「――射てッ!!」

父がそう叫んだ瞬間、政宗は引き絞った弓の弦からその手を離した。政宗のもとから放たれた矢は、父の心の臓を正確に貫き――政宗の父はうめき声一つ洩《も》らさず、絶命した。

声もなく、その死に見入っている伊達家の兵に向けて、すぐに政宗は言った。

「――行くぞ！　あの卑劣漢どもに、自分たちが何をやったか地獄に落ちても忘れないようにしてやれ!!」

……人質を失い動揺に陥った畠山の手勢は、怒りに燃える伊達軍の敵ではなかった。ほとんど斬り合うこともなく、父を拉致した犯人たちを一人残らず討ち果たすと、政宗は片倉小十郎だけを伴って、物言わぬ骸《むくろ》と化した父のもとへと歩み寄った。

「……見ろよ、小十郎」

胸に己が射た矢が突き刺さったままの父親の身体を抱きかかえて、政宗は言った。心臓を貫かれていながら、なぜか父の顔には穏やかな微笑《ほほえ》みが浮かんでいた。

「まったく、大したもんだろ？　……父上、アンタはオレの上に立つ資格のある、たった一人の男だった」

それだけ言うと、政宗は父の遺体を胸に抱いたまま、自軍の兵士たちが待つ方向へと歩き出した。傍《かたわ》らにいた片倉小十郎だけは、政宗の左の瞳からこぼれ落ちる雫《しずく》を見たが、彼はそれを誰に語ることもなかった……。

──幼くして片方の瞳を失い、否応なしに父殺しの宿命までをも背負わされる。

生涯のごく最初期にそのような過酷な境遇を押しつけられれば、多くの人間が世を恨み、己の運命を嘆くようになることだろう。たとえ人の上に立つ立場にあったとしても、それをすべて投げ出し隠者のような暮らしへ逃げる道もあった。

だが、伊達政宗はそうはならなかった。

父の死後、政宗は立派に伊達家の当主を務めるようになる。

奥州という日の本の中でも中央から離れた地にあるせいだろうか。伊達家の兵や家臣たちは、盗んだ軍馬で走り出すような荒らくれ者ぞろいである。しかし、言葉で語るよりも拳で語るほうが性に合っている政宗は、すぐに荒らくれ者たちの忠誠と尊敬を得た。

彼ら荒くれ者たちの協力と、側近片倉小十郎の知略、そしてもちろん政宗自身が武略と統率力とを発揮した結果、ついに政宗は、父にもなしえなかった奥州の地を一つにまとめ上げることに成功する。ごく短期間にて騒乱の耐えなかった奥州を統一したその偉業から、いつしか、誰からともなく政宗は『奥州筆頭』『独眼竜《どくがんりゅう》』と呼ばれるようになっていった。

――その伊達政宗が、なぜ今武田領に属する上田城近くにて、真田幸村と激しい戦いを演じることになったのか？

そこには、奥州統一を果たしたその日に、伊達政宗が側近片倉小十郎に語った言葉が大きく関係していた。

その晩、政宗と小十郎とは、二人だけで祝杯を挙げていた。

「おめでとうございます、政宗さま」

そう祝いの言葉を述べる小十郎に、政宗はこう返したのである。

「Ｔｈａｎｘ　小十郎。――だがな、オレはこんな奥州なんてちっぽけな土地の主でおさまるつもりはねぇ」

「……政宗さま？」

「なあ、小十郎。竜ってのはな、天に向かって昇って行くもんだ。そうだろ？　奥州筆頭・伊達政宗、今日この時より、天下を目指して行動を開始する。……小十郎、遅れねぇでついてこいよ？」

織田信長でも豊臣秀吉でも武田信玄でもなく、自分こそが日の本の天下人となる。それが、今の伊達政宗の目標であった。他者の風下に立つことを嫌う政宗にとって、それはごくごく自然な道だった。

だが政宗は、自分の才覚に自信を持つ一方で、それこそ信長や秀吉や信玄と比べ、まだまだ自分が天下をとるには未熟だということも知っていた。それはおそらく、若さから来る未熟さだろう。

今さら、生年を変えることなど誰にもできない。

しかし、自分の中の未熟さが成熟に変わるのをただ座して待っていては、それより早くいずれ誰かが天下を統一してしまうだろう。だとするならば、多少強引な手段を用いてでも、自分の中の足りないものを補わなければならない。もともと政宗は、勝利を得るために一つの手段に固執するような思考の固さは持ち合わせてはいなかった。

政宗は、己の限界を超えるために、戦いという手段をとることを選んだ。

壁を乗り越えたとき、人間は成長する。その壁が、ぶ厚く高ければ高いほど、人間はより高みへ辿りつくことができる。

顧みてみれば幼き日の病、父の死、そのどれもが政宗の器を、次の舞台へと引き上げてくれた。そのいずれが欠けたとしても、今の政宗の姿はなかっただろう。もしかしたら、奥州を平定するどころか、今頃は土の下で冷たくなっていたかもしれない。

それらかつての経験に匹敵するほどの試練。

それは、己の命を賭しての猛者との戦いに他ならない。

政宗はそう考えた。

そしてその己の命を賭けるに足る相手に、伊達政宗はすでに出会っていた。

それが、真田幸村だったのである——。


「良いのか、伊達政宗?! 奥州の竜と呼ばれ、仮にも一国一城の主である貴様が、単身このようなところに乗り込み、一対一の勝負などに興じていて!!」

激しく槍を打ち込みつつも、真田幸村がそう叫ぶ。

だが、そう問いかける幸村の顔には、笑顔が浮かんでいた。

「Ha!! いいわけねえだろ!!」

六振りの刀を己の爪のように操って、伊達政宗はそう返す。もちろん政宗のその顔からも、自然と笑みがこぼれていた。

「だがな、アンタを倒さねえ限り、オレの天下取りは始まらねえ!!」

実のことを言えば政宗と真田幸村が顔を合わせるのは、この日がちょうど二回目のことであった。一度目はとある戦場で、やはり敵対する陣営に身を置き政宗と真田幸村は相まみえた。

政宗も幸村も今よりも若く、政宗はまだそのとき伊達家の当主の座を引き継いではおらず、真田幸村は川中島の戦いも上田城の戦いも経験する前であり、二人とも、ほとんど世に名を知られていない頃のことである。

互いに名も知らぬまま、戦場で刃を交えた二人の若武者の身体に、その邂逅《かいこう》の瞬間に衝撃が走った。政宗にしろ幸村にしろ、自分たちの実力にはすでに相当の自信を持っていた。にも関わらず、目の前に現れた名も知らぬ相手は、自分と互角に渡り合っているのである。政宗にとっては二本の槍を自在に操る幸村の姿は新鮮そのものだったし、幸村にとってはまるで己の肉体の一部のように六振りの刀を使う政宗の姿は驚きだった。

こんな漢がいたのか。と、政宗は世の中の広さを思い知った。

知らず知らずのうちに己が慢心していたことに、真田幸村は気づかされた。

結局、二人の若者の戦いは、双方の陣営より引き上げの合図が出されたことにより、決着を果たさずして中断を余儀なくされた。刀を引く際、思わず政宗は自陣に向けて馬を走らせようとしている紅い鎧の若者に声をかけた。

「Hｅｙ！　アンタ、名前はなんてんだい？」

「真田幸村！　――貴様は？」

「伊達政宗!!　真田幸村か……その名前たしかに覚えたぜ。次にオレと会うときまで、死ぬんじゃねえぞ?!」

「それがしも、貴様の武運を祈っておくとしよう。ではさらばだ、伊達政宗!!」

このようなやり取りを交わし、二人の若者はその場で別れた。

それからしばらくして政宗のもとには、真田幸村の川中島での活躍や本多忠勝との死闘の噂が耳に入るようになり、真田幸村はあのとき刃を交えた若武者が、奥州の統一という偉業をなしえたことを知ったのだった。

奥州の統一を果たしたあの晩、政宗はすでに真田幸村の姿を思い浮かべていた。

世に強者は数多くいれど、互いに力量を高めあうことのできる相手はそうはいない。政宗と幸村とが実際に刀を合わせていた時間はそれほど長いわけではなかった。だが、そのわずかな時間で、政宗は真田幸村が自分にとってそういう人間だということを確信していた。

それに、棚上げになっている決着もある。

己の殻を破るために壁を乗り越えるのに、これほどふさわしい行為は他にない。

もちろん、幸村が問い質したように、奥州の主という立場から見れば、これほどふさわしくない行為も他にはない。もし片倉小十郎などが知れば、

「なんと無謀な!!　お立場というものを考えられよ!!」

と血相を変えて止めようとするのは間違いない。

だが、これが自分に必要なことだということを、政宗は確信していた。理屈ではないのだ。

だから政宗は、小十郎にも家臣たちにも何も告げぬまま、単身で奥州の城を発ったのである。

「――幸村、アンタの方こそかまわねえのか。敵国の領主がノコノコ一人で乗り込んできてるんだぜ?　仲間に報告すりゃ大手柄だろうに!」

「見くびらないでもらおう!!」

叫びながら、幸村が神速の連続突きを繰り出し、その矛先が政宗の兜や胴鎧を幾度となくかすめた。

「この真田幸村、貴様と剣を交えることを、あの日からずっと心待ちにしていたのだ。独眼竜!! 貴様との決着は一対一でつける!!」

「Ha! アンタ、オレが睨んだ通り、やっぱ最高にCOOLだぜ!」

もちろん政宗にはわかっていた。真田幸村がこういう漢なのだということを。だからこそ政宗は、上田城に出入りしている商人を探し出し、幸村への果たし状を託したのだ。案の定、彼は一人でこの場所に姿を現した。

もちろん、真田幸村とて、政宗が軍勢を率いてこの地を訪れていたら、このような誘いに応じたりはしなかっただろう。その時は武田の将としての立場を貫き、軍勢をもって伊達軍を迎え撃っていたはずだ。万が一敗れても、失われるのは自分の命だけ。そのような状況だからこそ、幸村は政宗の誘いに応じたのだ。また政宗が一人でここに乗り込んできたのは、それがわかっていたからでもあった。

「いいねいいね。ゾクゾクするぜ!」

「さすがは独眼竜……強い。だが、我が槍、竜を貫いてみせる!!」

「Ha! おもしれえ、やってみな!!」

手数の上では圧倒的に政宗が上回り、力と長さにおいては幸村の方が有利である。互いに拮抗する両者の果し合いは、いつ終わるともなく続いていく。

だが――

「……この真田幸村、独眼竜と出会えたことを、嬉しく思う!」

「オレはアンタを越えて、天下へと昇るぜ。Ｃｏｍｅ−ｏｎ!!　幸村!!」

互いに距離を置き、肩で息を切らしながら、二人の猛者は言葉を交わした。どちらの顔からも、滝のような汗が滴り落ちている。すでに自分たちの体力が限界に近づいていることを、政宗も幸村も正確に理解していた。

次の一撃で決着をつける。

二人の男は、相手の顔にその強い決意が浮かんでいるのを、互いに見て取った。

「うおおおお!!　伊達ッ!!　政宗ッッッ!!!!!」

「行くぜ、幸村ッッッ!!!!」

蒼き雷と紅き炎が、火花を散らし交錯する。

「──政宗さま!!　危ねぇッッ!!」

何者かの絶叫が辺り一面に響き渡った──。

4

「………小十郎？」

伊達政宗は、軽い、混乱の中にいた。

「……小十郎、どうして、お前が、こんなところに……？」

常にＣＯＯＬであることを信条としている伊達政宗にしては珍しいことだが、その声が動揺に揺れていた。

それは、政宗の六振りの刀と真田幸村の二本の長槍とが交わらんとする、まさにその時のことだった。突如、背後から、政宗にとって耳馴《な》染《じ》んだ声が聞こえてきたのである。わけもわからず、だが咄嗟《とっさ》に、政宗は刀を引き、振り返った。

その政宗の目に飛び込んできたもの。

それは、両膝を大地に突き、苦痛に顔を歪《ゆが》めた男の姿だった。

奥州で政宗の留守を守っているはずの、片倉小十郎がそこにいた。

震える政宗の問いかけに、小十郎はわずかに笑みを閃《ひらめ》かせた。

「……私は……竜の右目……ですぞ……」

小十郎の唇の端から、真っ赤な液体が滴り落ちた。

「……政宗さま……の……やること……など……お……」

最後まで言葉を続ける前に、片倉小十郎はそのまま前のめりに、崩れ落ちてしまった。

「小十郎!!　どうした?!　しっかりしろッッ!!」

自分の置かれている状況が理解できぬままに、政宗は倒れた小十郎へと駆け寄った。

——もちろん、政宗が知るはずもなかったが、実は彼が城を抜け出してからすぐに、片倉小十郎も政宗を追って奥州を発っていたのである。

片倉小十郎には『竜の右目』という異称があり、これは『奥州の竜』伊達政宗の軍師であるということを示していると共に、政宗と一心同体であるということも表現していた。

政宗は常日頃から、かつて戦場で出会った真田幸村への思いを小十郎に語っていた。

そのことと、自分に何も語らずに姿を消したことを照らし合わせれば、小十郎には容易に政宗がどこへ向かったのか想像することができた。そして小十郎は、政宗を連れ戻すべく急いで旅立ったのだ。

小十郎が政宗の姿を発見したとき、すでに政宗は幸村との宿命の戦いを開始していた。

言うまでもなく、小十郎は当初、政宗のこの無謀で愚かな行為を止めようと考えていた。だが、小十郎はどこまでも『竜の右目』だった。政宗の熱き戦いを見守っているうちに、いつしか小十郎は主君の想いと同調していたのである。真田幸村を越えることが、自分を天下人へと近づけることなのだという、政宗の想いと。

小十郎は二人の戦いを止めることを早々に諦《あきら》めた。政宗と幸村との集中を乱さぬように、近くの茂みに身を潜めたまま、小十郎は二人の激しい戦いを見守り続けた。もちろん、政宗の勝利を信じて。

片倉小十郎も一人の熱き武人である。

政宗と幸村が距離を取ったとき、彼にもこの一騎打ちの最終局面が近づいていることが理解できた。政宗と幸村が互いに相手の名を叫びながら、同時に動く気配を見せる。小十郎も、主君の勝利を願い、自然と手に汗を握った——その時である。

小十郎の目に、ある物体が飛び込んできたのは。

それは鞭《むち》のようでもあり、鋭い刃のようでもあった。いずこからともなくその何かは伸びてきて、空気を切り裂きながら、今まさに幸村との決着をつけようとしている政宗の背後を、突き刺そうとしていたのだ。

その物体の正体が何なのか。それを操る襲撃者の正体は何者なのか。それを考える時間は片倉小十郎には与えられなかった。考えるよりも早く小十郎は、政宗と、その背中を突き刺さんとする凶器との間に自分の身体を投げ出していた。

敬愛する主君の名前を呼びながら——。

それらの事情を、真田幸村との一騎打ちに興じていた政宗に知る術はない。

だが、慌てて小十郎に駆け寄り、彼の身体を抱きかかえた政宗の目にも、小十郎の背中に穿《うが》たれた刺傷があらわになった。ぱっくりと口を開けた無惨なその傷口と、そこから流れ落ちる血の流れに、思わず政宗は絶句する。

反射的に、小十郎を抱いたまま政宗は身構えた。

政宗同様に戸惑った様子で立ち尽くしていた真田幸村が、突然、気合の声をあげて、政宗たちの方へと駆け出したのだ。

「————そこだ！」

幸村はあらぬ方向へ向かって、手にした槍の一本を勢いよく投じた。

すぐに投じられた方角の茂みから、槍が樹木に突き刺さる鈍い音が聞こえてきた。

「何者だッッ!!」

槍を投じたのと同じ方角を見すえて、幸村が叫ぶ。

はたして、森の奥から何者かの声が聞こえてきた。

「…………真田幸村と伊達政宗。邪魔者を排する千載一遇《せんざいいちぐう》の機会だと思ったんだが……。……なかなか上手くいかないな…………」

まだ若い男の声だった。

「……さすがに……君たち二人を同時に相手するのは不可能だね……。残念だけど……今日のところはこれで失礼するよ……」

その言葉を残すのと同時に、森の奥から漂っていた危険な気配が、一瞬にして消えた。

「無念。逃げられたか。……いったいどこの者でござろうか」

残る一本の槍を手に、声のする方へと駆け出していた幸村だったが、やがて、諦めたように首を横に振り、政宗らのところへと戻ってきた。

「とにかく政宗どの。すぐに、医者の手配を――」

そう言いかけた、幸村の口の動きが静止した。

政宗は、膝に小十郎を抱いたまま、その幸村の首に片手の三振りの刀を突きつけたのだ。

「……何のつもりでござるか、政宗どの？」

表情一つ動かさず、幸村が言った。

「さっきの野郎は、テメエの差し金じゃねえのか、真田幸村」

「……バカな」

幸村の顔に、困ったような、傷ついたような、そんな表情が浮かんだ。

「そなたも今のやり取りを見ていたではないか」

「……だが、アンタが投げた槍は当たらなかった」

幸村の首に刀を突きつけたまま、どこまでも真面目に政宗は言った。

「わざとはずした、と言いたいのか？　冷静になられよ、独眼竜どの。この真田幸村、戦いの最中に暗殺者に背中を襲わせるような卑劣な真似、真田の六文銭の旗印に誓って、断じてせん。ましてそのような見え透いた演技、この幸村がするはずもあるまい!!」

「……だったら、あの野郎は何者だ？」

「そのようなこと、拙者が知るわけがござらんではないか」

それでも、政宗は表情を緩めなかった。

「……だが、ここは武田の領地ん中だ」と政宗は言った。

「あるいは幸村、アンタは本当にあの野郎のことを知らなかったかもしれねえ。だが、ここでアンタとオレがやり合うことを知った武田の武将の誰かが、暗殺者を寄越《よこ》したって可能性だってあるんじゃねえか」

「ありえぬ!!」

幸村は即答した。

「武田に籍を置く武将に、そのようなことをする恥知らずは一人もおらぬ!!」

「どうだかね」

政宗は皮肉っぽい笑みを作った。

「部下に一騎打ちを演じさせておいて、その実、背後からブスリとやる。……信玄坊主辺りが好みそうな、セコイ策なんじゃねえか？」

「……お館さまを侮辱するつもりか？」

幸村の表情が一変した。それまでは、どこか政宗に気を使っているような、同情しているようなそんな表情が浮かんでいたのだが、敬愛する武田信玄のことを口に出された瞬間に、幸村の顔は紅潮し、その目つきは険しいものとなった。

「首に刀を突きつけられたこの状態で、何かができるってのならやってみせろ」

「たとえどのような状況にあろうと、この幸村には熱き魂がある！」

幸村が政宗を睨みつけ、政宗が幸村を睨みつける。

いつのまにか、二人の間には張り詰めたような緊張感が漂っていた。何かきっかけがあれば、たちまち暴発してしまいそうな緊張感である。

「……お……落ち着いてください……政宗さま……」

「こ、小十郎?!」

第三者の呻くような声によって、たちまち政宗と幸村との間にあった緊張状態は解消された。政宗の膝元から、片倉小十郎が割って入ったのである。

「お、お前、意識が?!」

「……安心して……ください……見た目ほど……傷は深くない……みてぇです……」

政宗に抱きかかえられたまま、小十郎は諭すように主君に言った。

「……私が刺されたあの時……真田幸村は剣を引いた……その後も……私を助け起こしに来た政宗さまの背中を……幸村は狙ったりはしなかった……」

小十郎は喘《あえ》ぎながら言った。

「……もしも……真田幸村が……私の、背中の傷の黒幕なら……政宗さまの無防備な姿を……見逃したりはしねえはずだ……」

政宗は、幸村の顔を仰ぎ見た。

幸村は、小十郎の言葉に、我が意を得たと言わんばかりしっかり頷いていた。

「……そうか……、……そうだな」

政宗は、小十郎の言葉に頷き、幸村の首に突きつけていた三振りの刀を、腰に収めた。

ふたたび幸村の顔を仰ぎ見て、軽く頭を下げる。

「……変な疑いをかけちまって悪かったな、幸村」

「わかってもらえれば、それでかまわんでござるよ」

ようやく、幸村の顔にも安堵《あんど》したような微笑が浮かんだ。

「……それと……あと……もう一つ……」

笑みを交換する政宗と幸村の下から、小十郎が喘《あえ》ぐような声で言った。

「……できれば……早く…手当てを……してもらい…てえんですが…ね……政宗……さま……」

「こ、小十郎？　おい、しっかりしろ！　Ｈｏｌｙ－ｓｈｉｔ！　Ｇｅｔ　ｕｐ!!　小十郎!!」

慌てて、政宗と幸村は顔を見合わせた。

「す、すぐに医者を呼んでまいる！　ま、待っていてくだされ、片倉どの!!」

そう叫ぶと、真田幸村は弾かれたように上田城の方角へと飛び出していった。

完全に気を失ってしまった小十郎とその場に取り残された政宗は、唇を噛み締めながら、誰に言うとでもなく一人呟いた。

「……どこのどいつだか知らねえが……必ずオトシマエはつけてやる……。竜の尾を無粋《ぶすい》に踏みつけておいて、ただで済むと思うんじゃねえぞ……」

5

——その頃、瀬戸内の海の海上では、一つの合戦が終局を迎えようとしていた。

「……よもや、この毛利《もうり》水軍が、海賊《かいぞく》風情に後れを取るとはな……。我が知略の泉も、ついに枯れ果てたか……」

瀬戸内海の荒波に揺れる船上で、自嘲《じちょうぎみ》気味に呟いたのは、公家《くげ》が好んで身につける烏帽子《えぼし》のような形状をした、独特な兜の武将である。見る者が見れば、この特異な兜だけで、彼がいったい何者なのか気づくことだろう。それは中国地方の覇者《はしゃ》であり、『日輪《にちりん》の申し子』を自称する毛利元就《もとなり》の兜としてよく知られている物だった。

だが今、『日輪の申し子』は己の軍船の上でひざまずき、その表情にはまるで黄昏《たそがれ》のように暗く陰鬱《いんうつ》なものが漂っていた。周辺には、無惨に斬り倒された毛利軍の兵たちが倒れ、元就自身、己の船上にあるにも関わらず、その眼前にまるで銛《もり》のような形状をした大槍の穂先を突きつけられていた。

その大槍を片手で軽がると持ち、大国の当主である毛利元就の自由を何の躊躇《ちゅうちょ》もなく奪っているのは、まるで日の光を浴びた大雪原のように白銀の色をした髪で、左目を大きな眼帯に覆い隠した偉丈夫だった。

「知略の泉だって？」

そう言って不快げに顔をしかめたのは、もちろん西海の鬼・長曾我部元親《ちょうそかべもとちか》である。

「なるほど、アンタは確かに知恵は廻るかも知れねぇ」

と元親は、顔をしかめたまま言った。

「だがな、船ってのは一人じゃ動かすことはできねえんだぜ。どれほど知恵が廻っても、そのことを知らねえんじゃ、海の上で戦をする資格はねえな」

「略奪しかない能のない野蛮な海賊風情が、我に説教をたれるつもりか？」

「……忘れるな、アンタはその野蛮な海賊とやらに、負けたんだ」

元親のその言葉に敗者たる己の立場を思い出したのか、毛利元就は悔しげに唇を噛《か》み締《し》めた。

——四国は瀬戸内の海を根城とする長曾我部元親と、覇者として中国地方に堂々と君臨する毛利元就が、何ゆえに瀬戸内の海上で合戦をするに至ったのか。

それは、数カ月前のザビー教団本部の崩壊にすべての原因があった。

あの日。

突如瓦解したザビーの南蛮城から、間一髪のところでかろうじての生還を遂げた長曾我部元親だったが、城の崩壊で多くの子分たちが瓦礫《がれき》の下敷きとなった。洗脳された子分の救出に向かったはずのその場所で、逆に元親は多くの子分の命を失ってしまったのである。

元親は、子分たちをその場所に向かわせた者として、また子分を死地に向かわせておきながら自分は生き延びたことに対して、己の不甲斐なさをひどく責めた。

もちろんあの時、あの段階で、まさか自分たちのいる城がなんの前触れもなく崩れ落ちるなどとは、元親に想像できるはずもなく、その意味ではあの悲劇が長曾我部軍を襲ったのは、不可抗力だったと言えなくもない。だが、やはり、元親はどうしても己を責めずにはいられなかった。

それと同時に、元親は多くの子分たちの命を奪った者への、復讐《ふくしゅう》を誓った。

あの時、直接城を崩壊へと導いたのは、むろんザビー教団の教祖ザビーである。

ザビーが壁につけられた取っ手を下げた瞬間に、まるで大地震のような揺れが、南蛮城を襲った。城に極秘裡に設置されていた仕掛けが作動して、そして城は崩れ落ちてしまったのだ。

しかし、そのザビーの行方は杳《よう》として知れなかった。

あの崩壊に巻き込まれて命を落としたのか、それともしたたかに生存しているのか、それすらも、わからない。あの崩壊の後、元親はかろうじて生き延びた子分たちや、ザビー教の洗脳から解放された者たちと共に、瓦礫の山と化してしまった崩壊現場の探索を行なったのだが、ついにザビーの遺体らしきものを、発見することはかなわなかった。

だが、あの仕掛けを作動させた瞬間、ザビーはたしかにこう言った。

『——こ、これ、ナニ事?!　今度こそホンモノのアースクエイク?!　デ、デモ、ザビー、こんなのゼンゼン怖くないモンネ。愛がアルから大丈夫。大丈夫だけド、タ、タスケテ、アニーキ！』

言うまでもなく、ザビーというのは頭のおかしい南蛮人だ。元親の聞いた限り発言内容にまともなものは一つもなく、あの南蛮人の語る言葉に、ひと欠片でも真実があったのかすら疑わしい。それでも、あの時の状況を考えれば、さしものインチキ教祖も戯言を口にしている余裕はないはずで、やはりザビーもあの仕掛けについて知らなかったと考えるのが妥当な線だった。

だとすると、元親が復讐を誓うべき真犯人は、他にいることとなる。

城が崩壊する直前のザビーとの会話から、それが誰なのかは元親にはわかっていた——つまりそれが、毛利元就だったのである。

なぜ中国地方を治め、九州もその視野に入れていた毛利元就がザビー教団の本部、通称ザビーランドの建設に手を貸し、にも関わらず本丸と言うべき南蛮城にあのような罠《わな》を仕掛けていたのか？　だが、長曾我部元親にとってはそれはどうでもいいと言わないまでも、二の次に考えるべきことだった。大事なのは、子分たちの仇《かたき》を取ることだ。

とは言え、毛利元就は中国地方の覇者とまで呼ばれる大名である。常日頃は居城の奥深くに控えており、長曾我部元親といえども簡単に手を出せる相手ではなかった。

そこで元親が選んだ手段。

それは、ただの野蛮な海賊を装って、海上に出た毛利に属する船を、片っぱしから襲っては沈めていくことだった。

もちろん、毛利軍にも水軍はある。毛利水軍と言えば、西方でそれと知られた精強な水軍だ。むろんその水軍がいつまでも元親らの目に余る狼藉《ろうぜき》を見逃しているわけはなく、すぐに駆逐《くちく》へと動き出した。

しかし、長曾我部元親は、海で生まれ海に生きる漢だった。彼は海上において少数で行動することの利点を熟知していた。

元親は毛利の船を襲う海域を一つのところへは絞らず、毛利の軍船が大挙して押し寄せてくるという情報を得ると、すぐに別の海域へと活動場所を移動した。海の男たちの間にこれまで築いてきた情報網を最大限に駆使し、情報戦を制そうとした。ある時には、同時に複数の海域で海賊が暴れまわっているという偽りの情報をばら撒き、それぞれの情報の真偽を確かめるべく毛利水軍が兵力を分散させたところを、一隻一隻各個撃破していった。

むろん、たとえ相手の戦力が分散されているとしても、精強を誇る毛利の軍船を沈めるのは簡単なことではない。

だが長曾我部の船は、ザビー城攻めでも活躍したように、超巨大大筒をはじめ様々なカラクリ兵器が積み込まれた最新鋭の船である。おまけにザビーランドの廃墟から部品と情報を集めて南蛮の技術をも吸収し、長曾我部のカラクリ兵器の技術力は、短期間の間に飛躍的な向上を見せていた。

元親の率いる海賊を装った長曾我部軍は、毛利水軍相手に連戦連勝を重ねていった。そしてついに、痺《しび》れを切らした毛利元就自らを、海賊討伐へ誘い出すことに成功したのだった。

動き出した毛利元就率いる毛利水軍を、元親はふたたび情報網を駆使して、近海で最も潮の荒い海域へと誘い出した。その海域は見た目には波も静かで穏やかだが、実際には幾つもの潮が渦巻いており、地元の漁師たちが、たとえ穏やかな陽気の日でさえも決して足を踏み入れない海域だった。

そのような海域に長く船を留めておくことは、至難の業であるばかりか自殺行為に近い策であったが、あえて元親はその場で毛利水軍の到着を待ち構えた。ハイリスク＝ハイリターン。こちらの危険が増すほど、手にする勝利が大きなことを、長曾我部元親は知っていた。

何も知らぬ毛利水軍が、元親の待つ海域へと足を踏み入れてきた。

その刹那《せつな》。

元親の目論見《もくろみ》通り、数十隻を数える毛利水軍は、あっという間に波に舵《かじ》を取られ、航行不能状態へと陥った。

幾多の嵐を腕力一つで乗り切ってきた長曾我部軍の男たちだからこそ、この海域に何食わぬ顔で留まることも、自在に航行することもできるのだ。いかに訓練を積んでいるとはいえ、戦のためだけに鍛えられている兵士たちと、戦のためだけに製造された毛利水軍の軍船に、長曾我部の船と同じことを望むのは酷というものだった。激しい潮にさらわれて、毛利水軍の軍船たちは、次々と僚船に船体を激突させ、一隻、また一隻と難破していった。

『今だ!! 進め、野郎ども!! 大漁旗を用意しな!!』

『『ヨーホー!!!!』』

好機と見た元親は、旗艦と思しき軍船に乗船を接舷させ、直接子分たちの復讐を果たすべく、先陣を切って斬り込んで行った。

そして――

今、毛利水軍の旗艦は長曾我部の兵によって完全に制圧され、毛利元就の身柄は、元親の手にした大槍の先に投げ出されているのだった。

「いよっしゃあ! 今日もいい波だぜ!!」

「海の上で俺たちに勝てると思うなよ!!」

船のあちらこちらから、そんな勝利を喜ぶ海賊たちの声が聞こえてくる。

いつものように、船上を子分たちの、

「「アニキ!! アニキ!! アニキ!! アニキ!! アニキ!!」」

という合唱が満たしていた。

ひざまずいた毛利元就を冷たく見下ろしながら、元親は嘯いた。

「……ま、この鬼に喧嘩《けんか》を売った時点で、アンタのご自慢の知恵とやらも、たかが知れたもんだがな」

「……喧嘩だと?」

元親の言葉に、毛利元就の表情が動いた。

「……海賊相手にそのようなものを売った覚え、我にはないのだがな」

「アンタにゃなくても、こっちにはあるのさ。——ザビー教ってアタマに虫がわいた連中のことを、知ってんだろう？」

驚いたことに、元親の言葉だけで毛利元就はある程度の事情を察したらしかった。

頷きながら、毛利元就は言った。

「報告にあった、ザビー教本部に襲撃をかけた連中というのは、貴様らだったか」

「わかってんなら話は早ぇ。あの南蛮人の悪趣味な城に、あんな仕掛けをつけたのは、アンタの仕業なんだろう？」

「いかにも」

あっさりと、まったく悪びれることもなく、元就は頷いた。

元親は言った。

「なんで、あんな真似をした？」

「なぜ、とは？」

「あのザビーとかいう野郎が言うには、テメエはあそこにザビー教の本部を建てるのにも、裏から協力していたらしいじゃねえか。それなのに、どうしてあんなカラクリを城に仕掛けていやがった？」

「人には、遠謀深慮《えんぼうしんりょ》というものがある」

「……アン？」

「わからぬか」

と、元就は冷たい薄笑いを浮かべた。

「厄介者どもは、一まとめにしておくのが上策であろう。周囲への悪影響を及ぼす範囲が、小さくて済む。もしあの場所を奴らにくれてやらねば、我が領内のあちこちであの連中が蠢動《しゅんどう》することになったやもしれぬ。それに、ああして一まとめにしておけば、まとめて始末することもできる。——貴様も目撃したようにな」

「……わからねえな」

長曾我部元親は首を振った。

「奴らが邪魔なら、さっさと軍でも率いて、とっとと討伐《とうばつ》でも何でもすりゃあよかったじゃねえか。どうしてわざわざ笑顔で近づいておいて、だまし討ちなんて真似をする？」

「すべては、我が領内の安定のための遠謀深慮よ」

毛利元就は胸を張って答えた。

「窮鼠《きゅうそ》猫《ねこ》を噛《か》むとも言うではないか。本願寺の例を見るまでもなく、追いつめられた宗教家どもの反発というのは、侮《あなど》り難いものがある。力押しであの連中を殲滅《せんめつ》しようと試みれば、我が兵にも少なからぬ損耗を出すことになったであろう」

話し続ける間も、毛利元就の声は高まることも大きくなることもなかった。そのことが、元就が自身の正当性に微塵《みじん》も疑いを抱いていない証拠だった。元就は言う。

「我が兵を消耗させることなく、あの頭のおかしな教団を殲滅するには、あれが最善の策であった。それにもう一つ、あの策には利点がある。他国の領主がザビー教を疎み、その殲滅に教団本部に踏み込めば、その領主の軍勢共々葬り去ることができるのだ、一石二丁、と言うべきであろう？　――もっとも、よもや海賊などがあの罠にかかるとは、我の想像の範疇《はんちゅう》にもなかったがな」

「――アンタにはアンタの言い分があるのはわかった」

毛利元就の話を聞き終え、元親は言った。

「だがオレは、アンタのやり方は好かねえ。アンタからは、血の温もりを感じねえ」

元親がそう言っているのは、ザビー教本部倒壊の件についてだけではなかった。

たとえばつい数刻前、この船上にて行なわれた白兵戦である。

毛利元就は元親らを排除するために、あろうことか自軍の兵に爆弾を背負わせ突撃させたのだ。それだけではない。元親を始めとする長曾我部軍の強さに毛利軍の兵が恐れをなし、士気を失ったのを見ると、毛利元就は冷酷に自軍の兵を斬りつけたのだ。自分に殺されたくなくば、長曾我部軍に立ち向かえ、というわけである。

この毛利元就の冷酷さは、当然毛利軍の兵士たちだけではなく、元就が統治する中国地方の領民たちの生活にも、息苦しさを与えているのではないだろうか。考えてみれば、いかに元親が高い名声を誇っているからと言っても、あれほど中国地方の漁師たちが偽りの情報を流して、毛利水軍との戦に協力してくれたのには、その辺りのことが関係していたのかもしれなかった。

元親の言葉を聞いた元就は、表情を変えずに軽く笑い声だけをたてた。

「何を甘い事を。貴様ごときに、為政者の何がわかる？　統治者に必要なものは義や情ではない。すべては一つの駒に過ぎぬ」

「……寂しい男だな、アンタ」

「――!!」

「まるで、独りぼっちじゃねぇか」

初めて、毛利元就の表情が、目に見えて凍りついた。

むしろ悲しげに、元親は言った。

「……だがな。たとえどんな事情があったにせよ、アンタの策とやらに巻き込まれて、俺の子分が死んだのは事実だ。仇だけは、取らせてもらう」

「……我を、殺すか？」

「ああ」と元親はこともなげに頷いた。

「無抵抗の人間を殺すのは性に合わねぇが……アンタみてぇな領主はいなくなった方が、ここらの農民や漁師たちの顔にも輝きが戻ってくんだろう」

「……フ……それもかまわぬ」

眼前に死の姿を突きつけられ、毛利元就は鼻で笑ってみせた。

「だがな、我を殺せば、必ず後悔することになるぞ」

「……なんだと？」

元親は眉をしかめた。一瞬、毛利元就が見苦しく命乞いを始めたのかと思ったが、彼はどこまでも平静を保っていて、とてもそんな様子ではない。

「どういう意味だ？」

「貴様の忌み嫌う我の存在が、西国を守る防波堤となっていたのだ」

元親の問いかけに、毛利元就は静かに言った。

「我を失えば、この地は必ず侵略者の蹂躙《じゅうりん》にまみれることとなるだろう」

「……侵略者？」

敵将の口からこぼれた聞き慣れぬ単語に、思わず元親は首を傾げた。奇妙なことだが、毛利元就の口調は確信と自信に満ちており、とても口から出任せを述べているような様子ではなかった。その発言の内容と、元就の態度に興味をそそられて、元親は突きつけた槍の切っ先を緩め、訪ね返した。

「……そいつは何のことだ？　いったい何が蹂躙されるってんだ？」

「それは――」

毛利元就の口が開きかけた、その時だった。

元親の注意が自分の発言の方へと向けられているのを確信した毛利元就が、ひざまずいた状態から、素早く身を翻《ひるがえ》した。すでに倒れたどちらかの軍の兵の所有物だったのだろう、元就は自分のすぐ側に落ちていた細身の曲刀を拾い上げ、元親の首筋を狙って閃《ひらめ》かせた。

「……フ……フフ……」

毛利元就は、楽しげに肩を揺すって笑い声をあげた。元就が笑い声を一つたてる毎に、彼の口からは真っ赤な泡が、一つこぼれ落ちていった。身体の中央を長曾我部元親の大槍に貫き通されたままの状態で、楽しげに毛利元就はつぶやいた。

「……所詮《しょせん》は……我も……戦国という盤上に置かれた……駒の一つか……フフ、フ……」

そもそもの体勢の優位さが幸いしたのだろう。隙をつかれてなお、毛利元就の白刃が長曾我部元親の首を刎《は》ね飛ばすよりも早く、元親の槍が毛利元就に一撃を加えたのだった。だがそれは、本当に紙一重の差に過ぎなかった。自分の迂闊《うかつ》さに背中を流れる冷たいものを感じながら、元親はもはや虫の息の毛利元就に問い質した。

「毛利元就!! まだだ、まだ寝るんじゃねえ! 侵略者ってのはいったい誰のことなんだ?!」

毛利元就のほとんど落ちかけていたまぶたがわずかに開き、元親の隻眼を捕らえた。元就の口が力ない笑みを形取ったまま、わずかに動いた。

「……すぐに、わかる……フフ………」

それが、毛利元就という男の、最後の言葉となった。

長曾我部元親は、絶命した毛利元就の身体を、甲板へとそっと降ろし、寝かせてやった。『日輪の申し子』を自称しながら、空を照らす太陽とはまったく対照的に、どこまでも暗く陰気だった男の死に顔は、まるで憑《つ》き物《もの》が落ちたように、不思議なほどさわやかに晴れ渡っていた。

人間とはもしかしたら、自分に無いものを求めるものなのかもしれない。毛利元就は、己が暗く陰鬱な性質な人間であることを誰よりも理解し、もしかしたら嫌っていたからこそ、自分とは最も遠い存在であるはずの『日輪の申し子』などという名を自称していたのかもしれない。むしろその二つ名にふさわしい死に顔をたたえる毛利元就を見下ろしながら、長曾我部元親はそう思った。

死んだ毛利元就とは対照的に、長曾我部元親の表情には深刻に近い陰りが差していた。それはまるで命を落としたことにより、毛利元就の陰鬱さが元親に乗り移ってしまったかのような、そんな表情だった。

「……すぐにわかる、か」

元親は、毛利元就の最後の言葉を口に出してつぶやいた。

毛利元就が残したその言葉が、ただの命乞いやデマカセの類だったとは、どうしても元親には思うことができなかった。

不安という名の黒く大きな影が、元親の心を覆い隠そうとしていた。

第三章　京都の快男児

君はこんなところで過去を振り返るべきじゃない。
進み続けてこその豊臣秀吉だ。そうだろう?
――竹中半兵衛

命短し、人よ恋せよ!!
――前田慶次

我こそは時代の父! 我が創るは国の行く末!
――豊臣秀吉

1

「やだわー、もう慶《けい》はんったら～♡」

「ねぇ～、そんなおかしな夫婦がいるわけないやないの～♡」
「いやいや、マジマジ。ホントだっての!! うちの叔父さんの利《とし》ってのと、そのカミさんのまつねえちゃんってのが、これがおもしれぇ夫婦でさあ――」

――花の都は京の町。

地理的に見てもちょうどその真ん中近くに位置しているこの町は、長き戦乱の世にあっても、常に日の本の中心の地位を保ってきた。天下を目指す者はまず京の都を取ることを当面の目標にすると言われており、それは数々の伝統や因習を打ち破ってきたあの魔王・信長《のぶなが》でさえそうだった。たとえ幾度その所有者を変えようとも、京の町は変わらぬ美しさを誇り、他の都市にその地位を明け渡すことはなかったのである。

京の都が日の本の中心であるというのは、何も地理的、政治的な話に限ったことではない。文化的にも芸術的にもこの京の都はやはり日の本の中心であり、たとえどのような分野であれ、天下に一を目指すのなら、まずは京の都へ向かうのだ。

そのためだろう。

この町に住む人々は、自分たちが日の本の中心に住んでいるという意識を強く持ち、何事であれまず第一に華々しさに価値観の重きをおいていた。男も女も美しい着物で着飾り、あるいは、傾奇者《かぶきもの》などと呼ばれる、化粧で顔を彩《いろど》り風変わりな着物に身を包んだ若者たちが、大手を振って街中を練り歩く光景も目にすることができた。

そしてこの町の人々は誰もが、京の外で展開される世の流れなどには我れ関せずといった風情で、恋に博打《ばくち》に喧嘩《けんか》に祭りと、この世の春を謳歌《おうか》していたのであった。

その花の都の大きな通りに面した宿の二階から、先刻の楽しげな男女の声は、響いてきていた。正確には声の数は男性が一で、女性が二である。女性は双方ともに整った顔立ちの妙齢の女性で、その二人の女性の間に入り、あぐらをかきながら会話の主導権を握っているのが、一目で傾奇者とわかるド派手な衣装に身を包み、肩口に小さな子猿を乗せて、二人の女性から『慶はん』と呼ばれている青年だった。

「でもぉ、信じられひんわ〜。旦那はんのために日本全国をまわって、食材探しの旅をするなんて♡」

「そやわぁ。いくら慶はんでも、カジキマグロ一本釣りのくだりはフカしすぎたんとちゃうの〜？　女の人に、あんな重いモン持てひんよ〜♡」

「と、思うだろ？　でもよう、そこがまつねえちゃんのすげーとこなんだなあ。なんせ、まつねえちゃんってのは薙刀《なぎなた》の達人で、下手《へた》すりゃこの俺よりも強いぐらいなんだぜ？」

「もー、また慶はんったら〜。そんなわけあるわけないやないの〜♡」

「だから、ホント！　俺はウソなんてつかねえよ。加賀《かが》にいた頃は、利と二人、よく薙刀持ったまつねえちゃんに、追っかけられたもんさ」

「いややわ、もう♡。ホンマに慶はんと話してると、オモロイわ～」

『慶はん』と呼ばれる傾奇者の青年が、何かを口にするたびに、彼を挟んだ二人の女性からキャッキャッと嬌声《きょうせい》が上がる。

彼女らが笑顔を浮かべるたびに、『慶はん』も顔を嬉《うれ》しそうにほころばせ、また新たな話題を振りまいていたのだが、そのうちに『慶はん』は双方の女性の顔を交互にじっと見つめて、やがて驚きに瞳《ひとみ》を大きく開いた。

「あれ?! あんたら、この間会ったときより、また一段と綺麗《きれい》になったんじゃない？」

『慶はん』がそう言うと、二人の女性は頬をぽっと赤らめた。

「……もしかして、恋、してる？」

『慶はん』の言葉に、二人の女性はますます顔を赤らめ、強く頷《うなず》いた。二人のうちの片方が、イヤイヤと首を横に振りながら上目使いに『慶はん』を見ながら、恥ずかしそうに言った。

「うちら二人とも、ずっと前から慶はんに惚《ほ》の字やわ～♡」

もう一人の方の女性も言葉を継ぐ。

「もー、うちらの気持ちわかってはるくせに～♡　慶はんのイケズ～♡」

「お？　相手は俺かい？　へへ、こりゃ参ったな……」

しかし言葉とは裏腹に、それほど困った風でもなく、『慶はん』は嬉しそうに頭をかいた。

両手に花状態でこの世の春を謳歌している『慶はん』という青年は、その名を前田《まえだ》慶次《けいじ》といった。

恋に喧嘩《けんか》に博打《ばくち》に花。おそらくは、この京都に住む人間の中で、もっとも花の都・京都という場所を、体言したような青年だった。

もともと慶次の出身である前田家は、尾張は織田家の家臣の家柄である。

つまり、慶次も元々は京の町をぶらつく傾奇者ではなく、戦場を己の刀さばき一つで駆け抜ける、一己の武士《もののふ》であった。ついに最後まで信じてもらうことはできなかったが、慶次が女性たちに語って聞かせた『利』と『まつねえちゃん』というのも実在の夫婦で、慶次がまだ加賀の前田家に身を置いていた頃には、ときには両親のように、ときには年の近い兄妹《きょうだい》のように、彼と接してくれたものだった。

だが前田慶次は、武門の家に生まれつきながら、武士的価値観に最上級の価値を見出すことのできない若者だった。多くの豪傑《ごうけつ》たちが夢見た天下取りにも興味を抱くこともなく、戦の勝敗などよりも、誰かに恋し、幸せにすることの方が大切だと考えていた。

むろん慶次とて一人の漢《おとこ》である。戦場に赴《おもむ》き、己の武勇を振るうことに喜びを見出すことはあったが、その喜びはあくまでも喧嘩の延長線上にある程度であり、多くの武将たちのものとは、喜びの質が大きく異なっていた。

慶次がもっとも愛したものは自由である。場所であれ、生き方であれ、誰かにそれを決められ一つのところに縛られるのを、よしとしなかった。

そんな前田慶次が、やがて前田家を飛び出したのは、むしろごく自然なことだった。

加賀を飛び出した前田慶次は、諸国を放浪し、見聞を広め、様々な人物との邂逅《かいこう》を果たした。多くの女性とも恋をし、そのようなことをしながら流れ流れて、いつしか彼のために存在しているような町、京の都へと落ち着いたのだった。

『みんな、恋しろよ？』

が口癖《くちぐせ》の前田慶次である。女性たちの方も、式典儀礼に明るく、あらゆる文化芸能を愛し、並の傾奇者など片手で捻《ひね》り潰《つぶ》してしまうほどの剛力の持ち主で、おまけに話術にも優れた前田慶次のことを、放っておくはずもなかった。もちろん、慶次が慕《した》われたのは、異性からばかりではない。その腕っ節の強さと気風のよさで、たちまち前田慶次は、京で一番の有名人となっていったのだった。

毎日を、京の都で面白おかしく過ごす前田慶次。

……だが、常日頃から恋に恋することを公言している前田慶次が、その実、生涯で心の底から本当に愛した女性はたった一人であるという事実は、誰にも知られていないことだった……。

「……よーし、両手に花とは、こいつは特別気分がいいや。今夜は夜通し三人で、飲み明かすとしようか?!」

二人の女性から同時に恋心を打ち明けられた前田慶次は、快活にそう笑った。

「まあ……、慶はんったら、贅沢《ぜいたく》なお人やわ♡」

女性はむしろ嬉しそうにそう言って、杯を口にあおる慶次の肩にしなだれかかったが、慶次の肩にちょこんと座っていた小猿《こざる》が「キーッ!!」と抗議するように鳴いた。ちなみにこの小猿は、野生ではなく、れっきとした慶次の友人で、名前を夢吉《ゆめきち》といった。

「……お？　わるい、わるい、夢吉」

慶次は、肩の上の夢吉の背中を撫《な》で、律儀《りちぎ》に頭を下げた。

「夢吉はん、何を怒ってはるの？」

「自分も仲間に入れろ、ってさ」

そう慶次が答えると、女性たちは「「まあ!!」」と声をたてて笑いだした。

慶次も笑いながら、自分の肩口の夢吉に、視線を合わせて言った。

「……今日は特別気分がいいから、今夜は三人と一匹で、夜通し飲み明かすことに――――」

――バンッ!!

突然、慶次らのいる部屋と廊下とを遮断《しゃだん》していたふすまが、勢いよく引き開けられた。

障子と柱が激しくぶつかる音で慶次の台詞は中断され、驚いた夢吉が肩の上で小さく跳ねた。

「慶さーん!!　大変やで、慶さーん!!」

「……なんだ、はっつぁんか。……驚かさないでくれよ」

飛び込んできた顔が、慶次を討って名を売ろうという傾奇者ではなく、見知った町人のものだったので、慶次は軽く緊張を解いた。慶次の博打仲間である。

はあはあと肩で息をし、次の言葉を発するできない様子の知人に、慶次は冗談めかして声をかけた。

「見ての通り、俺たちは今、恋の花火を打ち上げようとしている真っ最中なんだ。乱入なんて無粋《ぶすい》はよしてくれよ。……それとも、はっつぁんも恋の話に花咲かせるかい？　……なーんてね」

「ふざけとる場合じゃないんやで、慶さん!!」

あまりに必死な知人の様子に、慶次は表情をあらためた。

「……いったい、どうしたって言うんだい？」

「殴り込みや！」と知人は口から泡を飛ばした。「どこのアホウかわからんが、やたらとガラの悪い連中が、殴り込みにやってきたんや!!!」

「……へえ、殴り込み？　どこだい？」

慶次は瞳を爛々《らんらん》と輝かせ、腰を浮かせた。前田慶次にとって、喧嘩は恋と同じくらいの好物なのである
「広場や!!　もう腕自慢連中が総出で、大乱闘になっとる!!」

「ありがとよ！」

大好物の大乱闘が始まったとあっては、もはや慶次はいても立ってもいられなくなっていた。わざわざ廊下に出て階段を下りる時間も惜しかったのだろう。「――よっと!!」と二階の木枠を飛び越え宙に飛び出したかと思えば、次の瞬間にはすでに慶次の身体は京の都の大通りに立っていた。

「慶さん、気をつけや!!」乱闘騒ぎを報せた知人が、二階から顔を出し慶次に叫んだ。

「連中の狙いは、アンタやで～!!　乱闘騒ぎになる直前まで、その連中はアンタの名前を聞い

てまわってたんや!!」

「……俺が狙い？　そりゃ、ますます楽しみだな」

慶次の顔に、笑みが広がった。

「慶はーん！　がんばってきて～♡」

「うちらのために、勝ってきてね～♡　千人抜きの記録更新やで～♡」

宿の二階の知人の横から、さっきまで一緒に飲んでいた女性たちも顔を出し、慶次に対して黄色い声援を送ってきた。

「あいよ、まかされた！」

慶次は女性たちに拳《こぶし》を突き上げて見せ、その慶次の頭の上で、夢吉も「キキキ!!」と大きく飛び跳ねた。

慶次は胸躍らせながら、夢吉と共に広場への道を急いだ。

2

——さて話は、前田慶次が京の広場へと向かう一カ月以上も前までさかのぼる。

あの時は、それほど深い傷ではない、などと言っていた片倉《かたくら》小十郎《こじゅうろう》であったが、謎の暗殺者の卑劣な手より、主を守った代償《だいしょう》は思いのほか重かった。

あの事件の起こったすぐ後に、真田幸村《さなだゆきむら》の厚意により、小十郎は幸村の連れてきた医者の手にかかることになった。すぐさま止血と薬による治療が行われたが、医者の見立てではしばらくの間は絶対に安静にしておかなければならない、とのことだった。

だが小十郎とその主、伊達政宗《だてまさむね》がいるのは、敵陣の真っ只中とさえ言える、武田《たけだ》の領土内である。

現在までの所、武田と伊達の間には、いかなる戦端も開かれてはいない。

しかし、伊達軍の総師たる政宗と、その軍師である片倉小十郎が、自陣の領土内で身動きのできない状態に陥っていると知れば、武田信玄《しんげん》とてそれを放っておくはずはない。ただちに兵を向かわせ政宗と小十郎を捕らえ、伊達の領土内を切り取るつもりがあるのなら、政宗の身を人質に伊達軍に降伏を迫り、伊達の領土内に興味がないのだとすれば、政宗たちの身柄と金品の交換を迫ったかもしれない。

あるいは、武田信玄が、政宗にとっての片倉小十郎という男の価値を正確に理解しているのなら、政宗だけは金品と交換に解放し、小十郎は処刑する、という手段を選ぶことも考えられた。右目を失えば、竜は天高く飛翔《ひしょう》することもなく、無惨に地上に墜落《ついらく》することになる。

だが真田幸村は、主君にも、自軍のいかなる将にも、政宗や小十郎についての報告をすることはなかった。

それどころか幸村は、自分が連れてきた医者にも、政宗と小十郎の正体を明かさず、二人を付近の町にある、その医者の診療所まで連れて行くことを指示した。その上で、この二人を診療所で預かっていることを吹聴《ふいちょう》しないこと、二人の正体を決して探らないことを、医者に約束させたのだった。

当然、医者は二人の正体をいぶかしんだ。特に、政宗の顔は非常に特徴的である。あるいは医者も、この眼帯をはめた武者が何者なのか、気づいたかもしれない。しかし、これも真田幸村という若武者の、人望の為せる業だろう。小十郎がこの診療所の世話になっていた十日あまりの間、ついに政宗たちのもとへ、武田の兵が殺到してくることはなかった。

十日が経ち、どうにか小十郎が動けるようになると、政宗はすぐに彼を連れて、奥州《おうしゅう》へと発《た》つことにした。

一応幸村に頼み、自分たちの安全を知らせる書簡だけは自国へと送っていたが、領主とその軍師である自分たちが留守にするには、あまりに長い時間が経過してしまっていた。それに小十郎にも、もっと安心のできる場所で——もちろんこれは、幸村への批判の意味ではない——静養に励んでもらいたい、という気持ちも政宗にはあった。

奥州への出発の前。律儀に見送りに来た幸村に、政宗は言った。

「色々世話になっちまったな。それに結局また、決着がつけられなかった」

「かまわぬよ、政宗どの」

幸村は、本当に気にしていない素振りで言った。

「それがし、決着をつけられなかったことに関しては、それほど落胆はしてござらん」

「What?」

「それがしと貴殿には、何か不思議な縁《エニシ》のようなもので繋がれているような気がするのでござる。たとえ今はひとたび離れても、いずれまた決着をつける機会が訪れる。なぜかそれがしは、それを確信しているのでござる」

「なんだ、幸村。アンタもずいぶんFantasyなことが言えるんだな？」

揶揄《やゆ》するように笑ってから、政宗は表情を引き締めた。

「……だが、そうだな。たしかにオレも、アンタとの間には宿命ってヤツを感じるよ。いずれ必ず、決着の時が来る。……オレも、それを信じるぜ」

政宗は、右手の拳を突き出した。

「——オレがその首をもらうその時まで、腕を鈍らせるんじゃねえぞ、真田幸村」

幸村も、突き出された政宗の拳に、軽く自分の拳を打ちつけた。

「そちらこそ、思わぬ敵に不覚を取ることのないようにな、伊達政宗」

笑顔で言葉と拳を交わし、二人の男はふたたび別れた。

「よし、行くぞ小十郎！　奥州へ向けて出発だ!!　——Ha！」

「待ってくださいよ、政宗さま。……やれやれ、私が怪我人だってことを、忘れてますね？」

「「オットメめ、ご苦労サマです!!　小十郎さま——ッッ!!」」

甲斐を出発前に、先に文にて知らせを出しておいたからだろう。

政宗と小十郎が到着したとき、奥州の国境付近には、伊達家の兵士たちが馬に乗り大挙して集結していた。伊達家の兵たちは、周囲に大音声を響かせながら、小十郎の帰還を喜んだ。

「うぉぉぉぉっっっ！！！！！！　小十郎さま!!　小十郎さま!!」

「……具合はいかがっすか、小十郎さま？　もう、小十郎さまは俺らと一緒に伝説を作っちゃくれねぇのかと……心配で……うぅ……」

「オ、オレは信じてやしたぜ、小十郎さま。小十郎さまの根性は並じゃねぇっ！　って!!」

どの兵士たちの顔も紅潮し、あるいは涙でくしゃくしゃになっていた。嗚咽《おえつ》を洩らす者まで少数にはとどまらなかった。彼らはみな知っていたのだろう。伊達家にとって、いかに片倉小十郎という男が必要な存在であるかを。

「……おら、オメエら、こんなところで勝手に集会を開いてるんじゃねぇぞ！　近所迷惑だろうが……なんだ、その『お返りなさい、小十郎さま!!』ってデッカイ旗は？　しまえしまえ、こっ恥ずかしい。だいたい、おかえりって字は、『返り』じゃなくて『帰り』だぞ……」

兵たちの熱狂的な歓迎に、伊達家で最も理性的と言われる男は顔をしかめた。だが、その態度の裏に照れ隠しが見え隠れしているのを、この場にいる誰もに簡単に見て取ることができた。

「いいじゃねえか、小十郎。こいつらも、おめえの無事を喜んでんだ」

そう言って軍師の肩を叩いてから、政宗は兵士たちに声をかけた。

「おい、おめえら。小十郎の奴はこんな憎まれ口を叩いちゃいるが、まだまだ傷は全快したとは言い難え。……見ろ、俺が軽く叩いただけで、顔をしかめてやがる」

「……それは、政宗さまが、力の加減を知らないからですよ……」

「な？　傷が痛ぇからこんな根性のねぇことを言い出す始末だ。とっとと小十郎を身体の休めるところに案内してやってくれ」

政宗に言われて、すぐに兵たちが小十郎の周りに殺到しようとする。

その様子を横目で見ながら、政宗はさらに言い募った。

「それと残った連中は、主だった家臣連中に集合をかけとけ。戻ったらすぐ集会を開くぞ」

果たして、政宗が居城である米沢城《よねざわ》に帰還を果たすと、軍議の間にはすでに指示どおり家臣たちが集まっていた。ただし、むろんのことだがここに、常ならば政宗のすぐ隣に控えるはずの小十郎の姿はない。集まった家臣たち一人一人の顔を見渡した後、政宗はまず長く自分が城を空けたことをわび、それから言った。

「……おめえらももう聞いてるとは思うが、先日、小十郎の奴が襲撃《しゅうげき》された」

「はっ、すでに兵らの報せにて聞き及んでおりまする」

「小十郎さまはこの伊達の要《かなめ》。その小十郎様を狙うとは許せませぬ」

「その卑劣な暗殺者をこのまま放置しておくつもりでございますか？」

「政宗さま、ぜひ拙者にその卑劣漢を討つようご命じ下され!!」

「いや、常日頃より片倉殿には深く世話になっておりまする。ここはぜひそれがしに！」

国境で小十郎を出迎えた兵ら同様、家臣たちのはらわたも煮えくり返っていたのだろう。政宗の一言で、あっという間に軍議は沸騰《ふっとう》した。

「バカ野郎!!　落ち着け!!」

その家臣らを一喝《いっかつ》して黙らせて、政宗はさらに言った。

「誰よりもこのオレが一番アタマに来てるんだ。言われなくてもオトシマエは必ずつけるさ。……だがな、やった野郎がどこの何者なのか、そいつがわからねえ」

政宗は首を横に小さく振った。

「あの場にいたのはオレと小十郎と、真田幸村の三人だけだ。だが、オレも小十郎も幸村も、残念だが暗殺者の顔を見ちゃいねえ」

「なんと!　では、このままその暗殺者を見過ごすおつもりですか?!」

「このような真似をされて放置したと隣国に知れれば、この伊達の沽券《こけん》に関わりまする!　いや、それ以前に兵たちの忠誠も揺らぐかもしれませぬぞ!」

「Ｓｈｕｔ　ｕｐ!　だったらこんなところにおめえらを呼んだりするか」

政宗の言葉で、家臣たちは浮かしかけた腰を、ふたたび下ろした。

「顔は見ちゃいねえが、まったく手がかりがないわけでもねえ。小十郎と幸村の話じゃ、その野郎は、それまで見たことも聞いたこともない武器を使ったそうだ」

暗闇の向こうから伸びてきて小十郎の背中を刺した刃。それは、鞭《むち》のように長くしなやかで、しかし小十郎の背中を突き刺し、あるいは斬りかかることさえ可能なシロモノだった。

「……はて、面妖な?　そのような武器がこの世に存在するのでござるか?」

家臣の一人が首を傾げた。

「……小十郎の推理じゃ、ありゃ刀のそこら中に関節を仕込んでるんじゃねえか、てなことだったな。その関節のおかげで、刀身を自在に伸ばすことも、自在に曲げることも可能なんだろう、ってな」

政宗の言葉に、なるほど、と家臣たちは頷いた。

政宗はさらに言った。

「問題は、それが今までに聞いたことがねえくらい、レアな代物だってことだ。たぶん、職人に特別に造らせたんだろう。……つまり、そんなモンを持ってる人間は、この世に一人しかいねえのよ。——そいつが、小十郎をやった犯人だ」

がばっ!!　と家臣たちは一斉に立ち上がった。伊達家に仕える者は兵から将に至るまで、直情型の人間がほとんどだが、そのために、一度思い立ってから行動までが非常に素早い。

「心得申した!　すぐにでも兵たちに命じ、その刀の持ち主を探し出しましょうぞ!」

「かならず見つけ出し、何者がその背後にいるのか突き止めて見せまする!」

口々に吼《ほ》えながら、次々と家臣たちは軍議の間から、それこそ実際に空でも飛びそうな勢いで飛び出して行った。

「……あの、政宗さま」

「An?　どうした?」

政宗は小首を傾げた。家臣たちが飛び出していき、一気に人口密度の減った軍議の間に、一人だけ家臣が残っていたのだ。その男は不安そうな表情を浮かべ、言いづらそうにモジモジしていたが、政宗に促《うなが》されて口を開いた。

「……その、自在に曲げたり伸ばしたりできる刀なんて、本当に存在するのでしょうか？　そのですな、技術的に可能というか、何と言うか……」

「…………おいおい、バカなこと言うなよ」

一瞬、言葉に詰まった政宗だったが、すぐに笑顔を作って言った。自分でも、引きつった笑顔だという自覚はあったが。

「この戦国の世は何でもありなんだぜ？　徳川家康《とくがわいえやす》を見てみろよ。本多忠勝《ほんだただかつ》なんてバケモノを連れてるじゃねえか。……それに比べりゃ、伸び縮みする関節剣が何だってんだ」

「……そ、そうっすね。忠勝に比べれば、そんなの大したもんじゃないっすモンね、ハハ、ハハハハ……」

「……そうさ。くだらねえこと言うなよな、ハハハハハ……」

軍議の間に、乾いた笑い声がこだましていた。


小十郎を襲撃した犯人を捜すため、家臣らの命を受けた伊達家の兵たちは積極的に聞き込みを行なった。

北にあらゆる兵器に精通しているという鍛冶屋《かじや》の噂《うわさ》を聞きつければ、

「おい!!　テメエ、何か知ってんだろう?!　吐けッ！　吐けよ、この野郎ッ!!」

と、胸ぐらを掴み上げ、

南に評判の武器商人がいると知れば、たちまち飛んで行って、

「……なあ、ホントはよ、誰かにその関節剣ってのを売ったんだろう？　あん？　空を飛べる大筒なら知ってる？　アホかッ！　んな実際にはありもしねぇ与太話はいいんだよ!!」

と相手をぐわんぐわんと振り回した。

西に怪しげな男がうろついていると知れば、軍馬を走らせ、

「誰に眼《ガン》つけてんだ、テメエ?!　たたむぞ、コラッ!!」

と鉄拳制裁もいとわなかったし、

東にそれらしい物を持っている男がいるとの情報を耳に入れれば、徒党を組んで駆けつけて、

「……テ、テメエ!!　紛《まぎ》らわしいモン持ってんじゃねぇ！　焼き入れんぞ?!」

と、鞭を持った罪のない猛獣使いに、因縁をつけた。

だが、それほどまでに伊達家の家臣や兵が領内や、ときには領土の外にまで馬を走らせ捜索を行なっているというのに、なかなかそれらしい情報は集まらなかった。

「……An？　武田信玄が持ってるbigな軍配は、実は斧《おの》にもなってる？　行方不明になった織田の姫さんの武器は、二丁拳銃やがとりんぐ砲だと？　バッカ野郎!!　誰が珍しい武器を持ってる奴の情報を集めろ、なんて言った?!　鞭みたいな剣を持ってる暗殺者を探すんだよ!!」

政宗のもとに上げられる情報にも、ろくなものがない。

だが、暗殺者の捜索を集めて半月以上が経ったある日。

ようやく有力な情報が現れる。

「……鞭のような、刀のような、……へえ、あの、関節がたくさん仕込まれている剣のことでヤンスね？　へい、存じております。その剣の持ち主に、昔一度お会いしたことがございやす」

家臣の一人が政宗の前に連れてきた流れ者の行商人が、そのように語ったのだ。

「……で、どこのどいつなんだい？」

当然、政宗すぐにはそう問いかけたが、返ってきた答えは「知らない」とのことだった。政宗の周りにいた家臣たちが、すぐに色めき立った。

「テメエ!!　隠し立てすると、ただじゃおかねえぞッッ!!」

「埋めるぞ!!　この野郎!!」

「……おい、おめえら。そう興奮すんな、話はまだ終わってねえみたいじゃねえか」

家臣たちの恫喝《どうかつ》に、「ひぃ」と肩をすくめていた行商人だったが、その場で最も身分の高い政宗の言葉に胸を撫で下ろしたらしく、小さくため息をついてから言葉を続けた。

「へ、へい。あっしはそのお人の名前も身分をよく存知やせんが、その方と一緒にいるのをお見かけしたことのある方のことなら、存じてやす。二人でいるのをお見かけしたのは、ずいぶん昔のことでやんすが」

「Ha！」政宗は短く口笛を吹き、手を打ち鳴らした。「そいつなら、その野郎のことも知ってるな？　――で、誰なんだい、そいつは？　有名人か？」

「へい」と、行商人は頷いた。

「前田慶次という、京の町で、一番有名な傾奇者の方でやんすよ――」

3

「……うわぁー、すげえな、こりゃ」

知人の男に言われて広場へ駆けつけた前田慶次は、感嘆の声を洩らした。

花の都の京都にて、祭りの会場にも使われることの多いその広場は、もちろん千人以上もの人間が詰め掛けても充分余裕があるように、かなりの広さを誇っている。祭りになれば夜店が立ち並び、春になれば桜が咲き誇り、やがては花びらが会場全体を埋め尽くす。この辺りに住む京人たちに愛される、そんな広場である。

だが今、この広場を埋め尽くしたものは、夜店でも祭りの見物客でも、もちろん散り桜でもなく、喧嘩に明け暮れる男たちの姿だった。

いや、その表現でもまだ正確ではない。

たしかに広場の中央付近では、今も今とて激しい喧嘩が行なわれている。次から次へと男たちが咆哮《ほうこう》をあげ、拳を振り上げぶつけ合う。拳をぶつけ合っている男たちには二種類いて、片方は一目で京人とわかる服装をしており、他方は一目で京人ではない、とわかる服装をしていた。知人の男は慶次に、ガラの悪い連中、と語ったが、

「オラオラオラ!!　次の野郎、かかってこいや!!」

などと叫んでいる姿は、なるほど確かにガラが悪かった。それも、京の町を闊歩する傾奇者などと明らかに一線を画したガラの悪さだった。

だが、さながら喧嘩祭りのような様相を呈しているのはその一団と、その彼らに襲いかかろうとする周辺だけの話で、広場のほとんどでは、白目を剝《む》いたふんどし男、口から泡を吹いたねじりハチマキ男、うめき声をあげてピクピク震える男、男、男、男……。喧嘩に敗れた男のたちの身体によって、埋め尽くされていたのである。

そこにはすでに、喧嘩祭りの華やかさどころか、祭りの後の悲哀さえにじみ出ていた。

慶次は顔をしかめた。彼は祭りや喧嘩の華やかさは愛していたが、広場に漂う男くささだけは、好きになれそうもなかった。

「ＳＡＹやッ！」

特にその暴れっぷりが凄まじいのは、その荒らくれ者たちの中でも、常に先頭に立って、多勢の京人を相手に拳を交えている若者だった。

おそらく彼が、この一団の指導者的立場の人間なのだろう。他の男たち同様に、身につけているものは軽装だが、彼だけは上等の素材を使っているとわかる着物に身を包んでいる。服飾にも詳しい慶次は、その意匠《いしょう》に南蛮風《なんばんふう》のものが盛り込まれていることを、見てとった。男の顔の右の瞳《ひとみ》は眼帯によって覆い隠され、それが整った男の顔立ちに、凄みのようなものを加えていた。

「ヨウッ!!　JET—X!!　……チッ、やっぱ素手じゃ、今いちだな」

今も慶次が見ている目の前で、眼帯の男は両手をまるで獣の爪のように振るった。眼帯の男を取り囲んでいた十人近い大の男の身体が、軽々と宙に舞い上がった。だが、にも関わらず眼帯の男は自分の技に納得のいかない様子で、地面に落ちてきた男たちを見ながら、首を捻《ひね》った。

ふと、首を捻る眼帯の男の視線が、慶次とぶつかった。

眼帯の男は口笛を吹き、喧嘩の騒音の中でもよく通る声で言った。

「もしかして、アンタが前田慶次かい？」

慶次は頷いた。

眼帯の男は頷き返し、口元に笑みを浮かべた。

「Ｈａ！　なかなかＣｏｏｌなナリじゃねえの。噂どおり、大した傾奇者みてえだな」

言いながら、慶次の方向へと歩き出す。当然それを周囲の男たちが黙って放っておくはずもなく、正面や背後や側面から殴りかかるが、眼帯の男はそれを涼しい顔であしらい、言った。

「前田慶次！　アンタにちょっと聞きてえことがある」

それから眼帯の男は、殴りかかってくる男たちを軽く捻りながら、仲間と思しき暴れまわる男たちに向けて叫んだ。

「よーし、Ｓｔｏｐだ、おめえら!!　探してた色男なら、見つかったぜ！」

やはりこの男が一団の指導者的な人間らしい。眼帯の男の言葉に、暴れていたガラの悪い男たちは拳を収めた。幾人かの顔には、はっきりとまだ暴れ足りない、と書かれていたが、不満を洩らすものはいなかった。

　突然、殴り合っていた相手が拳を納めて、京人たちの顔には戸惑《とまど》いが浮かんだ。しかし、相手がやる気を失った以上、自分たちも拳をぶつけることはないだろう、と判断したらしい。京人たちも、振りかぶった拳を納めた。眼帯の男の台詞で慶次の到着に気づいた幾人かが、「「慶さん!!」」「「慶はん!!」」と声をあげた。

　眼帯の男の言葉に、広場の中心に残っていた喧嘩祭りの熱気も、急速に冷めていった。

「……さて、自己紹介がまだだったな。オレは――」

「ちょ、ちょっとタンマ!!」

　相手の言葉を止めるように奇声を上げたのは、前田慶次自身である。

「A－Ha？」と、自分の台詞《せりふ》を遮《さえぎ》られ、眼帯の男はわずかに不愉快そうに顔をしかめた。

　慶次はそんな眼帯の男の様子を気に留めず――と、いうよりも気にする余裕もなく、眼帯の男に言った。

「……あのさ、ホントに、喧嘩はもう終わりなのかい？」

「An？　まあな」

　眼帯の男は首を捻って、答えた。

「もともとオレたちゃこんなところまで、わざわざ喧嘩をしに来たわけじゃねえんだ。あんたに会いたかっただけなのさ。なのに、オレらはただあんたについて教えろって聞いてまわってただけなのに、この連中と来たら――」

眼帯の男は一度言葉を切り、自分たちの創り出した失神者の大平原を見回して、ため息をついた。

「――いきなり、『慶さんを狙ってきた浪人だ！』だもんな。で、なし崩し的に、気がついたらこんな騒ぎになってたってわけよ。まあ、たしかにうちの連中の聞き込みのやり方もちいとばかり乱暴だったかもしれねえが。……たぶん、前田慶次、これもあんたがこの町の連中に慕われているって証拠なんだろうがな」

眼帯の男は軽く笑い、そして言った。

「ま、てなわけで、オレたちとしてはアンタさえ見つかりゃ、殴りっこなんかする必要はまったくねえのさ。ホントいやあ、見つかろうが見つかるまいが、殴りあうこたあなかったけどな。……って言うか、アンタ、何でうな垂《だ》れてるんだ？」

たしかに慶次は落ち込んでいた。喧嘩と祭りを恋の次に愛する慶次からしてみれば、その二つを同時に満たされる『喧嘩祭り』に乗り遅れたばかりか、参加する前に終わってしまったなどとは、一生の不覚以外の何ものでもなかった。

だからと言って、気絶している者も含めて、この広場にいる全員が喧嘩の熱狂から醒《さ》めているというのに、慶次だけが駄々をこねるというのも、さすがに大人げなかった。頭の上の夢吉に「キキキッ!!」と慰《なぐさ》められながら、慶次は苦笑して首を振った。

「……いや、なんでもないよ。で、あんた、誰だって？」

「オレの名は伊達政宗」

眼帯の男は言って、慶次の顔を見た。

「この名に、聞き覚えはあるか？」

慶次は頷いた。

「……ああ。たしか、奥州の独眼竜《どくがんりゅう》だっけ？」

前田慶次とて、もとは武門の家に生まれた男である。それに、かつて各地を周り見聞を広げた経験もあり、京に居を構えているとは言っても、世情について多少なりとも知っていた。

「なるほどね。その右目、なーんか気にはなってたんだよな。——で、その奥州の伊達男が、領地もほっぽらかして、こんなところまで何の用なわけ？」

慶次が答えている間中、なぜか伊達政宗は、左側しかない瞳でじっと彼の顔を見つめていた。

まるで何かを探るように。慶次が答え終わると、伊達政宗は不意に表情をゆるめて、つぶやくように言った。

「……なるほど。どうやら、アンタが黒幕ってわけじゃねえようだな」

「……？　何のことだい？」

「なあに、こっちの話さ。オレの瞳は片方しかない代わりに、他人よりちょっとばかし物事が見えるんでね。少々、確かめさせてもらったのよ」

軽く笑い、それから政宗はまた表情を引き締めた。

「んじゃ、本題だ」と政宗は言った。

「ムチのようであり、剣のようでもある。——アンタ、そういう変わった武器を扱う奴に、心当たりがあるんだろう？」

4

「ムチのようであり、剣のようでもある。——アンタ、そういう変わった武器を扱う奴に、心当たりがあるんだろう？」

そう言われた瞬間、前田慶次は、自分の顔が見る見るこわばっていくのを、自覚した。

「知らねえな、そんな奴」そう答える自分の声が、ひどくわざとらしいことも、わかっていた。

「だいたい何だい？　そのムチみたいで剣みたいな武器ってのは。なぞかけかい？」

それでも慶次は、あさっての方向に視線をやりながら、独眼竜にそう言った。

伊達政宗は、またもや左目で慶次を観察していたが、表情を消したまま答えた。

「とぼけるなよ。ちゃんと調べがついてるんだ。アンタがそいつと知り合いだってことはな」

「はあ？　何言ってるの、あんた？　誰が言ったのか知らないけど、俺はそんな男は見たことも聞いたこともないよ」

「……なるほど。そいつはやっぱり、男なんだな」

「——!!」

政宗の言葉に、思わず慶次は絶句した。

政宗は別にしてやったりという顔をするでもなく、さらに続けた。

「他にも色々教えてもらうぜ。たとえばそいつの名前や、どこの何者なのか。背格好に年齢、アンタが知ってることのすべてをな」

「だから、俺は何にも知らないって」

だが、その台詞は、慶次自身が一番よくわかっているように、まったくの嘘に過ぎなかった。伊達政宗が慶次に訊ねたとき、いや、今この瞬間も、慶次の脳裏には、その男の姿が浮かんでいた。そして、その傍《かたわ》らに立つ、ずば抜けた巨体を誇る男の姿も。

それでも、二人の男の姿を頭から追い出すように首を振って、慶次は伊達政宗に言った。

「ホントに俺は何も知らないよ。……悪いけど、宿に女を待たせてあるんだ。祭りがもう終わっちまったんじゃあ、俺はさっさと帰らせてもらうよ」

そう言って、急ぐように慶次は身をひるがえした。そのまますぐに歩き出そうとする。

「待ちな」

だがその慶次の肩を、伊達政宗の腕が摑んだ。

「Hey、おとぼけもそこまでにしな、色男。もったいぶって焦《じ》らすのは、女相手にやってりゃあいい。……オレが誰だか知ってるなら、遠路はるばるここまで来たってことはわかってんだろ？　ガキの使いじゃねえんだ。何だかわかんねえうちに喧嘩やらされた上に帰れって言われて、アンタならホイホイ帰れるかい？」

「それはご苦労さま」

慶次は、自分の肩にかかる政宗の手を引き剝がして、言った。

「だけど、遠くから来たことにしろ、喧嘩にしろ、俺が頼んだことじゃないしね」

慶次の態度に、政宗よりもむしろその周辺が、いきり立った。

「テメエ!!　なめてんのか?!　なんだ、その口の利き方ァ!!」

「筆頭!!　この野郎、馬の後ろにくくりつけて、奥州まで引きずりまわしてやりましょうぜ!!　そうすりゃコイツも口を割る気になるはずだ!!」

「怪しすぎますぜ、コイツ!!　やっぱこの野郎も仲間なんじゃないですかい?!」

興奮する部下たちを手の動きだけでなだめながら、政宗が口を開いた。

「……どうして、そこまでだんまりを決め込もうとする?　オレはまだ、そいつにどんな用があるのかさえ言ってないんだぜ」

興味を引かれなかったと言えば、嘘になる。

それでも、慶次は言った。

「聞きたくないね。俺はそんな奴知らないんだ。聞いたって仕方がないよ」

「……やれやれ……」

伊達政宗は、処置なしと言わんばかりに、肩を大仰な素振りですくめた——次の瞬間。

慶次の左頬で、熱が弾けた。

伊達政宗が、突然、何の前触れもなく慶次の顔を殴りつけたのである。

慶次も腕っ節には自信のある人間だが、まったくの不意打ちには対処するべくもなく、無惨にその一撃を受けて、吹き飛ばされてしまった。「キキキッッ!!」と、咄嗟《とっさ》に慶次から飛び降りた夢吉が、抗議の声をあげた。

膝《ひざ》をついた慶次を見下ろし、伊達政宗が言った。

「Ｓｏ　ｓｏｒｒｙ　アンタにどんな事情があるにせよ、オレらも手ぶらで帰るってわけにはいかねぇんだ」

慶次の口に、血の味がじんわりと広がっていく。

伊達政宗が、皮肉めいた笑みを浮かべて、慶次に言った。

「アンタ、喧嘩がしたかったんだろ？　ＯＫ、やろうぜ。退屈してたんだろ？　俺が相手してやるよ——その代わり」

「……その代わり？」

口に溜まった血を唾を吐き捨て、立ち上がりながら、慶次は訊ねた。

「その代わり、俺が勝ったらアンタの知ってること、洗いざらい白状してもらうぜ。……それとも、この独眼竜じゃ不足かい？」

「……誰かに殴られて膝をつかされたなんて、何年ぶりだろうな」

慶次は首を鳴らしながら、そうつぶやいた。

それでも慶次には、その伊達政宗の申し出に取り合わないという選択もあった。少なくとも懸命《けんめい》な人間ならば、このような失うものばかりで得るものない取り引きになど応じないだろう。

もちろん、慶次もこう答えた。

「なんと言われたって、知らないものは知らないよ」だがその後で、慶次はこうつけ加えた。

「だけど、それでもかまわないって言うなら、やってもいいよ」

そう言ったのは、少なからず、この伊達政宗という男に興味を抱き始めていたからだった。

「……やってもいい、か」と、政宗は鼻で笑った。

「どこまでも食えねえ野郎だな、アンタ。——だがいいさ。Ｃｏｍｅ−ｏｎ　前田慶次。いっちょ殴り合いをしようじゃねえか」

伊達軍の兵士たちが、興奮気味に顔を見合わせた。「おい！　マジかよ？　筆頭のタイマン勝負なんて、めったに見れるもんじゃねえぞ!!」というささやき声が、洩れ聞こえてくる。

「いいのかい？　俺は何も知らないんだぜ」

慶次が重ねてそう言うと、伊達政宗は、「Ｎｏ　Ｐｒｏｂｌｅｍ」と笑って答えた。

「やりあえば、必ず話す気になるさ。アンタは、そういう男だよ。オレにはわかる」

「どうだろうね。……夢吉、ちょっと離れてな」

友人に安全な場所に避難するよう促して、前田慶次は言った。

「よし。じゃあ、やろうか」


……前田慶次にせよ伊達政宗にせよ、己が肉体のみを用いて相手を倒す技術を、専門的に学んだ人間ではない。そうした行為を他人に見せることを生業とする大道芸人や、あるいはもはや存在しない本願寺の坊主などはそうだったが、この二人の男は違う。

本来、前田慶次は身の丈の二倍ほどもある大刀、いや超刀を愛用していたし、伊達政宗の獲物は彼自身が編み出した六爪流《ろくそうりゅう》である。当然、無手での戦いでは、本来の実力を十二分に発揮することはできない。

だが、本来がどのような武器の使い手であろうとも、その実力が達人の域まで達していれば、どのような道具であれある水準以上には使いこなせるものである。ましてそれが常に己と共にある、自分自身の肉体であれば、尚更《なおさら》のことだった。

前田慶次と伊達政宗との喧嘩は、まさにその字にふさわしく華やかで、見るものを魅了してやまないものとなった。

「たーのしいねー」と言いながら、前田慶次が回し蹴りを繰り出せば、

「YA－HA!!」と雄叫《おたけ》びをあげて、伊達政宗が水面蹴りで慶次の足下を刈り取る。

「俺、あんたに惚《ほ》れちゃったよ！」と慶次の膝が政宗の喉元を襲えば、

「Go to Hell!!」と、政宗は大きく助走を取っての、神速の突きを繰り出した。

「ほらよっ！」

「ガッ!!」

「どんなもんだい！」

「なめんなっ！」

「大根でぶん殴ってやろうか？」

「All right！」

「恋は夢、この世の夢よ！」

「癖《くせ》になるぜ!!」

言葉を重ねるたび幾度なく二人の身体は交錯し、また離れた。

前田慶次も伊達政宗も、多少毛色が違うとは言え、互いに無類の派手好きである。たとえば組みついて相手を引きずり倒してからの打撃や締め技など、より合理的に無手で人を殺める手は存在するが、二人の男はそのような術は選択しなかった。

彼らが繰り広げているものは、あくまでも殺し合いではなく、喧嘩だった。

縦横無尽に会場内を駆け巡り、ときには壁や柱や建造物さえ利用して、華麗な打撃戦や空中戦を展開する。それは一つの劇の演目であるかのように人目を惹《ひ》いた。いつしかその場に居合わせた者たちは、観客と化していた。

「「慶さん！　慶さん！　慶さん！」」

「「行け行《イケイケ》けですぜ!!　張り張《バリバリ》りですぜ、筆頭!!」」

失神より蘇《よみがえ》った京の町人たちは、前田慶次に熱い声援を送り、伊達家の兵士たちは、主君の勝利を願って喉を枯らした。もちろん猿の夢吉も「キッキッ!!」と鳴き続けた。

果たして何度目のことだろう。

前田慶次と伊達政宗の一撃が宙で激突し合い、ふたたび二人は距離を取った。

拳の構えを解かないまま、疲労の滲《にじ》む政宗の顔に、笑みが浮かんだ。

「いいね、いいね」と政宗は笑った。

「やっぱ、アンタ。そういう顔の方が似合ってるぜ」

「どういう意味だい？」と慶次も笑って問い返した。

「さっきの奥歯にものが挟まったみてえな、陰気臭え顔は似合わねえ、って言ってんのよ」

「…………」

「なあ、色男。アンタは裏表がねえのが一番だ。さっきみてえな不誠実な顔を浮かべてちゃ、女だって離れてくぜ？」

「…………」

政宗が、何を意図してそんなことを言い出したのか、もちろん慶次にはすぐわかった。

だが慶次は、あえて政宗のその意図に乗った。

「なあ、伊達男。どうしてあんたそこまでして、その奇妙な武器を操る男、ってのを捜してるんだい？」

政宗は、ニヤリと笑った。

「なんだ色男。アンタ、そいつのことは何も知らねえんじゃなかったのかい？」

「いやあどっちかっつうと、あんたに興味が出てきてね。……あ、男が好きって意味じゃないよ」

この伊達政宗という男が、派手好きでしかも豪快《ごうかい》な性格の持ち主だということは、この短いやり取りでも、慶次にも充分すぎるほどによくわかった。その多くは、慶次自身に通ずるところもあったからだ。それに政宗に声援を送る家来たちの姿を見れば、彼がいかに君主として、人心を集めているかもよく理解できる。

その伊達政宗が、なぜはるか奥州の地から、他国の領土を横断する危険まで侵して、京都くんだりまでやってきたのか。

君主というのは、城にあって政治を司り、家臣に指示を与えるものである。むろん、政宗の性格では、城に座って家来に指示を出すだけの生活など、性に合わないのかもしれない。だが、どうやら政宗や彼の連れている兵士の様子では、彼らはあの男に何らかの恨みがあって、その行方を追っているらしい。

そのようなことのために自ら馬を走らせるのは、主君の身分には似つかわしくないし、その上報復などというのは地味で陰気臭い行為だ。それは通常、忍びなどが刺客として行なうものだろう。それでもなお伊達政宗が自ら動いているのには、どのようなわけがあるのか。

慶次はそこに、興味を持ったのだ。

慶次の言葉に、伊達政宗は笑顔を消して、言った。

「そいつは、オレの命を狙ったのさ」

「……暗殺者、ってわけかい?」

幾分落胆の気分を込めて、慶次は訊き返した。つまらない理由、とまでは言えないが、よもやそんな個人的な理由で動いているとは思わなかったのだ。自分の命を狙った者をわざわざ追い回すことなど、慶次のような浪人者であるならばともかく、やはり一国を治める者のやることとは思えない。

慶次はその気持ちを、素直に口にした。

「だけど、あんたほど名の知れた男なら、暗殺者の一人や二人は送り込まれてくることもあるんじゃねえの？　いちいちそんな奴を追いかけ回してたんじゃ、身体がいくらあっても足りねえだろう？」

「……ただ、オレが狙われたってだけなら、んな面倒くせえこたぁしねえさ」

そう言いながら政宗は唇を噛み締めた。

「だが、そいつの刃からオレをかばって、家来が一人、大怪我を負っちまった。だからさ」

「……家来？　政宗さんよ、あんた、ただの家来一人のために、身体を張るのかい？」

「ただの家来、じゃねぇ」

政宗はそう言ってから、真剣な眼差しで前田慶次を見て、言った。

「それに、家来のため、自分を慕う連中以外の何のために、身体を張るって言うんだ？　人の上に立つってのはそういうことだ。違うかい？　色男」

――前田慶次はむろん知る由もないことだったが、政宗自身が言った通り、伊達政宗と片倉小十郎との関係は、決してただの君主と家来という枠にとどまらなかった。天下を狙う者とその軍師、であってもまだ足りない。

まだ政宗が今の政宗ではなかった頃。

病で片目を失った政宗のことを、今は亡き父と同じくらいに心配したのが、片倉小十郎だった。病の以降、政宗を常に励まし、時には暗殺者から身を呈《てい》して守ろうとさえしてくれたのも、片倉小十郎だった。政宗が父を射貫かねばならなくなったときも、小十郎は自分がやると申し出てくれた。政宗はその時、小十郎の申し出を受け入れなかったが、彼がそう言ってくれたことがどれほど政宗にとって嬉しかったか、その傍《かたわ》らに小十郎がいてくれたことでどれほど勇気づけられたか、他人には決して想像もつかないことだった。

決して政宗が本人を前にして明かすことはないが、いわば伊達政宗という人間にとって、片倉小十郎という男は、家臣である以前に、最も親しい友であり、自分を導いてくれる兄であり、そして自分を守ってくれる父だった。

だから、もしも片倉小十郎という人物が、あれほどの智者ではなく、あれほどの思慮深さを持ち合わせていなくとも、友として政宗は自分の側に小十郎を置いたことだろう。もちろん、その時には、軍師の座を任すことはなかったろうが。

とにかくも、それが政宗にとっての片倉小十郎だった。だから政宗は、小十郎を背後より襲った者だけは、絶対に許す気にはなれなかったのである――。

「……家来のため、か」

伊達政宗の言葉に、慶次は噛み締めるようにつぶやいた。

たとえ政宗の抱える事情を知らずとも、彼の言葉には慶次の心を動かすものがあった。その政宗の言葉を聞いたとき、慶次の頭をよぎったのは、まさに政宗が捜し求めている男と、その主の姿だった。家臣のために身体を張るどころか、己の野望のために、もっとも守らなければならかった人間まで犠牲《ぎせい》にした、あの男の姿を。

慶次は、拳の構えを解いた。

「……もういいよ、伊達男。あんたとの喧嘩、もう存分に楽しんだ。そろそろ喧嘩は終わりにしよう。……これ以上は、お互い顔に傷が残るしね」

慶次の言葉に即座に反応を示したのは、目の前の政宗ではなく、周囲の観客たちだった。

「最後までやれー!! 決着まで見せろー!!」

「こんなところでやめられたら、夜眠られへんやろが——!!」

というわけである。慶次はすぐに周囲の観客、いや、町人たちの方へと向き直り、手を合わせて頭を下げた。

「すまねえ！ 今度、みんなの前で舞でも踊ってやるからさ。それで許してくれよ？」

慶次の町人たちから寄せられる人望のおかげもあっただろう。町人たちは、口々に「まあ、慶さんがそう言うなら」「慶さんの舞は絶品だし、ま、しょうがないか」などと言いながら、渋々帰り支度を始めた。一人、また一人と、伊達家の兵士や政宗に殴り飛ばされたところをさすりながら家路へとついていく。

「さて、と」

あっという間に人の気配のなくなった広場で、慶次は一息をついて、政宗に向き直った。

「キー!!」と駆け寄ってくる夢吉を手のひらに乗せて、慶次は言った。

「じゃあ、伊達男。あんたには楽しませてもらった礼をしなくちゃな」

「ほらな、やっぱアンタはそういう男だった」

政宗は、嬉しそうにそう言った。

慶次は微笑して頷き返し、すぐに顔をしかめた。

「やつの名前は、俺にとっては昼間の悪夢みたいなもんなんだが——」

「What?」

「二度と見たくも聞きたくもないし、普通にしてりゃ見ることはないってこと」

政宗は「なるほどね」と軽く笑った。慶次は笑わなかった。

「……竹中半兵衛《たけなかはんべえ》さ」

慶次は言った。

「あんたが探している男かどうかは知らねえが、俺が知ってるそのへんてこりんな武器の使い手は、豊臣秀吉《とよとみひでよし》の軍師、竹中半兵衛だよ」

「……竹中半兵衛、だって?」

つぶやく伊達政宗の顔からも、自然と笑みが引いていった。

5

「……戻ったよ、秀吉」

天下に第一の勢力を誇る豊臣軍の、その隆盛の象徴とも言える大坂城。

その天守閣に足を踏み入れて、仮面の軍師竹中半兵衛は、そこに鎮座《ちんざ》する巨大な人影にそう声をかけた。

「――遅かったな、半兵衛」

巨大な人影――豊臣秀吉は、半兵衛の言葉に表情一つ変えることなく、そう言った。

「ああ。東方の偵察を行なっている間に、西方の異変を聞いたからね。一度ここに戻ってもよかったんだが、とりあえず、いち早くこの目で状況を確認しておきたかったからね」

「……中国の、毛利元就《もうりもとなり》の件か」

「ああ」と主の言葉に、半兵衛は頷いた。

「中国の毛利は、なかなかの知恵者だと判断していたけど、どうも僕らの買いかぶりみたいだったね。まさか、海賊もどきの長曾我部《ちょうそかべ》討伐になんか失敗して命を落とすなんて、夢にも思わなかったよ。軍師としては、自分の人物判定眼を、いささか反省する必要があるみたいだ」

「わからんぞ、半兵衛」

秀吉は表情を変えずに言った。

「毛利が愚かだったのではなく、その長曾我部とやらが傑物《けつぶつ》だったのやもしれぬ」

「まさか」

竹中半兵衛は主の顔をまじまじと見つめた。秀吉が冗談を言ったのではないか。半兵衛は一瞬そう思ったのだ。しかし、どれほど見つめても豊臣秀吉の仁王のような顔に微塵《みじん》の変化も現れなかった。半兵衛は仮面の下で自分だけ微笑みを作った。

「それほどの傑物なら、海賊の真似ごとなんかで満足していないで、必ずより高みを目指すはずだ。そうだろ、秀吉？　かつての君みたいに」

半兵衛の問いかけに、秀吉は沈黙をもって答えた。

半兵衛も秀吉の返事を期待してはいなかったので、すぐに言葉を継いだ。

「とにかく、毛利が愚者にせよそうでなかったにせよ、彼が乗った船が瀬戸内の海の底に沈んで、二度とは戻ってこないのは事実だ。――支配者を失った中国地方は、いま、混乱状態に陥っているよ。あっという間に家臣の間に分裂が起きて、それぞれが勝手にその土地の領主を名乗っている。……あれなら、攻め落とすのもたやすいだろうね」

言ってから、半兵衛の口が薄い笑みを形作った。

「彼の生前、毛利とは同盟を結んでいた手前もある。僕らとしても、中国地方の危機を、黙って見過ごすわけにはいかないね、秀吉」

これまで、豊臣が中国地方に兵を進めなかったのは、この半兵衛の言う『同盟』があったからだった。ただしこの毛利との同盟は、名目上は同盟だったが、実質的には単なる主従関係に過ぎなかった。毛利は中国地方で年に獲れた年貢の何割かを、秀吉に差し出さねばならないことになっていたのだった。いわばそれは、間接支配の関係だった。

毛利元就が健在であった頃も、むろん豊臣軍には――少なくとも秀吉と半兵衛には、いつでも毛利軍と戦って勝利する自信はあった。

だが、秀吉たちには信長を討って奪い取った領土を平定するという急務があり、そのためには西方と事を構えるのは得策ではない、と判断したのである。もちろん、秀吉たちにとってこの同盟はごく一時的なものに過ぎず、最終的には武力をもって中国地方を征服する気だった。

半兵衛の中国地方への出兵の進言に、秀吉は答えた。

「うむ」

秀吉の返答に、半兵衛は満足そうに微笑み、頷いた。

「それじゃあ、さっそく今日から、中国制圧のための軍略を練ることにしよう」

そう言って、半兵衛はすぐに立ち上がろうとする気配を見せた。しかし、何かを思い出したのか、顔をしかめてふたたび秀吉の方に向き直った。

わずかに陰りの射した表情で、半兵衛は秀吉に言った。

「そうだ。もう一つ残念な報告があったよ」

秀吉は、無言で半兵衛に話を促がす。

半兵衛は頷き、言葉を継いだ。

「……武田領で信玄の動向を探っていた時のことなんだが――」

半兵衛は、上田城付近で起こったことを報告した。

敵である武田の兵に発見されるのを避け、森の中を進んでいる最中、偶然真田幸村と伊達政宗の一騎討ちの現場に遭遇《そうぐう》したこと。

真田幸村は武田軍一とまで噂される良将であり、伊達政宗は奥州を短期のうちにまとめあげた、なかなか侮《あなど》りがたい人物である。どちらも、いずれ秀吉の脅威となる恐れのある男たちだ。

そこで半兵衛は、この二人が一騎討ちで疲弊《ひへい》しきるのを待って、二人同時に始末してしまうことを考えた。二人が刃を交える姿を見れば、この二人が一騎当千の強者であることは一目瞭然だったが、だからこそ一騎討ちの最中であれば、必ず隙をつくることができるはずだった。

だが、半兵衛の試みは失敗に終わった。半兵衛もその存在に気づかなかった第三者が、突然近くの茂みより飛び出し、半兵衛の刃から政宗の背中を守ったのだ。結局半兵衛は、幸村の命も政宗の命も奪うことができなかった。

「……まったく、僕にしては落ち度が過ぎたよ。あれだけの千載一遇の機会を、みすみす逃がしてしまうなんてね」

半兵衛は、口惜しげに首を振った。

「あの時、僕の邪魔をしてくれたあの男は、たぶん伊達の軍師の片倉小十郎だ。もしかしたらあの時の傷で、彼の命だけは奪うことができたかもしれない。もしそうなら、多少は僕のやったことにも意味があるんだが——すまない、秀吉。もしかしたらあの二人が、いずれ君の最大の障壁になることもありえるのに」

「謝罪には及ばぬ、半兵衛」

秀吉は言った。

「百の策を練って百の成功を収める、とはいかぬ。これまで貴様の戦略にのって、我の天下取りはここまで進んできたのだ。貴様が我の軍師失格だとするならば、今、この城に我の姿はないであろう。そうではないか、半兵衛？　そもそも、その二人の一騎討ちの現場に居合わせたのは、偶然が作用した結果だ。そのようなこと、そもそも報告する必要もあるまい」

「……いや、やはり報告は必要だよ、秀吉」

主の信頼の言葉に、半兵衛は顔を喜びにほころばした。だが、あえてその表情を引き締めて、半兵衛は秀吉に言った。

「家臣が自分の判断で主君に報告を入れなくなり、主君が家臣の行動に報告を求めなくなれば、必ずその国は傾き、やがては滅ぶ。歴史がそれを物語っている。僕は君に、亡国の王者になって欲しくはない」

「……友の忠告、心しておこう」

苦言ともいえる半兵衛の言葉に、秀吉は表情ひとつ変えず頷いた。

半兵衛は、そんな主君の態度に満足げに頷くと、今度こそ立ち上がった。

「……それじゃあ、僕はとりあえず行くよ、秀吉。彼の死で変更を余儀なくされた今後の戦略を、できるだけ早くまとめあげて、君に披露しなくちゃならないからね」

だが、そう言って退出しようとする半兵衛を、

「半兵衛よ」

秀吉が呼び止めた。

「……何だい？」

「忠告のお返しに、我からもひとつ言っておくことがある」

「……言っておくこと？　なんだろう。改まってそんな風に言われると、ドキドキするね」

「最近の貴様は、少々事を抱えすぎではないか」

半兵衛の茶化すような態度にはこれといった反応は見せずに、秀吉は言った。

「東方の偵察にせよ、西国の確認にせよ、軍師たる貴様がわざわざやるべきことではあるまい。先ほどの報告にしてもそうだ。武将の暗殺など、忍びでも雇ってやらせればよい」

「そうはいかないさ」と、半兵衛は言った。

「暗殺はともかく、他国を自分の目で確かめるのは重要なことなんだよ。その国の状況や地形を己の網膜に焼きつけておけば、それは必ず策に生きてくるんだ」

「だが、人の身体はひとつしかないのだぞ、半兵衛」

「――――！」

秀吉の言葉に、半兵衛は言葉を詰まらせた。

「まるで貴様は、己の体力が有限であることを忘れてしまっているかのようだ。一度呼吸を整え、己の顔を見てみよ。現に貴様の今の顔は、まるで紙のように白いではないか。……半兵衛、何をそんなに焦る必要がある？」

「…………僕の顔の白さは元々さ、秀吉」

しばしの沈黙の後、半兵衛は答えた。

「それに僕は、焦ってなんかもいない。安心してくれ、秀吉。焦りは策を曇らせる。僕のような立場の人間にとって、最も遠ざけなければならないものだからね」

そう言って秀吉に笑いかけてから、半兵衛はさらにつけ加えた。

「もちろん、自分の体力が有限のものだってことも、よくわかってるつもりだよ。……他の誰よりもよく、ね」

「…………？」

秀吉は、問いかけるような視線を半兵衛へ向けた。

しかし、半兵衛は無意識にか意図的にかその視線を避け、

「……まあでも、今日のところは忠告に従って休むとするよ。それじゃあ、また」

と言い残すと、秀吉の返事も待たずに退出してしまった。

「……半兵衛」

天守閣に一人残された秀吉は、半兵衛が去った方向に、いつまでも視線を向けていた。

第四章　四国の鬼に会いに行こう

Ok, let's get serious! Ya-ha!!

——伊達政宗

ククク…………ぶっ殺す!!

——片倉小十郎

で、でたあ!　小十郎さまがブチ切れたぞー!!

——ある伊達軍兵士

1

奥州《おうしゅう》は米沢《よねざわ》城の軍議の間に、独眼竜《どくがんりゅう》の怒号が響き渡った。

「オレらの調査の結果、小十郎《こじゅうろう》をやった野郎の正体が判明した!!」

軍議の間に勢ぞろいした伊達《だて》家の武将たちは、みな息を呑んで主の言葉に耳を傾けていた。

今、この場にいない伊達の将は、政宗《まさむね》が名前をあげた片倉《かたくら》小十郎だけである。

前田慶次《まえだけいじ》より暗殺者の正体を聞いた伊達政宗は、その日のうちに京を発《た》ち、取るものも取らず、飲む物も飲まず、ひたすら東へ馬を走らせた。慶次の口から知らされた男の名が、伊達政宗の心をそう駆りたてたのだ。

京や西国のような拓かれ栄えた土地と異なり、荒廃した大地での生活を余儀《よぎ》なくされるせいか、奥州に生まれ育ったものは皆馬の扱いに秀でている。彼らは幼い頃より馬と共に成長し、ときに愛馬の良し悪しが、彼らの社会的地位を保証するものとなることもある。

『ついてこれねえ奴は、後から来い!!』

その奥州で育った同行の兵たちさえも振り落としていく勢いで、伊達政宗は急ぎ奥州へと駆け戻ったのだった。政宗が城に到着したとき、同行したはずの兵は全員脱落していて、家臣たちの出迎えを受けたのは彼ともう一人の男だけであった。正確な記録を取る者が存在しないために、断言することはできないが、おそらくこのときの政宗は、馬による京都から米沢城までの日の本の最速新記録を打ち立てたに違いなかった。

だがもちろん、政宗は日の本新記録に、喜びもせず、感動したりもしなかった。米沢城入りをはたした政宗は、家臣たちとの再会の挨拶《あいさつ》もそこそこに、前回帰還したときと同様軍議の召集を命じたのであった。

そして今、家来たちを前に、政宗は熱弁を振るっていた。いよいよ憎き暗殺者の正体がわかるとあって、家来たちも、政宗の次の発言に全神経を集中させていた。

政宗は、拳を突き上げて叫んだ。

「そいつの名は——竹中半兵衛《たけなかはんべえ》!!」

「「竹中半兵衛!!!!」」

家臣たちは政宗に続き一斉に叫び、そしてすぐに、誰もが表情に戸惑いの色を浮かべた。家臣たちはそれぞれに顔を見合わせ、その内の一人が恐る恐るといった様子で政宗に向けて発言した。

「……あの、政宗さま。もしや竹中半兵衛というのは、豊臣《とよとみ》の……」

政宗は頷き、家臣の言葉に答えた。

「ああ、その豊臣秀吉《ひでよし》の軍師の竹中半兵衛だ」

家来たちの間を満たしていた熱狂が——急速に冷めていった。「と、豊臣秀吉?」と誰かがつぶやいた。おそらく、政宗の口から出た名前が、家来たちの想像をはるかに超える大物だったのだろう。彼らの顔のそのどれもに、困惑と、それをも上回る恐怖の色が浮かんでいた。

だがその反応は、すでに政宗にとっては予想済みのものだった。

政宗自身でさえ、最初に豊臣秀吉の名を聞いたときには、軽い困惑のようなものを覚えたのだ。秀吉は今や天下人の座に一番近い、いわば政宗に言わせれば『日の本一のｂｉｇ　ｎａｍｅ』である。

「おめえらがビビるのもよくわかる」

政宗は、家来たちの顔を見回して、そう言った。

「竹中半兵衛が豊臣の軍師だってことは、奴にオレの命を狙わせたのは――小十郎をやらせたのは、秀吉の野郎だってことだ。道具を相手にナシをつけても意味はねえ。オトシマエをつけるなら、秀吉の野郎につけなきゃならねえってことだ。だが、豊臣軍は、まちがいない今の日の本で一番の強者だ。オレらの手には余る相手かもしれねえ」

家来たちは、政宗が話している間も、視線を巡《めぐ》らせ、互いに同僚の顔を窺《うかが》っていた。政宗の話が進むにつれてその表情には、困惑よりもいっそう恐怖の度合いが強まっていく。政宗の口からハッキリと豊臣の名が敵として出たことが、その原因だった。

「だがな」

政宗は家臣たちの表情の変化に気づいていたが、あえて気づかぬフリをして続けた。

「はっきり言って、オレは秀吉の野郎のやり方は気にいらねえ。自分の手を汚さずに、暗殺者をよこして邪魔者を消す、なんてやり方はな。そいつはあまりにヒキョウで臆病《おくびょう》じゃねえか、Ａｎ？」

政宗は、家来の一人一人の顔にしっかりと瞳《ひとみ》を向けながら、そう問いかけた。

「噂で聞くところによると、秀吉はあの魔王・信長《のぶなが》を排除するときにも、同じような手を使ったそうだ。だから、あの本能寺《ほんのうじ》の後、野郎はほとんど労せず信長の領土を手に入れることができた。……オレは、今回の件でその噂《うわさ》が真実だってことを確信したよ」

居並ぶ家臣たちの顔を、それぞれ驚きと納得の色がそれぞれ満たしていった。政宗はその家臣たちの方へと身を乗り出し、語りかけた。

「そんなヒキョウで姑息《こそく》な真似ばかりしやがる野郎に、天下人を目指す資格があると思うか？ オレは、思わねえ。そんなアタマの下で、家来や民が、おもしろおかしく暮らせるわけがねえ。そうじゃねえか？」

伊達家の武将たちは、よく言えば善良で直情型の、悪く言えば単純で短気な者が多い。政宗の言葉は、彼らの義憤《ぎふん》に簡単に火をつけた。

「それに売られた喧嘩《けんか》は買うのがこの伊達の流儀《りゅうぎ》だ。そうだろう？ 強い相手には尻尾《しっぽ》を振り、勝てる相手にだけ喧嘩を売る。そんなことをやってるようじゃ、恥ずかしくてとても『奥州の竜』なんて名乗れねえぞ」

政宗は笑みを閃《ひらめ》かせて言った。

「喧嘩の相手はでかけりゃでかいほど燃えるもんだ。そうだろう？」

家臣たちの表情に、恐怖や戸惑い以外の何かが確実に芽生え始めていた。つまるところ政宗同様に、ここにいる武将たちもまた奥州の男たちだった。彼らの中に芽生えたものをその隻眼《せきがん》で確認しつつ、政宗は家臣たちを焚きつけるように言った。

「そうだ、豊臣なんぞ恐れることはねえさ。よく考えろ、豊臣はたしかにデケえが、野郎は策を弄《ろう》さなけりゃ戦もできねえ根性なしよ！　暗殺者なんぞ寄越《よこ》したってことは、奴の方こそオレたち伊達の潜在能力に怯《おび》えてるのさ。戦も喧嘩もビビった方の負けよ！」

政宗は、自分のこの演説に大きな嘘が含まれていることを自覚していた。政宗が幸村と一騎討ちを行なうことを、竹中半兵衛が事前に知りえたわけはない。おそらく半兵衛は、幸村の方の命を狙っていたか、あるいは偶然あの場に居合わせたかで、成り行きに任せあのような行為を行なったのだろう。

だがそれは、あえて口にする必要のないことである。他人を動かすにはあえて一部の事実を伏せることも有効だと、政宗は指導者として熟知していた。もちろんそれも片倉小十郎の指導の賜物《たまもの》ではあったが。

政宗は立ち上がり、居並ぶ武将たちの顔に隻眼を合わせて言った。

「おめえら、俺と一緒に豊臣との喧嘩についてきてくれるか？」

一瞬、静寂が軍議の間を包み込んだ。

だが、それは本当にほんの一瞬のことに過ぎなかった。

伊達家の武将たちは、主君を見習い、勢いよく立ち上がった。

家臣の一人が、一同を代表するように叫んだ。

「むろんでございます、政宗さま！　我ら伊達家武将一同、政宗さまが往かれるところでしたら、たとえ地の底であろうとお供しますぞ！」

その台詞《せりふ》に、他の家臣たちも異論を挟もうとはしなかった。いや、家臣たちの顔を見れば、みなが同じ思いであることは一目瞭然であった。彼らは皆、政宗こそがこの日の本の天下を獲る『竜』であることを信じる者たちだった。その政宗がまさに天に昇ろうと、現在の天下人である秀吉に挑もうと言うのだ。共をしないはずはなかった。

たとえ、彼の中に豊臣秀吉という巨大な存在への恐怖があったとしても、そんなものは政宗の放つ熱情に焼かれ消失してしまっていた。

政宗は満足げに微笑を浮かべ、そして叫んだ。

「Ok！　いくぜ、おめぇら!!　とっとと大坂にいる猿山の大将の真っ赤なケツを、おもいっきり蹴り飛ばす準備でも始めろよ!!」

「「うおおおお——!!」」

地鳴りのような雄叫びをあげて、家来たちは早速行動を開始しようとする素振りを見せた。

と、興奮の坩堝《るつぼ》と化した軍議の間に、一人、乾いた拍手の音を響かせる男がいた。

政宗が家臣たちに語りかけている間中、末席でただ一人立ったままで、無言で成り行きを見守っていた男である。なぜか頭の上に小さな猿を乗せたその男は、他の列席者たちのように政宗の起こした熱狂に感応した風でもなく、軽く両手を打ち鳴らしながら、政宗のもとへと歩み寄った。

「見事に家臣の心を掴んでるようじゃないの、伊達男」

むろん、それは政宗が京の町にて知り合った、前田慶次その人だった。竹中半兵衛の名を明かされた後、政宗が急いで奥州に帰ると告げると、

『俺も連れて行っちゃくれないかい？　あんたといると、面白いモンが見れそうだ』

なぜか慶次は同行を申し出たのである。

『奥州最速と呼ばれたこのオレに、ついてこれるもんならついてきてみな』

慶次の言葉に、政宗はそう答えた。慶次の真意は計りかねたが、別についてこられて困るというわけでもなかった。その時の政宗は、豊臣との戦を見すえ心が高ぶっている状態で、とにかく一刻も早く本国へと戻りたかったのである。結局、政宗が米沢に入城したとき、傍らには前田慶次一騎だけがいる状態だった。政宗は慶次の馬術に敬意を表し、彼に軍議に参加することを特別に許可したのである——。

その前田慶次は、政宗に笑いかけて、こう言った。

「あの豊臣相手に喧嘩する。そんな無謀な真似をマジでやるってのがどうも信じられなくて、ここまでついてきたんだけどね」

「Ｈａ！　覚えておきな、色男。オレは嘘もつけばハッタリも言うが、虚勢を張るだけで意味のねえハッタリなんぞ、口にはしねえよ」

「あんたはそうでも、あんたの家来たちは豊臣の名前を聞けば裸足《はだし》で逃げ出すと思ったのさ。だけど、違ったよ。ここの連中は皆、あんたに惚《ほ》れ込んでるみたいだね」

「ＨＡ－ｈａ！　奥州の野郎どもは、女に見劣りしないぐらい最高だろ？」

政宗は、自分自身よりも、家来たちを誉められたことに、誇らしげな顔をした。

慶次は微笑を浮かべ、「まあ、俺は女たちに惚れられる方が嬉しいけど」と言いつつも政宗の言葉に頷き返した。しかし、すぐに表情を改めて、慶次が口を開く。

「で、独眼竜《どくがんりゅう》。ものは相談なんだが、もしあんたが秀吉の奴とやり合うなら——」

2

「——政宗さまッッ!! 政宗さまはおられるかッッ!!」

突然、軍議の間に響いた怒号が、慶次の言葉をかき消した。

その声を耳にした瞬間、政宗の独眼竜の由来にもなった隻眼が大きく見開き、顔が驚きにゆがんだ。前田慶次が驚いたことに、その驚愕《きょうがく》にはわずかに恐怖の色さえも混じっていた。

「やはりまだここにおられましたな、政宗さま」

「こ、こ、小十郎?!」

大股開きで軍議の間に踏み込んできた男の姿を見て、政宗が呻《うめ》き声をあげた。男は、政宗のそんな様子を気にも止めないように、ずかずかと政宗の方へと歩み寄る。

前田慶次は、軍議の間に踏み入ってきた男の顔を、興味を込めて、まじまじと見つめた。髪を後ろに撫《な》でつけた、目つきの鋭いこの男が、どうやら政宗が仇《かたき》を取ると意気込んでいた片倉小十郎その人であるらしかった。

「……誰だ、テメェ?」

ちょうど慶次の前まで進み出たところで、小十郎は場に見慣れぬ顔がいることに気づいたらしかった。視線だけで人を刺し殺しそうな目つきを慶次に向けて、片倉小十郎が言った。

「あ、いや、俺は……」

慶次としたことが不覚にも、その凄みに気圧《けお》されて、すぐに言葉が出てこない。理由はよくわからないが、片倉小十郎はどうやら不機嫌の極みにあるようだった。

「そ、そいつは、筆頭が客人として連れてきた、前田って野郎ですぜ、小十郎さま」

「ああ、なるほど、あんたが……」

即答できなかった慶次の代わりに、その場にいた伊達の家来が小十郎の質問に答えた。

「一応聞いてるぜ。まあ、あんたのことは後だ」

小十郎は、短くそう言って頷くと、すぐに慶次に興味を失ってしまったように、伊達政宗の方へとふたたび前進を始めた。

政宗のすぐ目の前まで来ると、小十郎は凄みのある笑顔で、主に話しかけた。

「お久しぶりですな、政宗さま」

「よう、小十郎。こんなところに来ちゃマズいだろう、傷に触るぜ。お前、まだ、療養中の身じゃねえか」

さすがは独眼竜と呼ばれた男、と言うべきだろうか。小十郎が踏み込んできたときに一瞬浮かべた怯《ひる》みを、政宗は今は完全に隠すことに成功していた。一方の小十郎の方も、政宗のもとに歩み寄るまでの不機嫌さを一瞬にして消し去って、主に再会の挨拶を述べた。

「理解ある優しい主君のおかげで、充分、療養する時間は取れましたからね。まだ多少背中の傷は痛みますが、すぐに軍務に復帰できる状態ですよ」

「そいつはよかった」政宗は――少々ワザとらしいぐらいに――破顔した。

「まだ傷に触るだろうと勝手に気遣って、軍議を開くことも小十郎には報せなかったんだが、こいつは余計な気遣いだったかもしれねえな」

「それはご心配をおかけしました」

小十郎も――少々ワザとらしいぐらいに――微笑み、それから小首を傾げた。

「それで、今回の軍議の題目は何だったんですか？」

「ああ、それはな、別に小十郎に報せるほどのことじゃねえんだが――」

「……ほう」

つぶやく小十郎の笑顔に、ぴしりと音をたてて亀裂《きれつ》が走った。伊達家の家来たちの顔が引き攣《つ》っていく。前田慶次にもわかった。一瞬にして、軍議の間の緊張感が高まっていくのが――。

小十郎は、笑みを浮かべたまま言った。

「豊臣秀吉との戦が、この小十郎に報せるほどのことじゃないんですか。こいつは意外だな」

ちっ、と政宗が舌打ちを洩らした。

「なんだよ、やっぱ知ってたのか」

「――知ってたのか、ではないでしょう」

一瞬にして、小十郎の纏《まと》う空気が一変した。言葉使いこそは丁寧《ていねい》だが、隠しきれない威圧感のようなものが小十郎の周りに漂い始める。それでも政宗は平然とした顔をしていたが、小十郎の真の恐ろしさを知る伊達の家臣たちの顔には、明らかな狼狽《ろうばい》の色が浮かんでいた。

小十郎は、苦虫を噛《か》み潰《つぶ》したような顔で、政宗に言った。

「いったい何考えているんです！　あの時の暗殺者が竹中半兵衛だったって聞いて、まさかとは思いましたが……。いいですか、冷静になってください！　今のうちの戦力で、豊臣軍と渡り合えるはずがないでしょう」

笑みを浮かべて政宗は言った。

「まあまあ、そんなに怒るんじゃねぇよ、小十郎。内緒にしてたことは悪かったぜ。だが、知りゃぁ絶対、お前は止めようとしただろう？」

「あたりまえでしょう」

と、丁寧ながら凄みを感じさせる声で、小十郎は答えた。

「軍師としてそんな無謀な戦、見過ごすわけにはいきません。豊臣と伊達の兵力差がどれだけあるのか政宗さまはご存知ですか？　二倍や三倍では利かないのですぞ」

「んなもん、気合で何とかなんだろ？　何ならオレが一人で一万人くらい斬ってやるよ」

「……できもしないことを、仰《おっしゃ》らないでいただきたい」

「冗談だよ、冗談」と笑いながら言って、政宗は続けた。

「だが、数だけが勝負の絶対条件ではねぇだろう？　もしそれですべてが決まるなら、オレらが奥州を統一することなんぞできなかっただろうし、お前がいる意味なんてねぇはずだ。違うか、小十郎？」

小十郎は苛立《いらだ》たしげに首を振った。

「我らが今まで倒してきた相手とは格が違うでしょう、豊臣秀吉は！　それに向こうには、秀吉を天下に第一の勢力にまで押し上げた、それこそあの天才軍師、竹中半兵衛の奴もいるんですぞ！」

「……何と言われようとな、小十郎」

政宗は、表情を引き締めて、言った。

「オレはな、お前を背中から襲った連中を絶対に生かしちゃおけねぇんだ。相手が誰だろうと、このオトシマエだけきっちりつける。絶対にだ！」

「…………………!!」

「それにオレが天下に昇るためには、豊臣秀吉はいずれやりあわなきゃならねぇ男だ。だったら今、ついでにぶっ殺しておくのが、手っ取り早いだろ？」

政宗の言葉に、小十郎の瞳が揺れた。

小十郎の視線をしっかりと受け止めながら、政宗は言った。

「たしかに、軍師であるお前に内緒で話を進めようとしたのは謝る。……だから、改めて頼むぜ、小十郎。お前の力で、オレを——伊達軍を、豊臣秀吉に勝たせてくれ。オレたちが勝てば、天下に轟《とどろ》く天才軍師の称号だって、竹中半兵衛じゃなくお前のものになるんだ」

「…………政宗さま」

今度は怒りではなく、その表情にかすかな悲しみをたたえて、小十郎は首を横に振った。

「兵法には天のとき、地の理、人の和というものがあります。古来中国より、天下を取るために欠かさるものと言われているものです」

「……Ｈａ－ａｎ？」

「今はまだ我が軍にはそれが備わっているとは言い難い。天のときという点から見れば、今はまだ豊臣秀吉の中央の支配体制は磐石《ばんじゃく》で、まるでほころびを見せようとはしていない。地の理、という点から見れば、秀吉のいる大坂城と、この奥州とでは、あまりに遠い」

「……だが、オレたちには人の和があるだろ？」

「人の和、だけではどうにもなりませんよ」

政宗の反論に、小十郎は苦笑をもって答えた。

「だいたい政宗さま、どうやって豊臣軍の領土まで兵を運ぶおつもりですか？　伊達の兵が領地を通過することを、武田《たけだ》や上杉《うえすぎ》や北条《ほうじょう》の軍勢が、黙って見過ごしてくれると思いますか？　それとも、そのことごとくと戦って、力づくで通り抜けますか？　たしかにそんな真似が可能なら、豊臣軍と正面から勝利することも可能かもしれませんが」

皮肉混じりの小十郎の問いかけに、政宗は即答できなかった。政宗だけではない。その場にいる小十郎をのぞく家臣団全員の顔に、そのことを完全に失念していたことが、はっきりと書かれていた。政宗も家来たちも、強敵・難敵を前に頭に血を昇らせすぎて、地理のように細部のことなど微塵《みじん》も考えていなかったのだ。まぬけと言えばまぬけな話だが、だからこそ伊達家家臣団にあって、小十郎のような男の存在が必要不可欠なのだろう。

小十郎はため息をついて、口を開いた。

「……噂では豊臣秀吉は、同盟相手だった毛利《もうり》元就《もとなり》を通じて、怪しげな宗教団体から南蛮渡来《なんばんとらい》のからくり兵器を手に入れ、それをいくつも大坂城に秘蔵してるそうです。兵数で劣ってる上に、そんなものまで持ち出されちゃ、とても我々に勝ち目はありませんよ」

「だがな、小十郎――」

「政宗さま」小十郎は主の反論をさえぎり、彼に向かって歩み寄りながら、柔らかな口調で言った。「あなたの気持ちは、私も嬉しい。家臣冥利《みょうり》に尽きる、と言ってもいいぐらいです。あなたがそういう人だからこそ、私も、家来たちも、あなたのために命を賭《か》けられる。――だが、だからと言って、あなたが無謀な戦に挑もうとしているのを、止めないわけにはいかない。たしかにこれまでは、それが良い方向に作用してきたかもしれないが、今度ばかりはいくらなんでも相手が悪過ぎる。あなたは――」

小十郎は、優しく政宗の肩に手を置いた。

「あなたは、いずれ天下を手にする人だ。私は微塵もそのことを疑ったことはありません。……ただ、今はまだその時じゃない。焦らずとも、歴史が政宗さまを呼ぶ時が、必ず来ます。だから、今はその時まで力を蓄えて――」

「――!!」

その瞬間、その場にいる誰もが目を疑った。

小十郎の話を真剣な顔で聞いていた政宗の身体が、突然、くの字に折れて、崩れ落ちたのだ。

加害者は、もちろん政宗の目の前にいた、片倉小十郎である。穏やかな顔と声で政宗に語りかけていた小十郎が、何の前触れもなく、いきなり片手で政宗の腹部を打ったのだ。

百戦錬磨《ひゃくせんれんま》の政宗と言えども、最も信頼する腹心である小十郎のこの予告なしの不意打ちには、さすがに対応する術《すべ》をもたなかった。小十郎の拳に腹部を打ちぬかれた政宗は、呻き声さえあげることができず、そのまま意識を失ってしまった。

あまりに一瞬の出来事に、そしてあまりにも予期せぬ事態に、その場に居合わせた伊達の家臣たちは、声もなく政宗が崩れ落ちるのを見守っていただけだった。だが、そうした中でもいち早く呆然と自失とから立ち直った武将の一人が、狼狽と怒りとをあらわに小十郎に吠えかかった。

「か、片倉殿！　これはいったい何のつもりでござるか?!　ご乱心めされたか!!」

その声が他の家臣たちの耳を打ち、彼らにも自我を取り戻させた。家臣たちはそれぞれに小十郎に対して批難の声をあげながら、腰から刀を抜き放つ。

「……誤解しないでいただこう」

冷静に——どこか痛みに耐えるように顔を歪《ゆが》め——言いながら、片倉小十郎は膝《ひざ》をつき、地に倒れ伏した伊達政宗の身体を抱きかかえた。「政宗さまをどうされるおつもりか!!」とさらに色めき立つ家臣らに、小十郎は顔を向け、静かに言った。

「この片倉小十郎の忠誠心は、常に伊達と政宗さまに向けられている。私の中に叛意《はんい》など、微塵も存在しない」

「……で、では、いったいこれは……?!」

「……こうでもしなければ、この人を止めることはできない」

真剣な表情でそう答えて、小十郎は軍議の間の入り口で警備にあたっていた兵らの所へ、気を失った政宗を抱えたまま歩み寄った。事の成り行きが理解できずに呆然とした表情の兵らに、小十郎はそのまま丁重な手つきで政宗の身体を渡す。慌《あわ》てて政宗の身体を抱きかかえた兵たちに、小十郎は言った。

「……政宗さまを自室へとお連れしろ。それから、勝手に抜け出したりできねえように、部屋に外から鍵をかけるんだ。念のために、警備の兵も幾人か配置してくれ。……しばらく頭を冷やせば、きっと政宗さまのお考えも変わるはずだからな。……おめえら、くれぐれも政宗さまのお身体は丁重に扱うんだぞ。万が一この奥州の王のお身体を途中で床に落としたりすれば……その時はわかってるな?」

小十郎の念押しの言葉に、政宗の身体を渡された兵たちは、首がとれんばかりに何度も首を縦に振って見せた。兵たちはそのまま急いで――それでいて高価な陶器《とうき》でも運ぶように慎重《しんちょう》な足取りで――軍議の間から退出していった。

政宗の姿が見えなくなると、小十郎はひとつため息をつき、それから部屋の中の諸将たちの方へと向き直った。武将たちの多くは、未だ緊張に顔を強張《こわば》らせ、刀も腰から抜き放ったままだった。小十郎は、彼らの顔を見回すと、静かに、しかし他の者を圧する声で、「よろしいか？」と言った。

「皆様方にも心しておいていただきたい。現在のこの奥州の国力で、豊臣と事を構えるなどもってのほかだ。それは、伊達を滅ぼす以外のどのような結果ももたらさない。まして、この小十郎を原因として、そのような勝算なき無謀な戦に奥州を駆りたてるわけにはいきませぬ。もしも皆様方がこの小十郎と同じように、真に奥州と政宗さまに忠誠を抱いておられるのならば、たとえ政宗さまの命であろうと、決して軽挙妄動《けいきょもうどう》に駆られるようなことはなきよう、この小十郎、重ねてお頼み申し上げまする」

そして小十郎は、ゆっくりと家臣たちに向けて頭を下げてみせた。

伊達家の武将たちは、顔を見合わせ、そして頷きあった。皆一様に手にした刀を腰に収め、家臣の一人が代表するように小十郎に声をかけた。

「……頭をお上げくだされ、片倉殿。たしかに貴殿の言う通り、いかに政宗さまの熱意に動かされたとはいえ、我らがいささか軽率でございました」

さらに別の家臣も、それに続いて言葉を口にする。

「我ら家臣一同に、小十郎殿の伊達家へ対する忠誠を疑う者などおりませぬ。……いや、小十郎殿こそまさに家臣の鏡。『竜の右目』の異称に相応《ふさわ》しいお方でございますよ。我らも、小十郎殿のその忠誠心を見習うようにいたしましょう」

家臣らの言葉に、小十郎は明らかに安心したように笑みを浮かべ、

「ご理解、感謝します。これらかも共に政宗さまとこの伊達を支えていただきたい」

と、もう一度軽く頭を下げた。

むろん、主なくしては軍議は成立しない。その小十郎の言葉を合図として、誰からともなく軍議は解散となり、家臣たちは、それぞれ片倉小十郎に一言ずつ声をかけ、部屋から退出して行った。


「……ふう……」

最後の家臣が部屋から出て行くのを確認すると、小十郎はため息をつき、顔に疲労を滲《にじ》ませて、崩れ落ちるようにその場に腰を下ろした。

だが、部屋に残っていたのはその小十郎一人ではなかった。一連の騒動には加わらず、成り行きを部屋の隅で見守っていた前田慶次もまた、まだこの場にいた。慶次は床にあぐらをかいて座り込んだ小十郎に歩み寄り、笑みを浮かべながら声をかけた。

「……いやあ、すげえもん見させてもらったよ」

慶次の言葉に、小十郎の顔に意外そうな表情が浮かんだ。その顔は、明らかに彼が慶次の存在を忘れていたことを、如実に物語っていた。

「……ああ、アンタ、まだいたのか？」

気の抜けた声で、小十郎は答えた。

「そうか。政宗さまが連れてきたんだったな。……いいさ、兵には俺が言っておく。この城の好きな部屋を寝泊りに使ってくれ」

小十郎の口調は、先ほどまでの政宗や家臣たちに対して向けられていたものとは、確実に異なり、ずっとくだけたものだった。主でも同僚でもない浪人ものの慶次に対しては、敬語を使う必要性を感じない、ということだろう。

小十郎からすれば、慶次は奥州に厄介事《やっかいごと》を運んできた元凶《がんきょう》のようにも見えるのかもしれない。もっとも、慶次に対して敵意のこもった視線を向けるわけでもないことと、この口調が自然と板についている所を見ると、本来の片倉小十郎というのは、このような言葉使いを操る人間だったのかもしれなかった。

しかし、敵意はなくとも、小十郎の様子は見るからに気だるそうで、明らかに一人になりたがっているようだった。あるいは、政宗の腹部に一撃を食らわした時の動きが原因で、背中の傷とやらの痛みがひどくなったのかもしれない。慶次はすぐにそのことに気づいたが、あえてその場から立ち去りはせずに、思っていたことを質問してみた。

「いいのかい、あんなことして？　いくらあんたがあの伊達男の信頼が厚いからって、さすがにあそこまでやったらただじゃすまねえんじゃねえの？」

「別にかまわない」

つまらなさそうに小十郎は言った。

「独眼竜の怒りなんて怖くねえ、ってことかい？」

小十郎の言葉と態度から、慶次はこの男が主君を軽んじているのではないか、そう思ったのだ。だが、そうではないことを小十郎の返事で、慶次は知った。

「……いいや。これが原因で、腹を切らされてもかまわない、と思ってるだけさ」

驚いて、慶次は目の前であぐらをかいている伊達軍の軍師を見た。小十郎の表情は相変わらず気だるそうだったが、少なくとも嘘や冗談を言っている風ではなかった。

「……ありゃ、覚悟の説得だったってことかい？　そんな風にゃ見えなかったけど」

「主君を殴りつけて部屋に軟禁するなんて馬鹿な真似、覚悟もなしにできるわけねぇだろう？」

「……まあ、それはそうだよな」

あまりにも当たり前の指摘に、慶次は頷くより他なかった。

「でも、なんでそんな命を賭けてまで？」

小十郎はあぐらのまま、慶次の顔を見上げ、首をかしげた。

「決まってる。俺が『竜の右目』だからさ」

そのままの姿勢で小十郎は言った。

「主が正しい方向を歩めるように、道に明かりを灯すのが俺の役目だ。主が間違った道を進もうとしたら、それを身体を張ってでも止めるのも、な」

「……それが原因で、主から疎《うと》まれたり憎まれたりすることがあっても、かい？」

「相手の言葉にほいほい頷《うなず》いてるだけなら、太鼓持ちにもできる。忠誠心ってのは多分、主が道を間違えようとしているときにこそ、試されるのさ」

　そう語る片倉小十郎の口調は、まるで昨日の天気について話しているように何でもないもので、それだけに彼がごく当然のことのようにそう思っていることが、うかがい知れた。

　言い終えた小十郎が、慶次の顔に浮かぶ表情を見て眉《まゆ》をひそめた。

「……どうした？　そんなに変なこと言ったかい？」

「……いや、そんなことはないよ」

　片倉小十郎が家臣としての心得について語る言葉は、慶次に一人の男の姿を想起させた。

　同じ軍師という立場であり、おそらくその在《あ》り方について、小十郎とは意見を異とするであろう男の姿を。

　かつてその男は、慶次に言ったものだ。

『……僕にできるのは、秀吉を見守ることだけだよ……』と。

「……………あんたが、秀吉の軍師だったらよかったのにな」

　気がつくと、そんな言葉が慶次の口をついて出ていた。

　小十郎が眉をひそめた。

「どういう意味だ？　竹中半兵衛に比べて与《くみ》し易いって言いたいのか？　それとも、俺が軍師なら豊臣軍が二つに割れるとでも？」

「違うよ、そんな意味じゃねえ」慶次は手を振り、慌てて弁解した。

「ただささ」

「ただ？」

「あんたが軍師だったら、秀吉のやつも政宗みたいな男になったのかな、って思ってね」

「……はん？」

聡明な小十郎にも、慶次の言った言葉の意味は図りかねるらしかった。小十郎は、

「誰が軍師になったって、政宗さまの真似事なんぞできやしないさ。あの人は竜だからな」

そう言うと、今度こそ慶次との会話に興味を失ったらしく、床板の上にそのままごろんと横になり「……あぁ、しかし背中が痛えな……」とつぶやいた。

もちろん、慶次の真意は慶次にしかわからない。慶次はただ、初めて会ったとき伊達政宗が言っていた台詞を思い出し、ある光景を思い浮かべていたのだ。

『――それに、家来のため以外の何のために、身体を張るって言うんだ？　人の上に立つ、ってのはそういうことだ。違うかい？』

という政宗の台詞を口にする、かつての友の姿を。

「なあ、竜の右目さんよ」と慶次は小十郎に訊ねた。

「あの伊達男なら、惚れた女を幸せにしてやれるもんかね？」

「あの人に、女？　……似合わねえ組み合わせだな」

それが、竜の右目と呼ばれる男の返事だった。

3

――政宗は、己の寝台に横になり、頭の後ろで退屈そうに腕を組みながら、自分と外界とを隔てる扉をその隻眼でじっと睨《にら》みつけていた。いつもは自在に開くことのできるその扉には、小十郎の指示で今は外側から錠前が下ろされ、ご丁寧にその前には見張りの兵までが数人ほどが配置されていた。現在、政宗はこの城の――と言うよりもこの奥州の主でありながら、自分の部屋で軟禁状態に置かれていたのである。

閉じ込められてしばらくの間は、政宗は部屋の中で小十郎の物分かりの悪さと無礼さを責め、さらには部屋の外にいる兵たちに自分をここから解放するよう大声で要求した。しかし兵たちは、「すまねえ、筆頭。そんなことしたら、俺らが小十郎さまに殺されちまいます」の一点張りで、決して部屋の鍵を開けようとはしなかった。政宗は彼らの薄情さと意気地のなさをも批難しようとしたが、すぐに思いとどまった。政宗も人の上に立つ人間である。彼らの立場を考えれば、そう答えるのも無理からぬことだと考えたからだ。

あるいは、政宗が本気になれば、力づくで扉を破壊することもできたかもしれない。いや、おそらくそれは可能だったろう。加えて言えば、二、三人程度の監視の兵も、政宗にとっては何の問題にもならない。その気になれば政宗は、すぐにでもこの部屋を飛び出すことができたことだろう。だが、政宗はそうもしなかった。

それは兵らの立場を思いやったということも、もちろんある。だがそれ以上に、このような行動をとった小十郎の想いを感じ取れないほど、政宗は鈍感な人間ではなかった。もちろん、主君である自分に一撃を見舞ったことを思い出せば、腹立たしさを感じることは避けられない。しかしそれとて突き詰めれば、簡単に一撃を浴びて意識を失ってしまった自分自身への不甲斐《ふがい》なさへの腹立たしさなのである。そう考えれば、小十郎に対しての怒りも薄れてしまうというものだった。

……とは言え、小十郎の行動に理解を示したといえども、それで竹中半兵衛への怒りや、打倒秀吉への思いが消えたというわけではない。片倉小十郎に軍師として『竜の右目』としての理があるように、政宗にも戦国を生き抜く者として、決して譲れない信条を持っていた。

それは、奥州風の言葉で言うならば『ナメられたら、終わり』ということになる。

政宗が覇《は》を競う相手は秀吉だけではない。この群雄《ぐんゆう》の割拠《かっきょ》する戦国乱世で、たとえ秀吉相手であれ弱腰なところを見せれば、たちまち他の群雄たちからも軽んじて見られることになるだろう。領地は攻め取られ、従属を求められる羽目になるに違いない。

群雄とは肉食魚と同じなのだ。彼らのエサにならないようにするためには、こちらの方がより強大な肉食魚であることを示さねばならない。そのためにも、オトシマエを必ずつけなくてはならないのだ。もちろん、そう考える政宗の根底には、彼の小十郎への想いが存在するのだが……。

このように悶々《もんもん》とした思いを抱えながら、伊達政宗は扉の閉ざされた自室で無為に時間を過ごしていた。おそらく、気を失っていた間にもかなりの時間が経過していたのだろう。窓から差し込む月の明かりから判断するに、いつのまにか夜も更けてきたらしい。今日のうちに錠前が外されここから解放されることもなさそうだった。そう判断して、政宗は、部屋の灯りを消して、身体を横たえ隻眼にまぶたを下ろし、眠りにつこうとした。明日になれば、おそらく小十郎がこの場に顔を見せることだろう。その時にこそもう一度、彼を説き伏せなければならない……。


「――ぐぁっ！」

「――うげっ!!」

「……?!」

まどろみの中、突如聞こえてきた悲鳴に、政宗は隻眼を開き、すかさず上半身を起こした。枕元に置いていた六振りの刀に手を伸ばし、すかさず閉ざされたままの扉を凝視《ぎょうし》した。

扉の向こうで錠前が外される音がして、ゆっくりと扉が開いていく。

「よっ、元気かい？」

ろうそくの炎が照らす薄明かりの中、扉の向こうに浮かび上がった顔に、政宗は目を剥《む》いた。

「アンタは、前田慶次！」

それは、政宗がこの奥州へ連れてきた傾奇者《かぶきもの》のものだったのである。

「なんでここに？　いや、それよりも今の悲鳴は――」

「しっ！」と慶次は自分の指を一本鼻先に立て、混乱する政宗を黙らせた。

「誰かに聞きつけられたら面倒だ。伊達男。ここから出たいんだろ、あんたにゃ部屋で謹慎《きんしん》なんて似合わないぜ」

なぜ前田慶次が自分を解放しようとしているのか理解できないままに、政宗は部屋を出た。部屋のすぐ側には、白目を剝いて気絶した監視の兵たちが倒れていた。

「大丈夫、ちゃんと加減はしてあるからさ」

兵を見つめる政宗の視線に気づいて、慶次が言った。

慶次の言葉に頷き返してから、あらためて政宗は訊ねた。

「で、色男。この慈善事業はいったい何のつもりなんだい？　どうやら小十郎の許可を取ってきたわけじゃなさそうだが」

「なあに。あんたにちょっとした助言がしたくてね」

「Ｗｈａｔ？」

「その前に、昼間ちょっと俺が言いかけたことの答えが聞きたいんだけどさ――って、まあ、覚えてないか。そうだろうね」

政宗は首を傾げた。たしかに彼は何も覚えていなかったのだが、それは無理からぬことだろう。昼間の前田慶次の問いかけは、すべてを言い終わる前に片倉小十郎の乱入で中断を余儀なくされたのだから。

政宗の不思議そうな表情に気を悪くした風でもなく、慶次が言った。

「――なら、あらためて聞かせてくれよ。もしあんたが豊臣秀吉とやり合うつもりなら、俺も一緒に行かせちゃくれないか？」

「Ａ－ｈａ？」

　政宗は、不審そうに片方の瞳を細めた。

「どういう風の吹き回しだい？　アンタ、豊臣やら竹中半兵衛やらの名前は見るのも聞くのも嫌だったんじゃねえのか？」

「ああ。今も聞くだけで胸くそ悪くなるよ」と即答した後で、慶次はつけ加えた。

「だけど——まあ、こっちにも色々事情があってね」

　慶次がそう言うと、頭の上で猿の夢吉《ゆめきち》が「キー」と鳴いた。政宗には猿の言語を理解する能力は備わっていないが、漠然《ばくぜん》と心配そうな声だな、と彼は感じた。

「Ｈａｎ？」と、政宗は首を捻った。

　慶次の台詞は何か深い因縁のようなものを感じさせるものだったが、彼は他人が口にしたがらない事情に土足で足を踏み入れるほど無粋な男ではなかった。慶次の腕前は身を持ってよく理解しているので、伊達軍に参陣するというのなら、理由などかまわず受け入れたいところだったが、政宗は首を横に振った。

「残念だな。むろんオレは豊臣秀吉にオトシマエをつけさせるつもりだが、そいつは少しばかり先の話になりそうだ。小十郎の奴に納得させるには、ずいぶん骨が折れそうだからな」

「……へえ？」

　落胆するどころか、なぜか嬉しそうに前田慶次はそう訊ねてきた。

「こんな目に合わされたのに、あの人をやっぱり軍師のままにしておくのかい？」

「あん？　なんで更迭《こうてつ》なんぞする必要があるんだ？」と、真顔で独眼竜は言った。「あいつだってオレや奥州のためを思ってやったことだ。それがわからねえなら、オレにこの奥州のtopに立つ資格はねえ——まあ、今回のはさすがにやりすぎだがな。だいたい、自分の目を自分潰《つぶ》すバカ野郎がいると思うかい？」

そこまで言った後で、政宗は顔をしかめた。

「まあ、だからと言って、オレも譲るつもりはねえがな。秀吉の野郎は必ずシメる。ただ、問題はどう小十郎を説き伏せるか、だな。兵力差の問題はともかく、たしかにあいつの言ってた天のとき、地の理、ってのは考慮に値する問題だが——」

「で、俺の提案ってわけだ、政宗さんよ」

政宗の台詞がまだ終わる前に言葉を引き取り、慶次が言った。

「Un？　さっきもそんなこと言ってたな、アンタ。提案、だと？」

「少なくとも、地理的な問題は解決できるさ。それに、もしかしたら兵力的なこともね」

頷き、慶次は言った。

「なあ、伊達男。『西海の鬼』って知ってるかい？　そいつの協力を仰《あお》ぐんだよ」

そう言って慶次は自身の考えを、政宗に明かした。

慶次の話を聞き進めるうちに、徐々に独眼竜の瞳の輝きが強まっていった。

「……なるほど。そいつは、賭《か》けてみるだけの価値がありそうだ」

「……なんてことだ」

翌日。政宗の様子を伺《うかが》いに、早朝から彼のもとに足を運んだ小十郎の目に映ったものは、扉が開け放しになったままもぬけの殻となった部屋と、いまだに気を失ったままの監視の兵たちの姿だった。

「……まったく……たった一日の間も大人しくはしていてくれないのか……あの人は……」

小十郎は右手で額を押さえ、一人呻いていたが、やがて表情を阿修羅《あしゅら》のものへと変えると、それぞれの手で倒れている兵らの胸ぐらをつかみ上げ、激しく揺すった。

「いつまで呑気《のんき》に寝てやがる！　とっとと起きな！」

小十郎の手荒い目覚めの挨拶《あいさつ》で、夢見心地気分から引きずり起こされた兵士たちは、すぐ目の前に阿修羅の顔を見て、恐怖に震え上がることとなった。

小十郎は震える兵らに政宗の脱走を告げ、

「いいか。兵士をいくら動員してもかまわねえから、とっとと政宗さまを見つけ出せ。見つけなけりゃテメエらどうなるか……わかってるな？」

ドスの利いた声で追い立てた。

もつれる足で兵たちが飛び出していき、部屋の前に一人になると、小十郎はふたたび疲労感の滲む表情に戻り、つぶやいた。

「しかし……脱走と言ってもどこへ行ったのやら。まさか政宗さまに限って、この程度のことで大将の座を放り出すようなはずもないしな……。そもそも、どうやって外側から鍵をかけた扉を蹴破りもせずに開けることができたんだ……？」

言いながら、小十郎はもぬけの殻となった部屋の中にもう一度視線をやった。

「……あれは……？」と、首を傾げる。

「手紙、だと？」

部屋の中の寝台の上に何枚かの紙が連なって置かれており、筆でなにやら文字が書かれていた。最後には、政宗の署名も入っている。それは、間違いなく小十郎に向けて書かれた手紙であった。小十郎はその手紙を手に取り、読み進めた。

「…………ふう」

読み進めるうちに、小十郎の口からは自然と幾度もため息が洩れた。

最後まで読み終えると、小十郎はひときわ大きなため息をついた。それから、宙にこの部屋の主の姿を思い描き、一人ごちた。

「……まあ、あの人らしいと言えば、あの人らしいか。無茶で道理をねじ伏せようとするなんてな……。竜を無理やり閉じ込めようとした俺が間違ってたってことかもしれないな」

表情を切り替えた小十郎は、もう一度最初から最後まで手紙に目を通し、今度は軽く苦笑を浮かべてつぶやいた。

「……考えてみれば、悪い策《て》じゃない、か。あの人なら、案外簡単に話をつけてしまうかもしれない」

それから、一つ首を振り、ふたたび手紙に目を落とした。

「だが」と小十郎はつぶやいた。

「まだ足りない。人の和、地の理と来たら、あとは天のときか。……やれやれ、仕方ねえな」

一人思案に暮れる小十郎の顔は、『竜の右目』と呼ばれるそれになっていた。

4

『西海の鬼』長曾我部元親《ちようそかべもとちか》は、これまでのそれほど長からぬ人生の中で、自分はこの世で最も後悔という言葉の似合わない男だと思っていたし、たぶんそれは事実だった。

彼は海に生き海に死す男であり、仲間と宝と争いを愛した。長曾我部元親の価値観は、仲間を守り、敵を排除し、宝は奪う。単純明快なものだった。そしてその単純明快な価値観に乗っ取って生きてきた自分の日々に、充分満足していた。これまでに彼は多くの仲間と宝を得て、幾度もの強敵との命の削り合いに勝利してきたのだ。そこには微塵の後悔も入り込む余地はなかった。彼の人生にあるのは後悔ではなく航海の二文字だった。

だが、今、その長曾我部元親の胸中を、回遊魚のごとく後悔の文字が漂っている。

つい数カ月前、元親は瀬戸内の海上で一人の男を討った。

毛利元就《もうりもとなり》というその大名は、冷徹怜悧《れいてつれいり》で知られ、領民たちの恐怖と畏怖《いふ》とを一身に背負う男だったが、もちろん元親は領民たちに代わって天誅《てんちゆう》を下したわけではない。海賊が己の刃を振るうのは、あくまでも個人的な理由のためだ。元親は、毛利元就の策に巻き込まれて命を落した手下たちのために、毛利水軍の長を討ったのである。

それは元親すればごく自然な行いだったが、死の間際、毛利元就はこう告げた。

『——我を殺せば、必ず後悔することになるぞ』

本来なら、そんなはずはなかった。

毛利元就を討った勢いで、元親たちは大量の宝を毛利軍から奪うことに成功した。それ以前に、とある南蛮人の教団本部から強奪した宝と合わせれば、向こう十年は元親とその手下たちが遊んで暮らせるだけの財宝をただ二度の戦で手に入れることができたのだ。喜びさえすれ、後悔などするはずはない。

だが。

中国地方が毛利元就を失った影響は、彼の死後すぐに如実に現れた。

それまで毛利元就に恐怖によって押さえつけられていた元就の家臣たちが、その秘めたる野心を爆発させたのだ。たとえどれほど冷酷な男であっても、いや、冷酷な男であったからこそ、毛利元就は君主としてなかなかに優秀であったのだろう。元就を失くした中国地方は、小物たちの権力争いに巻き込まれ、あっという間に荒廃《こうはい》してしまった。

毛利元就の死の影響が現れたのは、陸の上に限った話ではない。長曾我部元親の属する世界——海の上にさえ、その影響は免《まぬが》れなかった。

元就の支配より解き放たれた毛利の兵たちが、ならず者と化してあっという間に海上へと流れ込んできたのである。新手の海賊となった彼ら元・毛利の兵士たちは、生まれついての海の漢《おとこ》ではない。海の男の掟《おきて》などまるで知ったことではない、と言わんばかりに、彼らは四国や中国付近の海で、無法の限りを尽くした。

瀬戸内近海は、まるで長曾我部元親の登場以前の荒れた状態に戻ってしまったかのようだった。

しかし——

そのような海の荒れなど、これから本当に来る大嵐に比べれば、実に穏やかなものだった。そのことを、すぐに長曾我部元親は思い知らされることになる。

いかに無法者が瀬戸内に流れ込んでこようとも、一度は元親が嵐をなだめた海である。一度できたことが二度できぬはずはなく、元親は部下たちを率いて、次々と無法者たちを近隣の海から駆逐《くちく》していった。労力と時間とはかかったが、毛利水軍さえも相手して勝利を摑んできた長曾我部元親にとって、その毛利水軍くずれのならず者どもなどを相手にすることなど、それほど難しいことではなかった。

一隻、また一隻とならず者どもの船を沈めていき、元親がふたたび瀬戸内の海に平穏を取り戻しつつあったまさにその時に、やつらが姿を現したのだ。

豊臣秀吉。

織田信長に代わり天下に第一の勢力となった覇王が、十数万もの大軍を率いて、中国地方への侵攻を開始したのだ。

……いや、それは侵攻などという生易《なまやさ》しいものではなく、もはや蹂躙《じゅうりん》だった。

かつて信長《のぶなが》を失った旧・織田《おだ》家臣団の面々の大半がそうであったように、旧・毛利家臣団の野心家たちは、ほとんどが一撃で豊臣軍によって撃滅された。精強にして強大な豊臣の兵団の前にあっては、中国地方の小物どもの兵など、存在しないに等しかった。合戦ではなく虐殺《ぎゃくさつ》を数度繰り返し、じつにたやすく秀吉は中国地方を制圧してしまった。

そしてむろん、豊臣軍の侵攻は、陸の上だけにはとどまらない。豊臣秀吉は、すべてを意のままにすることを望む男だった。自分の領土の近海に、長曾我部軍が存在することなど、許すはずもなかった。豊臣秀吉がかつての毛利元就の領土に侵攻してすぐに、海上では、豊臣軍による海賊狩りと称した長曾我部軍に対する苛烈《かれつ》な攻勢が始まったのだ。

もちろん、元親たちはこの豊臣軍の挑戦に対して、ただ黙って屈したわけではない。権力に反抗するからの賊であり、彼らはまさに海賊だった。

長曾我部の漢たちも元親のもと、豊臣軍の弾圧に抵抗した。だが、もともと海賊というのは、他者から何かを奪うことを生業としている人種である。彼らは敵対する者に攻め入り襲撃することは得意だったが、自分たちが守る側にまわった時、意外なもろさを露呈《ろてい》してしまったのだ。

まして豊臣軍は、これまで長曾我部軍が相手にしてきたどの敵よりも、強く統制の取れた敵だった。元親たちは分断され、今度は彼らの方が一隻、また一隻と沈められる立場になってしまったのだった。

むろん、長曾我部元親自身は豊臣軍に臆することなく、豊臣の兵を斬って斬って斬りまくり、豊臣の船を手当たり次第に沈めまくった。しかし、いかに元親が個人の武勇を発揮しようとも、あるいは元親の船が豊臣の船を撃沈しようとも、海上を埋め尽くした豊臣軍の敵船は衰えを見せず、戦局に大きな変化をもたらすことはなかった。

一度、元親は海上で、豊臣軍の指揮官らしき、仮面をつけた細身の男と刃を交えた。

『――君が、毛利元就を倒した男かい？』

海上でまみえたとき、仮面の下の瞳に興味をたたえて、その指揮官らしき男は言った。

『アン？　だったら何だってんだ!!』

『君に一度、直接お礼が言いたくてね。君のおかげで僕らの中国地方への進出がずいぶん早まったからね』

『豊臣の指揮官に礼を言われるいわれはねぇ!!』

『いいんだよ、僕が感謝したいんだから。――だけど、まあもう充分かな。もしやと思って念のために自ら足を運んでみたが、やはり君は、僕の思った通りの男だった』

『どういう意味だ!!』

『別に。想像通り君は立派な海賊だった、ってことさ。せいぜいこの海で、自由な生活を謳歌《おうか》してくれたまえ。人にはそれぞれ、それに似合った生きる場所があるからね。――それじゃあ、僕はもう行くよ』

『待ちやがれ!!　テメエ、この鬼の庭を荒らしまわっておいて、生きて帰れると思ってんのか?!』

この時の邂逅《かいこう》で、元親がこの豊臣軍の仮面の指揮官を討ち取っていれば、あるいはその後の戦局は大きく変わったかもしれない。だが、仮面の男は、まるで鞭《むち》のように変幻自在で予測不能の奇妙な武器を操り、ついに元親に接近を許さなかった。その時の戦いで元親は仮面の男の乗った船を制圧することには成功したが、仮面の指揮官は一瞬の隙に救援に来た自軍の船に軽やかに飛び移り、悠々と元親の前から去っていったのだった。

むろん、豊臣軍が進駐を続ける現在でも、元親ら長曾我部軍は活動を行っている。しかし、それ以前に比べ、その行動範囲はひどく狭まり、その生活はとても息苦しいものになっていた……。

「——アニキ!!　てーへんだ、アニキ!!」

砦の自室にて、苦虫を噛み潰したような顔で杯を呷《あお》っていた元親のもとに、子分の一人が大慌てで駆け込んできた。

「……また、豊臣のクソ野郎が出たか？」

元親は手にしていた杯を壁に投げつけ、すぐ手元に置いてあった愛用の大槍に手を伸ばした。

「よし、案内しな！　これ以上好きにさせねえ！」

「い、いや、アニキ。そうじゃねえ」

だが子分はそんな元親の様子を、首を取れんばかりにブルブル振って、押しとめた。

「そうじゃねえ、そうじゃねえとは思うんだが——」

「……あん？」

「見張りから報告があったんだ。なんか、怪しげな舟が、この四国に近づいてるって――」

「バカ野郎!!」と、元親は一喝した。

「だったら、やっぱり豊臣の奴らが来たんじゃねえか!!」

「……いや、それが、ものすごいボロ舟なんだ」

「ボロ舟だと?」

「しかも、見張りの報告じゃ、乗ってるのは二人だけで――」

「……なんだ、そりゃ」

子分の話はまったく要領を得ないため、元親は足早に部屋を飛び出し、急ぎそのボロ舟が発見されたという海岸へと足を運んだ。もちろん念のために、愛用の大槍を手にするのは忘れない。

たった二人でやってきたと言うからには、子分の言う通り、豊臣の兵という可能性は低い。大方、長曾我部軍の噂を聞きつけて、腕自慢の浪人者が仕官希望か腕試しにやってきたのだろうが、もしかしたら元親たちを油断させるべくそう装った、豊臣方の間者という可能性もあった。あったが――。

「……おいおいおい」

海岸に辿《たど》りついた元親の目の前に飛び込んできたのは、想像を絶する光景だった。

長曾我部軍の面々が、賽《さい》の河原の石のように、白目を剝いて折り重なって倒れていたのだった。その中心には見慣れぬ二人の男がいて、おそらくこの二人が報告にあった連中だったのだが、なぜか一緒の小舟でやってきたはずの二人は、とっくみ合いの喧嘩を展開していたのである。

「――だから!! なんで交渉に来たのに、その相手を殴り倒したりするんだよ! あんた、阿呆《あほ》か?!」となぜか頭に猿を乗せた派手な衣装の男が拳と共に叫べば、

「Shut up! コイツらが悪ぃんだよ!! あんまりナメた態度取りやがるもんだから、つい右手が出ちまったんだ! テメエの方こそ、案内するっつーから少しは顔が利くのかと思えば、ただコイツらの砦の場所を知ってるだけってのはどういう了見だ!!」

右目に眼帯をはめた男が怒鳴り返した。

二人の男は、

「あんたを見たら、どっかの山賊が殴り込んで来たって思うのは当たり前じゃねえか。少しは我慢ってもんをしたらどうなんだい? そんなんだから、部屋に軟禁なんてされるんだ!!」

「Ha! 言うじゃねえか! テメエだってなんだかんだ言ったって、嬉しそうにこいつらをぶん殴ってたじゃねえか! 人のことが言えるのか?!」

「挑まれれば応じるのが男の花道ってもんだろ?! けどよ、いきなり相手の横っ面を張り倒すことはねえ、って言ってんの! だいたいさ、あんた、前から思ってたんだけど、野郎の相手ばっかしてて楽しいのか?!」

「だったらテメーこそ、道中ずっと会う女会う女口説《くど》いてるんじゃねぇよ!! おかげでエラく時間をLossしちまったじゃねえか!! ムダもいいとこだ!!」

などと責任の押しつけ合いとも罵《ののし》り合いともつかない言葉を交わしながら、激しく身体を入れ替えつつ、拳と足と身体とをぶつけ合った。

その光景を前にした元親には、まったくわけがわからなかったが、とにかくこの島は自分の領土である。

「——しゃらくせぇっ!!」

叫ぶや否や、元親は二人の謎の男の争いの渦に身を投げ出した。そのままの勢いで、二人の男の争いの渦のちょうど中心に、気合と共に剛槍《ごうそう》を振り下ろす。

大地は二つに裂け、見苦しい言い合いを続けていた二人の男は、ぴたりと動きを止めて、乱入してきた元親の顔を同時に見た。

元親は、一つの瞳で二人の男の顔を見比べて、凄みを利かせた声で言った。

「てめえら、ここをどこだと思ってる?!　この鬼の見てる前で、好き勝手やってるんじゃやねぇぞ?」

「——アーッハッハッハッハハハハハハハ!!!!!!!」

長曾我部軍の砦の中に、実に楽しげな笑い声が響いた。声の主はここの主である長曾我部元親で、海岸での出来事からまだそれほどの時間は流れてはいなかった。元親が笑い声をあげているのは砦の中でも手下たちとの宴会などに使われる大きな空間で、元親の腰かけた木製の机の周りには、目の回りや頬《ほお》に青痣《あおあざ》を作った手下たちの姿もある。

そして元親は、目の前に座る男たちに杯を傾けながら、また笑った。

「そりゃ、そっちのにいちゃんの言う通りだ、独眼竜。あんたみたいな野郎がのこのこ二人っきりで乗り込んできて、まさかどっかの国の使者だなんて思う奴はいねぇよ。まして、それが使者どころか大名だなんて、なおさらわかるかよ。だいたいこの辺は最近色々と物騒で、うちの連中だって気が立ってるんだ。あいつらが丁重に出迎えなかったからって腹を立てるなんぞ、お門違いもいいとこだぜ」

「……そんなにオレは、大名らしくないかね」

肘《ひじ》をつき、憮然《ぶぜん》とつぶやいたのは独眼竜と呼ばれた男――奥州の伊達政宗である。その隣は、元親の言葉に満足そうに頷く前田慶次の姿もあった。いくつかのやり取りの後、この二人の正体を知った元親は自分の砦へと彼らを案内したのである――当然、この眼帯の青年があの伊達家の当主だとはすぐには信じられず、あの後元親と政宗とで二、三合ほど打ち合った後での現在ではあったが。

「まあ、落ち込むなよ、俺は気に入ったぜ、あんたのこと。何となく他人とは思えねぇ」

「そりゃ、コイツが原因かい?」

政宗は、自分の右目を指差した。政宗は右、元親は左。左右の違いはあれど、二人は共に片方の瞳の光を失っていることで、共通していた。だが、元親は、政宗の言葉に首を振った。

「……いや、それだけじゃねぇ」

元親が感じたものは、もっと政宗の根底に流れているものだった。

「見ろよ、うちの野郎どもを」

　元親は、周囲の机に腰を下ろしている海賊たちを指差した。

「どいつもこいつもあんたに思いっきりぶん殴られて、情けねえ面になってやがる。けどよ、あそこにあんたのことが許せねえ、って顔してる奴がいるかい？　むしろあのお気楽馬鹿ども、みんなあんたのことを気に入った、って顔に書いてあるぜ。大名の癖に護衛もつけずに海賊の砦に乗り込んでくるなんて、ってな」

「そりゃ光栄だ」

　政宗は軽く口笛を吹いて笑った。

　それから、身を乗り出して元親に訊ねた。

「――だったら、さっきの話、前向きに検討してくれるかい？」

「……豊臣との戦の件か」

　すでに元親は、政宗と前田慶次から、彼らの来訪の理由を聞いていた。それは一言で言えば、豊臣秀吉との喧嘩に力を貸せ、というものだった。

「道中で聞いたよ」慶次が政宗の言葉に口を添える。「あんたたちも、秀吉の野郎には煮え湯を飲まされてるんだろ？　ここは一つ、気が合うモン同士で力を合わせたら、どうだい？　伊達軍の陸の力、あんたらの海の力。二つを合わせりゃ、豊臣とだって張り合えるだろ？　それに、あんたらにはかなりのカラクリ兵器もあるって噂も聞いてるよ」

　元親は、慶次のその申し出に直接は答えなかった。

彼はこう言った。

「で、戦の加勢の報酬《ほうしゅう》には、いったい何がもらえるんだい？」

「……あんだ？　金のことを気にするのか？　西海の鬼も意外にケチだな」

「海賊が金のことを気にしなくてどうするよ？」

顔をしかめた政宗に、元親はそう笑いかけた。

「それによく言うじゃねえか。地獄の沙汰《さた》も何とやら、ってな。鬼を動かすにはそれなりのモンが必要なのよ」

元親がそう言ったのはもちろん実際に彼らが海賊で、お宝に目がない人種だからでもあるが、それ以上に、この伊達政宗という男の器を推し量るという意味合いもあった。

豊臣秀吉に対して怒りや恨みを抱いている、という点では、元親は伊達政宗に負けてはいない。だが、元親には、現在のこの瀬戸内を巡る状況は、自分が招きいれた災いであるという負い目があった。家来の仇を取るために、毛利元就を討ったことそのものは、当然のことだったと元親は思っている。しかし、それが原因でどのようなことが起こるのか、それを元親はまるで考慮していなかった。結果として、毛利元就を討ったことにより、元親はより多くの手下たちを、死の淵へと追いやってしまった。

だから元親は、今度こそよく見極めなければならなかった。

手下たちの元親に寄せる信頼は厚い。もしも元親が彼らに死ねと命じれば、『わかりましたぜ、アニキ!!』の一言で、彼らは命を投げ出すだろう。だからこそ、元親は豊臣に対する一時の感情だけで、己の採るべき道を選ぶわけにはいかなかった。

「Of course　報酬は支払うさ。……そうだな、何でも秀吉の野郎は大坂城の蔵にずいぶん黄金を貯め込んでるって話だ。その半分を、アンタにやるよ」

「……そいつは、ずいぶん豪気《ごうき》だな、独眼竜」

元親は右の瞳を大きく見開いた。豊臣秀吉の持つ黄金の半分。それが、どのくらいの額になるのか、元親には想像もつかない。元親たちの話を周囲で側耳を立てて聞いていた手下たちの、息を呑む音がした。

「……だったら、俺にも少し分けてくれよな」

冗談めかして言う慶次にも、「ああ。色男、あんたには俺の取り分からちゃんと報酬を出してやるよ」と真顔で答え、「キッキッ!!」と鳴く夢吉にも「ああ、お猿さんにもちゃんと礼をやるから安心しな」と笑いかけてから、政宗は元親に向き直った。

「それと――」

「……おいおい、ちょっとばかり奮発しすぎじゃねえか」

元親は政宗を遮《さえぎ》った。

こいつはやはり、協力するべきではないかもしれない。元親はそう思った。度を過ぎた気前の良さも、状況を判断する能力に欠いていると言えるだろう――。

だが、政宗の返答は元親の予想をはるかに超えたものだった。

伊達政宗は、笑ってこう言ったのだ。

「そうだな。この日の本すべての海、ってのはどうだい？」

「――ッ?!」

その政宗の台詞を聞いた瞬間、元親の心臓が大きく跳ねた。

気がつくと、元親は呼吸をするのも忘れ、政宗の顔を凝視していた。

政宗の方はそんな元親の様子の変化には気づかずに、さらに続けた。

「近い将来、オレは必ず天下を獲る。その時には、海の方はアンタにやるぜ」

爆笑の渦が巻き起こった。元親ではなく、周りで側耳を立て会談の行方を見守っていた手下たちの仕業である。「な、なんてデケー夢語るヤローだ!!」「こんなホラ吹き初めて見たぜ!!」

手下たちは口々にそう叫んでいた。彼らの笑いは決して哄笑《こうしょう》ではなかった。むしろそれは、伊達政宗という漢の在《あ》り方に対する、賛辞の笑いだった。

政宗の方も、海の男たちの笑い声に、両手を挙げて応えた。

「男はやっぱ、Ｓｃａｌｅをでっかく持ってナンぼ、だろ？」

そう嘯《うそぶ》く政宗に、周囲の男たちはまた賛辞の拍手と歓声を送る。

「アニキ!!　このデッケェ男に協力してやりましょうぜ!!　オレァコイツが気に入った!!」

子分の一人が言い、別の子分も叫んだ。

「風だ！　風が吹いてきてやすぜアニキ！　この風に乗って、豊臣のやつらに一泡吹かせてやりやしょうぜ！」

「………………ああ、そうだな」

元親は——一つ、頷いた。

「日の本の海すべてをくれるってんじゃ、乗らねえわけにはいかねえな」

元親がそう言うと、手下たちの熱狂はさらに燃え上がった。

歓声が砦を満たす中、政宗が元親に右手を差し出した。

「Ｔｈａｎｘ　西海の鬼。ひとつヨロシク頼むぜ」

「ああ。頼りにしてもらってかまわねえぜ、独眼竜」

元親も差し出された右手をがっちりと握り返した。

その姿に、興奮を最高潮まで高めた手下たちが、拳を突き上げていつものアレを始めた。

『アニキ!!　アニキ!!　アニキ!!　アニキ!!　アニキ!!』

それは長曾我部軍の恒例の大合唱だった。だが、今夜ばかりはいつもとほんの少しだけ様子が違った。手下たちは、自分のカシラだけではなく、彼と同盟を結ぶことになった男の名も、同じように肩を組み、拳を突き上げて合唱したのだ。

『独眼竜!!　独眼竜!!　独眼竜!!　独眼竜!!　独眼竜!!』と。

その晩、砦では、伊達と長曾我部の同盟と勝利を誓う宴会が盛大に催され、鬼と竜、二人の男を称える合唱は、いつまでもいつまでも鳴り止まなかった。

——だから、この晩、長曾我部元親が何を感じたのか。それに気づいた者は、元親自身の他に誰もいなかった。彼は衝撃を受けたのだ。自分と同じ隻眼の、自分とよく似た男が、たやすく天下を口にしたことに。そして、その男が、家来たちの心を簡単に掴んでしまったことに。

そのことに、長曾我部元親は、強い衝撃を受けていた。

5

……その日の朝。片倉小十郎の目を目覚めさせたものは、穏やかな朝の陽の光でも、優しげな小鳥のさえずりでもなく、けたたましい兵士の叫び声だった。

「──こ、こ、こ、小十郎さま!! やべぇやべえ、ありゃやべぇよ!!」

絶叫しながら彼の部屋へ飛び込んできた兵に、小十郎は静かに言った。

「……いったい、何事だ?」

その一声に、「あぅっ」と兵士は顔を青ざめさせ、震え上がった。彼は竜の右目などと呼ばれ、奥州でもっとも理性的な男として知られているが、同時に一度怒りが沸点に達した際には、政宗以上の恐怖の元凶となることも、奥州の兵たちの間に知らぬ者はいないのである。目覚めたばかりという状況が、知らず知らずのうちに小十郎の声を不機嫌なものへとしていたらしい。青ざめる兵の顔を見てそのことを自覚した小十郎は、苦笑し、今度はいつもの口調でもう一度同じ台詞を口にした。

「いったい、何があったんだ?」

だが、そう問いかけはしてみても、実は小十郎の中にはある種の予感があった。彼の主がこの城を密かに発ってから経過した日数を考えれば、自ずと答えは見えてくる。

はたして、兵士は答えた。

「み、み、港に！　どっかの国の大船団が！　ありゃまじにやべえっすよ、小十郎さま!!」

予想通りの返事だった。さっきまでの寝起きの悪さもかなぐり捨てて、小十郎は手早く身支度を整え、ついてこれる者だけを連れて、港へ向けて馬を走らせた。

仙台の港へ着くと、ちょうど海を埋め尽くさんばかりの、数十隻もの軍船らしきものが入港しようとしているところだった。港の防衛の任に当たっている兵士たちや、あるいは付近に住む漁師たちが、不安と恐怖の混ざった表情を浮かべ、岸へと接近しつつある軍船の群れを見物していた——いや、すでに小十郎には、それらの船が、軍船ではなく海賊船と言うべきなのだということがわかっていた。誰に言うでもなく、小十郎は一人つぶやいた。

「……さすがは政宗さま、だな」

そうつぶやく自分の顔が、薄っすらと笑みを浮かべていることに、小十郎は気づいていた。

「こ、小十郎さま！　ど、どうしやしょう？　筆頭も留守にしてるこんなときに！」

港の警備兵が戸惑いの視線を向けてくる。小十郎は「安心しな」と言って、入港してくる一番先頭の船の船首付近を指差した。

小十郎の視線を追った人々の顔に、輝きが満ちていく。

「あ、ありゃあ!!　筆頭だ!!　筆頭じゃねえですかい!!」

「ホントだ!!　筆頭が乗ってるぜ!!　あ、こっちに手を振ってらあ！　オーイ!!」

一瞬にして安堵《あんど》の歓声が包み込んだ港に、政宗を乗せた海賊船が接岸した。

政宗が甲板から軽やかに飛び、小十郎の前へと見事に降り立った。

「よう、久しぶりだな、小十郎」

数十日ぶりに見る彼の主は、ヤンチャ坊主のような笑みを浮かべて、彼に言った。

「言っとくが、オレは謝らねえからな、小十郎」

「……は？」

「オレだって部屋に軟禁されたんだ。Ｅｖｅｎってことにしとこうや」

政宗の顔は、まったく悪びれない。愛嬌《あいきょう》ある政宗の笑顔に、しかし、あえて表情を崩さないようにしながら、小十郎は答えた。

「おあいこ、ですか。まあ私の方は言いたいことは山ほどありますが——それより、まずは私に会わせたい人間がいるのではありませんか？」

「それに見せたい物も、な」

そう意味ありげに笑うと、政宗は今自分が飛び降りてきたばかりの海賊船へと、小十郎を案内した。甲板へ上がるとすぐに、小十郎は見知った顔と出会った。

「……やっぱり、あんたがうちの政宗さまを焚きつけたんだな？」

「へへ、すまないね」

小十郎の凄みを利かせた声にも、前田慶次は頭をかきながら笑って答えた。

「まあ、そう怒るなよ、小十郎。そこの色男のおかげでオレたちは天下に打って出れるんだ」

小十郎の様子を見咎《みとが》めて、政宗が言った。もっとも、小十郎とて本当に腹を立てていたわけではなかった。政宗の天下という言葉にも今はあえて反応せずにいると、次に小十郎は船橋《せんきょう》へと案内され、一人の男と引き合わされた。

「あんたが竜の右目かい？」

その男こそ、この政宗が連れてきた船団の総大将、長曾我部元親だった。

元親との初対面の挨拶も済ませ、船橋より周囲を観察してから、小十郎は政宗に言った。

「……なるほど。たしかに、いい船に、いい船員に、いい船長だ」

「だろ？」

その言葉に嬉しそうに答えたのは、政宗ではなく長曾我部元親だ。小十郎は元親に頷き返しながらも、政宗に言った。

「この船団を使って海上から兵を運び、豊臣に奇襲をしかけるんですね？　だが、まだ――」

「まあ、焦るなよ」

「……は？」

「見せたい物はまだ他にもある。ついてこいよ」

政宗は小十郎の言葉を遮ると、彼の返事も待たずに歩きだした。長曾我部元親と前田慶次も、意味ありげに小十郎に視線を送り、政宗に続く。

次に、小十郎が案内されたのは、彼らがいる海賊船の船倉だった。

「こ、こ、こ、これは――」

「どうだい、小十郎、こいつはよ？」

船倉の中に一歩足を踏み入れて、小十郎は不覚にも言葉を失ってしまった。噂は本当だった。小十郎は頭に、漠然とそんな言葉がよぎった。そこに隠されていたのは、小十郎がこれまでにお目にかかったこともない、カラクリ兵器の数々だったのだ。

「さすがの竜の右目も驚いたかい？」

胸を張ったのは、長曾我部元親だった。

「こいつが、ちょっと前にイカれた南蛮人《なんばんじん》の野郎をぶっ飛ばしてやったとき、あいつらの技術を取り入れて開発させた、俺の自慢のカラクリ兵器さ。……ま、見ての通り、資金をつぎ込んで開発させたはいいが、船戦にゃ出番はねえし、かと言って白兵戦じゃここから運び出すような時間はねえし……正直、持て余してたところではあるがよ」

元親は首をすくめて、苦笑した。

「だが、海上から敵の領土へ乗り込むっつーなら、うちのカラクリ兵器の活躍場所もあるだろ？　……これでやっと、俺も手下どもから道楽だの何だの責められずに済むぜ」

「どうだい？　これさえありゃあ、豊臣どころか天下獲りだって楽勝かもしれねえぞ、小十郎」

目を輝かせて、政宗は言った。派手好みの政宗にとって、どうやらこのカラクリ兵器らは、彼の心を躍らせるものであるらしかった。

「しかもな、他の船にも、これと同じようなカラクリ兵器が搭載されてるんだ。長曾我部の兵たちにこのカラクリ兵器。これで兵力差ってやつも、多少埋められるだろ？　あとはオレと小十郎、お前の知恵があれば——」

「いいや、残念ですがまだ足りません」

首を振って、小十郎は言った。

「An？　これだけお膳立てしたってのに、まだ豊臣とは戦できねえってのか？　そいつはちょっと弱腰が過ぎるんじゃ——」

「天のとき、はどうするおつもりです？」

小十郎が言うと、政宗の表情が明らかに引きつった。

「あなたが城を出る前に、私が言ったことを覚えておられますね、政宗さま。長曾我部の軍船とそのカラクリ兵器を加えたところで、まだまだ我々は戦力的には劣勢と言わざるを得ません。それだけではとても、天のときを得たとは言い難い」

「だから、そこはオレとお前で——」

不満そうに言いかけて、しかし政宗は口をつぐんだ。彼と小十郎との間には、果てしなく長い年月が刻みつけられている。その年月が、小十郎の顔に浮かぶ表情の意味を、政宗に悟らせたらしかった。小十郎は頷き、政宗に言った。

「待っているだけでは天のときが得られないというのならば、こちらから天を動かしてやればいい。政宗さま、どうせ結局はあなたの無茶に付き合うことはわかっていましたからね、天のときは私の方で何とか作り出せるようにしておきましたよ。……思惑通りに、事が運んでくれればいいのですが」

「でかした!!　さすがはオレの右目だ、小十郎!!」

政宗は、具体的に小十郎がどうしたかは聞かなかった。ただ、顔を輝かせて、その場で小十郎の身体を力任せに抱きしめた。

「……あんた、軍師のくせに海賊みてえな考え方をするんだな。さすがは独眼竜に仕えているだけのことはあるな」

変に感心した声を、長曾我部元親が洩らした。

軍師としては恥ずべきことかもしれないが、政宗の無茶に流され一種の博打《ばくち》に出るとき、自分の心の中に沸き立つものがあることを、片倉小十郎は否定できなかった。

6

――長曾我部の軍船が入港した仙台港から、さほど離れてはいないとある山中。

二つの影が、木々の間を人間業とも思えぬ凄まじい速度で飛び移りながら移動していた。

「早く!!　早く謙信《けんしん》さまにこのことをお知らせしなければ!!」

「しっかし、参ったね～。はじめに噂を聞いたときには、まさか冗談だと思ったけど」

言葉をかわす二つの影のうち、どうやら一方は女、もう一方は男であるようだった。

「かすが～、お前だって、ホントは最初は信じてなかったんだろう?」

「……フン」

「なんだよ、そのフンって」

「わたしは先を急ぐ。お前と無駄口を叩いている暇はない」

「つれないねえ。忍《しのび》なんだからさ、急ぎながらだって、口ぐらい利けるでしょうに。現に、今だって足が鈍ったりしてないくせに」

「だったらお前こそ、忍らしくしたらどうだ？　そんな軽薄な忍がいるか！」

「お？　怒った顔もべっぴんだねぇ。やっぱ、成長したよ、お前。色々と」

「――――！　だから、黙れ！」

二つの人影は、言われなければ人間だとは気づかぬ動きと速度で南方を目指して移動しながらも、じゃれ合いとも罵りあいともつかない軽口を交換する。

彼らは、その世界ではそれと知られた忍の者、かすがと猿飛《さるとび》佐助《さすけ》であった。

共に同じ忍の郷の出身であり、現在はそれぞれかすがが上杉《うえすぎ》謙信、猿飛佐助が武田《たけだ》信玄《しんげん》へと仕えている。いわば敵同士とも言うべき関係だが、現在はそれぞれ奥州にて得た情報を主へもたらすため、先を急いでいる最中であった。会話だけを拾って聞いてると、とてもそうとは思えない二人だが、だからこそ彼らが練達の忍であることを証明していた。

「とにかく！　わたしは謙信さまのもとへ急ぐ。お前とはここまでだ！」

「あららー、残念」

「もしわたしと謙信さまの邪魔をするようなことがあれば、容赦《ようしゃ》なく斬り捨てる!!」

言い捨てて、一方の影——かすがは佐助とは異なる方向へと飛び去っていった。

自身も移動しながら、かすがの消えた方向へしばらく視線を向けていた佐助は、やはり足を止めることなく顔をしかめた。

「だっけど、やっぱ変なんだよなあ、このネタ。奥州の伊達政宗と四国の長曾我部元親が手を組んで、大坂の豊臣秀吉を攻めるなんて、普通ありえないし。しかも、まるでウチらに調べてくださいとばかりに、そこら中に洩れてるんだもんな」

一人首を傾げた後、先を急ぐ忍の表情に、はっとしたものが浮かんだ。

「……もしかして、伊達は意図的に知れるようにしたのか？　だが、何のために？」

だが、そう口を動かす間も猿飛佐助の足は止まらない。

主のもとを一路目指しながら、佐助は一人つぶやいた。

「まあ、その辺のことはお館さまが考えるから、いっか。まずは俺は、自分の仕事、仕事っと」

そして上杉に仕える忍同様、武田に仕える忍の姿もまた、深い森へと消えて行った……。

第五章　大坂の陣

我が見据える未来……貴様程度に見ることはできぬ
豊臣秀吉……我が力が時代を変える!!

——豊臣秀吉

……慶次……違うの……あの人を責めては……ダメ……

——ねね

ねね、死ぬな!!　死ぬんじゃねぇ!!!

——前田慶次

1

足下《あしもと》にかつてない震動を感じて、豊臣《とよとみ》軍の軍師竹中半兵衛《たけなかはんべえ》はよろめき膝《ひざ》をついた。

「──ッッ?!　なんだ?!」

権謀術数《けんぼうじゅつすう》を得意とし、常に冷静沈着を旨《むね》としている半兵衛の仮面の下の素顔が、動揺に揺れた。驚く半兵衛のもとに、次々と報告の兵が駆け込んでくる。

「お、大坂城《おおさかじょう》城門、被弾!!」

「発射元は──海上に出現した軍船のもよう!!」

「………………何だって?」

その報告がなされたとき、竹中半兵衛は大坂城内にて、主君である秀吉《ひでよし》と今後の戦略を練っているところだった。

数日前のこと。互いの存在があまりに強大であるがゆえに、相手の動きをけん制せざるを得ず、これまで秀吉の中央制覇《せいは》にも結果的に目立った動きを見せていなかった甲斐《かい》の武田《たけだ》、越後《えちご》の上杉《うえすぎ》の両大国が、突如として、それぞれ豊臣領へ兵を侵攻させたのである。それはまるで、武田と上杉とが示し合わせたかのように、見事に連動のとれた電撃的な侵攻劇だった。東国の二強とも言うべき武田・上杉の攻勢を多方向から同時に受け、豊臣軍の東方の戦線はかなりの後退を迫られていた。

中国地方を平定する間も、常に東の動きにも目を見張っていた半兵衛にとっても、この武田と上杉の軍事行動は、豊臣軍にかなりの精神的な衝撃を与えていた。

ほんの少し前まで、武田・上杉両国の間に同盟が結ばれるような気配は、まるで存在しなかった。加えて、この二つの国の間に一時なりとも同盟が結ばれたのは、あの信長《のぶなが》の上洛《じょうらく》を阻止せんとした時のみで、その時とて、結局はもう一つの同盟参加国である北条《ほうじょう》の変心によって瓦解《がかい》した。

それが、半兵衛が武田や上杉を警戒はしても、恐れはしない理由だった。彼らが万が一にも手を取り合おうとしたとしても、そんなものはそうなる前に互いに疑心暗鬼《ぎしんあんき》に陥らせ、切り崩してしまえばいい。半兵衛はそう考えていたし、その考えは決して間違いではないはずだった。

だが。

今、たしかに武田と上杉は見事な連動を見せて、豊臣領の切り崩しにかかっていた。半兵衛の監視の網をかいくぐり、いつのまにか同盟を結んでいたとしか思えない動きだった。

現在、それぞれの戦線の指揮を取っている者たちだけでは、武田信玄《しんげん》と上杉謙信《けんしん》の相手をするには役者不足と言わざるを得ない。

そのため、秀吉は自らが最前線に出向き、両英雄と直接対決に臨むことを主張していた。半兵衛はその秀吉を翻意《ほんい》させ、半兵衛自身が両陣営に潜入し、同盟を瓦解させる工作を行なうという提案を行なっているところだった。

その協議の最中に、その予想もしなかった報告の数々がなされたのであった。

「——海上に出現した軍船は、長曾我部《ちょうそかべ》軍のようです!!」

「——砲撃を行なっている軍船とは別の方角より、次々と敵兵が上陸してきます。ひ、翻《ひるがえ》っている旗には、長曾我部の軍旗以外に、奥州伊達《おうしゅうだて》軍のものも混じっているとのことです!!」

「……くそっ、そういうことか。僕としたことが、してやられた」

半兵衛は、己の拳《こぶし》を叩きつけ、呻《うめ》いた。

「これは二国同盟ではなく、四国同盟だったんだ。武田・上杉はあくまで伊達軍と長曾我部軍の陽動か！」

自身の予見の甘さを責めるその半兵衛の声には、少なからず驚きも含まれていた。

武田信玄と上杉謙信が豊臣全軍の注意を引きつけている間に、奥州軍が海上から直接大坂城へ奇襲をかける。実に見事な作戦と言いたいところだが、信玄や謙信が伊達や長曾我部の囮《おとり》になるなどという役目を引き受けたことが、半兵衛にはどうしても信じられなかった。

そもそも、日の本の北東の端近くともいえる奥州から、直接兵を送り込んでくるなどという作戦は、もはや大胆を通り越して無謀としか呼べない代物である。兵の退路はどうするのか？補給はどうするのか？　利点よりも問題点の方がはるかに多い。そんな無謀な奇策とも呼べない奇策を採用し、伊達軍が大坂に出現するなどという事態を、これまで半兵衛は想像さえしたことがなかった。

だが、現実は彼の想像を超えて、伊達政宗《まさむね》は元親《もとちか》と共に兵を率い、豊臣軍の足下まで迫っている。

——むろん、竹中半兵衛は一つ大きな勘違いをしていた。武田信玄と上杉謙信との間に同盟が結ばれた事実などなかったし、もちろん彼らと奥州軍や長曾我部軍の間にも、何ら密約は存在していない。まして、誇り高き信玄や謙信が、伊達のために囮役を進んで引き受けるなどというわけは、絶対になかった。

信玄や謙信は、本当に、ただ別々に同時期に、豊臣領に侵攻したのだ。

ただしそれは、偶然の産物、というわけでもない。

すべては伊達の軍師、『竜の右目』こと片倉小十郎《かたくらこじゅうろう》が、日の本の地図の上に描いた壮大な絵図であった。片倉小十郎は、自分たちが長曾我部の力を借りて直接大坂城を襲撃するという無謀な計画を、噂の形を装って、事前に武田と上杉に故意に洩らしておいたのである。

片倉小十郎は考えた。

聡明で知られる武田信玄と上杉謙信なら、伊達と長曾我部の行為がいかに命知らずで成功率の低いものか、理解できないはずはないだろうと。だが、聡明なその二人ならば、今回の奇襲が失敗しようと成功しようと、豊臣の本国に混乱が起こることも理解できるはずだった。

その混乱の中では、たとえ東方で何が起ころうと、秀吉も半兵衛も的確に指揮を執ることも本国より兵を送ることもできないことを。

半兵衛が常に武田や上杉に注意を払っていたように、この両大国にとっても豊臣は潜在的な敵国だった。群雄《ぐんゆう》ひしめく戦乱の世に、自国の領土を守り広げてきたこの双傑《そうけつ》が、降って湧いたようなこの好機を見過ごすわけがない——。

もし竹中半兵衛が、この奇襲劇の全容と、その演出家が片倉小十郎であることを知ったのならば、同じ軍師の立場にある者として、『竜の右目』に嫉妬《しっと》と怒りと警戒と、そして賛辞の念を禁じえなかっただろう。さすがの半兵衛にもそれをすべて見抜くことなど不可能だった。

「落ち着け、半兵衛」

軍師として己の責任を責める半兵衛に、豊臣秀吉が言った。

覇王《はおう》の名で呼ばれる男にふさわしく、海上からの砲撃と、それに続いて相次いでもたらされる報告にも、秀吉はいささかの揺らぎも見せてはいなかった。

秀吉はいつものように無表情のままで、しかしどこか楽しげに聞こえる声で言った。

「海上より陽動を伴っての突入劇――派手好みな奥州の小僧らしい策ではある。だが、派手であるからと言って、それが有効だとは限らぬ」と、秀吉は言った。

「実力が伴わぬからこそ、我らの虚をつこうとするのだ。真の力の前には、そのような小細工は無意味よ」

「…………そうか。そうだね、秀吉」

どこまでも落ち着き払った秀吉の言葉が、ゆっくりと、半兵衛の心に落ち着きを取り戻させていった。冷静に考えれば、やはりこの奥州軍の奇襲はやはり無謀である。対処さえ間違わなければ、自分たちが敗れるはずはない。

半兵衛はすぐに兵たちに大坂付近の地図を持ってこさせ、現在の状況を報告させた。

「……奥州と長曾我部の混成軍は南西から上陸し、大坂城を目指して進軍中、か」

地図に視線を落としながら、脳裏にこの地を目指す奥州・長曾我部混成軍の姿を思い浮かべる。冷静さを取り戻した半兵衛には、すぐにこの混成軍の欠点が見えてきた。

「しょせん敵は寄せ集めの軍、統制された動きなんて取れるわけがない」

地図に目を落としたまま語る半兵衛のその声は、目の前の秀吉に語りかけているようでもあり、自分自身に言い聞かせているようでもあった。

「それが紛《まが》いなりにも、統一された意思のもとに動けているのは、指揮してるのがそれなりに優れた総大将だからだろうね」

「奥州の小僧か」

「小さき竜と言えども、竜は竜、ってところかな」仮面の下に微《び》笑《しょう》を閃《ひらめ》かせて、半兵衛は顔をあげた。「でも、だったらその総大将を潰してしまえばいい」

秀吉もその半兵衛の言葉に頷いた。

「さすれば、寄せ集めの軍など烏《う》合《ごう》の衆と化すか」

「ああ。四国の兵たちはとっとと海に逃げ帰るし、奥州から来た客人たちは、その辺で野垂《のた》れ死にすることになるだろうね。まあ、伊達家には軍師の片倉君もいるが、なかなか軍師には君主の代わりは務まらないさ」

半兵衛の言葉を聞いた秀吉が、一つ頷《うなず》き、勢いよく立ち上がった。

「待ってくれ、秀吉」

今にも兵を率いて自ら出陣しようとする秀吉を、半兵衛は制止した。

「悪いが、独眼竜《どくがんりゅう》のことは僕に任せてくれ」

「なに？」

「総大将は本陣を軽々と動くものじゃない。君は、この本丸を守ってくれないか？　もし仮に──もちろんそんなつもりはないが──僕が敵の本隊を潰すのに失敗したとしても、ここさえ落ちなければ、いずれ増援が駆けつけてくる。そうすれば、どの道伊達軍の敗北は決まるからね。それに」

「それに？」

「油断が招いたこととは言え、一杯食わせてくれた政宗君に、ぜひ直接お礼が言いたいんだ」

「……よかろう」半兵衛の言葉に頷き、秀吉はその場に腰を下ろした。

「半兵衛よ。存分に貴様の知勇、振るってくるがよい」

「ありがとう。持つべきものは、理解ある主君だね」

半兵衛は笑って言った。

「それじゃあ、少しばかり政宗君に、豊臣の兵の強さを教えてあげることにするよ。僕と君が作り上げた、この国最強の兵たちの強さをね。聞けば政宗君は世界への憧れを強く持っていると聞く。これは僕らにとっても、いい予行練習になるかもしれないね」

そう嘯《うそぶ》く半兵衛の顔は、すでにいつもの涼やかなものに戻っていた。

2

竹中半兵衛が前線への出陣を決めたちょうどその頃。

大坂よりはるか東の武田軍と豊臣軍との戦が行なわれている最前線には、敵も味方も焼き尽くさんばかりの熱い漢《おとこ》たちの叫び声が轟《とどろ》いていた。

「うおおおおお！！！！！　お館さまお館さまお館さまお館さまアアアア！！！！！」

手にした二振りの槍を振るい血煙を巻き上げながら、戦場を紅《あか》き炎のように縦横無尽に駆け巡るのは、ご存知真田《さなだ》幸村《ゆきむら》である。幸村は単騎豊臣軍の只中に飛び込み、右から左へ兵も将も関係なく次々とその槍に敵を捉えていく。

伊達政宗と別れた後も、しばらくの間幸村は上田《うえだ》城の防衛の任に就《つ》いていた。だが、豊臣軍との天下分け目とも言うべき決戦に挑むにあたり、幸村の主である武田信玄は、彼を本隊へと呼び寄せたのだった。久方ぶりに武田信玄と共に駆ける戦に、真田幸村の心は燃えに燃えて燃えまくっていた。

「幸村よ!!　倒した敵を師と思えい!!」

一方、幸村の叫びに応え、そう吼《ほ》えるのは、武田軍の先頭にあって山のような威圧感を見せる武将である。指揮を振るうための軍配を模した巨大な戦斧《せんぷ》を、片手で軽々と扱うこの漢こそ、武田全軍を率いる武田信玄その人であった。彼が一度その巨大な戦斧を振るえば、数十もの豊臣の雑兵《ぞうひょう》の首が、軽やかに宙を舞うこととなった。

「うぉぉぉ!!　これぞ甲斐《かい》の虎《とら》アッ!!　お館さまこそ最・強ッッ!!」

自身も鬼神のごとき活躍ぶりを見せながら、武田信玄の暴れっぷりに幸村が感嘆の声をあげた。だが、自らを誉《ほ》めるそんな幸村を、武田信玄は叱咤《しった》で返す。

「馬鹿者ッ、幸村!!　ワシを誉める暇などあるなら、もっともっと己の魂を燃え滾《たぎ》らせよ!!」

「はっ!　申し訳ございませぬ!!　――むぉぉぉ、この幸村!　燃えてまいりましたぞ、お館さま!!」

「もっとじゃ、幸村ッッ!!」

「はっ!!　お館さまアア!!」

「もっとォ!!」

「お館さまアアア!!」

「もっとオオ!!!!!」

「おやがだざまアアアア!!!!」

「もっとオオオ!!!!!!」

「おやがだざばアアアアアッッッ!!!!!!!!」

「魂のことごとくを燃やし尽くす感じでッッ!!!!!」

「天《てん》ッ!　覇《ぱ》ッ!!　絶槍《ぜっそう》ッッッ!!　お館さまアアアアアアアアアアッッッッ!!!!!!!!!!!!!」

「よき闘気じゃ、幸村!!　――だが、人を斬る痛みを忘れるなッ!!!!」

真田幸村と武田信玄とはこの戦場《いくさば》において、別に背中合わせに剣を振るっているわけではない。幸村は常に敵陣の深くにその身を置いていたし、信玄は自軍の先頭にて武勇を奮いながら、全軍の指揮をも執っている。幸村と信玄との間には、常に数千もの数の敵兵が存在した。

それでも、二人の漢はまるで互いを隔てる距離など関係ないように、それぞれの場所で刃を振るいながら魂の叫びを交換し続けた。おそらく、この二人の漢ならば、たとえそれぞれの立つ場所が、蝦夷《えぞ》と琉球《りゅうきゅう》であったとしても、互いの叫びを聞き取るであろう。聞く者にそう思わせるほど、二人の漢の叫びは熱すぎるほど熱かった。

もっとも、この二人の魂の叫びは、敵対する豊臣の兵士たちにとっては死神の呼び声に他ならなかった。何しろ一度「もっと!!」「幸村ァ!!」の叫びが響くたびに、戦場の二カ所で同時に死体の山が築かれていくのである。これに、恐怖を覚えぬ者などいるはずはない。

ついにはまるで二人の叫びが敵兵の魂を打ち砕いてしまったかのように、戦場のあちこちで、恐慌《きょうこう》に陥り逃走を図る豊臣兵が続出する始末だった……。

豊臣軍を撤退させ、さらなる進軍の準備を整えながら、幸村は主に話しかけた。

「……お館さま。今頃は、大坂城でも始まった頃でございましょうか?」

「うむ? ……そうか、幸村。かの独眼竜とぬしは、顔なじみであったな」

「はっ。この幸村と政宗殿は、いつの日かと再戦の契《ちぎ》りを交わした間柄でございます」

「なれば信じるがよい、幸村。おぬしの前にふたたび独眼竜が現れる日が来ることを」

「……ははっ」

「だが幸村よ、ワシらの戦いもまだ終わったわけではないぞ。おぬしの方が先に倒れては話にならぬ。今は、この豊臣との戦に勝利することに全力を注ぐのだ！」

「はっ！　むろん、この幸村、心得ておりまする!!」

そう頭を下げる幸村の姿を見やりながら、信玄もまた大坂城で行なわれているであろう戦に思いを馳せた。彼は幸村とは異なり、決して熱血直情一辺倒の人間ではない。それゆえ、政宗と秀吉との戦いについて、たしかに思うところはあった。それは、いずれが勝者となろうとも、やがてその人間は必ず自分の天下獲りの前に、障害となって立ちはだかるであろうことも。

信玄の見たところ、いかに奇襲に打って出たとはいえ、まだまだ伊達軍の劣勢は否めない。だが彼、甲斐の虎と恐れられる武田信玄と、そして軍神・上杉謙信をも陽動に使うしたたかさと、全軍で敵本国へと乗り込むその大胆さとがいかんなく発揮されれば、あるいは両軍の勝敗の行方はわからない、とも感じていた。

むろん、武田信玄は気づいていた。伊達軍が、自分たちを陽動として使うために、あえて奇襲の情報を流していたことに。気づきながらなお伊達の策に乗り、自軍の領土拡大につとめるあたり、武田信玄も相当なしたたか者であることは間違いなかった。

一方、武田軍が豊臣軍を撤退させた戦場より、さらに北の地では、伊達とも武田とも違う軍勢が、やはり豊臣方の軍との合戦に挑んでいた。白を基調とした兵服に身を包み、『毘《こん》』と大きく描かれた旗を掲《かか》げる彼らは、もちろん『軍神』上杉謙信の軍勢である。

その上杉の陣中に、まだうら若き女性の悲鳴のような声が響いた。

「それでは謙信さま?! あの情報は、伊達軍が意図的に流したものだとおっしゃるのですか?」

声の主は、謙信の忍《しのび》・かすがであった。以前、武田の忍猿飛佐助《さるとびさすけ》と共に、奥州は伊達軍の動向を探っていたくのいちである。

闇に生き闇に死すべきくのいちの彼女が声を高めてしまったのは、彼女がかつて主の役に立つと思い得た情報が、実は他国の策略によって故意にもたらされたものだと知ったからであった。主を助けるどころか、敵国を利する手伝いをしてしまったことに、彼女はひどく衝撃を受けていた。

だが、そのかすがの顔に、細く美しい手が包み込むようにそっと触れた。

「美しい顔を悲しみでくもらせることはありませんよ、わたくしのつるぎ」

聞く者を虜《とりこ》にはせずにいられない甘い声が、かすがにそう言った。

この細く美しい手と甘美な声の持ち主が、諸国から毘沙門天《びしゃもんてん》の化身とまで呼ばれる上杉謙信その人だった。

「し、しかし謙信さま、わたしは――」

言いかけるかすがの瞳《ひとみ》を覗き込み、上杉謙信は、まるで一個の芸術品のように繊細《せんさい》で、冷たくも気品溢れる顔に微笑を浮かべた。

「わたくしはすべてを承知で兵を動かしたのです。豊臣との戦《いくさ》、わたくしの強さをはかるのにふさわしい」

「……謙信さま……」

「それに、甲斐の虎に遅れをとるわけにもいきませぬ」

「……ああ、謙信さま、あなたはなんて強く、優しく、そしてお美しい……はあぁっ、その輝きに目眩《めまい》が……」

……謙信とかすがとがこのような会話を交わしているのは、合戦の真っ只中である。かすがと謙信との周囲には別世界が築かれていたが、言うまでもなくその外側の世界は、血と喧騒《けんそう》によって支配されていた。

「俺は無敵ィ!!」

今も、上杉方の武将の一人が、怒声を響かせながら豊臣軍へと突撃をしかけたところである。

ちなみに、この武将は名を直江兼続《なおえかねつぐ》といった。

「謙信さまだって、戦場で手柄を立てて軍神になったんだ!! 俺は無敵! こんな連中に負けるわけがねえ!! 無敵無敵ッ! 無敵ィイイイイッ!!!!!」

などと叫びながら直江兼続は単騎豊臣軍の只中へ飛び込んでいったが、右に左に豊臣の兵士に押し寄せられ、すぐに、

「ぐあああああ!!!! 無敵なのにィイイ!! やられたぁぁぁッツツツ!!!!!!!!」

という尾を引く絶叫だけを残し、彼の姿は見えなくなってしまった。

「……う、美しくないぃ!! あんなことで謙信さまをお守りできるか!!」

直江兼続の失態に、正気を取り戻したかすがはそうつぶやいた。むろんいつまでも彼女たち

のいる場所も別世界というわけにはいかない。

「軍神の誉れ高き上杉謙信どのとお見受けいたす！　いざ尋常に勝負されたし!!」

謙信の姿を発見した豊臣の武将が、名乗りを上げ戦いを挑んできたのだ。

かすがはすぐさま「ここはわたしが――」と謙信の前に出て、自分が敵将の相手を買って出た。だが、謙信は微笑を浮かべたまま頷き、かすがを制止する。そのまま敵将へと向き直り、滑るような足取りで、一歩一歩足を進める。

「参るぞ、軍神――」

気合の声をあげながら手にした刀を振り上げた敵将は、しかし、その刀をわずかなりとも動かすこともできず、驚愕《きょうがく》を顔に張りつかせたままその場に崩れ落ちた。

豊臣方の兵の叫び声がする。「――は、早すぎる!!　剣が見えねえ!!」

「ならば、次はこのわし、宇喜多――」

同僚の敗北を見た別の武将が、すぐさま新たに謙信に挑もうとするが、今度は名乗りを上げる時間さえ与えられず、その武将は地に倒れ伏していた。

いつ腰から剣を抜いたのか、それさえ誰にもわからぬ神速の抜刀術を披露した謙信は、特にそのことを誇りもせずに、ふたたびかすがへと顔を向けた。その美しき顔に微笑を浮かべ、まるで舞踏会にでも誘うように優雅に右手を差し出し、謙信が言った。

「では、ともに参りましょう、うつくしきつるぎ。その力、わたくしに見せておくれ」

かすがは、両手で顔を覆い隠し、あえいだ。

「……ああ……素敵すぎる……謙信さま……」

さて。この時、実は、片倉小十郎が描きあげた絵図とは一切まったく関係なく、上杉や武田が兵を動かしたとの報告を受け、勝手に豊臣軍へと兵を動かした国もあった。

「――この風、この匂いこそ、合戦よ!!」

人間とも思えぬ巨人の肩の上に腰かけ、嘯くこの男。三河《みかわ》の大名徳川家康《とくがわいえやす》であり、彼が上に乗っている巨人こそ、『戦国最強』本多忠勝《ほんだただかつ》だった。

「ハッハッハッ!!　時代がワシを呼んでいるぞ!!」

自軍が豊臣の軍勢を相手に優勢に戦を展開する様を眺めながら、徳川家康は快活に笑った。

家康は信玄や謙信とは異なり、伊達軍の大坂城襲撃計画を事前に知らされてはいなかったが、彼にとっては甲斐と越後が同時に兵を動かしたという事実だけで、自分が動くには充分だった。

大坂などよりはるかに甲斐、越後の両国に近く、特に甲斐などは隣国の三河である。彼らが兵を動かせば、三河周辺の豊臣の守りが乱れるのは必定なのだ。

かつて信長討伐に向かう武田信玄の背後をついたことがあるように、己が天下へ出る機会を窺《うかが》い続ける徳川家康だ。降って湧いたようなこの好機を、逃したりするはずはなかった。

「……ん？　なんじゃ、あやつらは？」

忠勝の肩上で、家康は眉《まゆ》をしかめた。順調に進軍を進める徳川軍の行く手を阻むように、豊臣の軍勢の中から五人の男が進み出て、大地にそれぞれ槍を突き立てたのだ。

「壱っ！」「弐っ！」「参っ！」「四っ！」「五っ！」

「戦国最強連隊！　五本槍!!」

　赤、青、黄、緑、黒。それぞれの色に鎧を染め上げた男たちは、高らかに名乗りを上げると、徳川軍へと襲いかかった。

「──といやっ！」とまるで以心伝心でもしているのかのように連携の取れた動きで、徳川軍へと襲いかかった。

「一に戦術！」「二に連携！」

「三四も！」「あって！」

「五本槍!!」

「……あ、あいつら、なかなかやるじゃねえか」

　その名乗りこそ道化じみていたが、五本槍と名乗る五人組は、それぞれにかなりの強者らしかった。それまで優勢に戦いを進めていた徳川軍の只中に飛び込み、あっという間に切り崩していく。勇猛果敢な五本槍の働きぶりに、すでに敗軍色を強めていた豊臣陣営も活気を取り戻し、一気に反撃攻勢へと転じだした。

　そのあまりに見事に統制の取れた五本槍の動きと、そしてその強さに、一瞬呆気《あっけ》に取られていた家康だったが、すぐに忠勝の肩より飛び降りて叫んだ。

「このままじゃマズイ!!　忠勝、攻撃形態！　あやつらを止めろぉ!!」

「……………!!」

　家康が命じた瞬間、忠勝の全身を覆う甲冑《かっちゅう》の背面がわずかに開き、中から魔法のように大筒が二門出現した。忠勝はその大筒を両肩に乗せ、砲弾を飛ばしながら無言のまま五本槍へ突進を開始する。

「た、忠勝だ!! 本多忠勝が出たぞっっ!!」

「も、もうダメだ!! 逃げろぉぉぉ!!」

一度は五本槍の活躍で勢いを盛り返した豊臣軍だったが、忠勝が動いた瞬間に彼らはふたたび恐慌《きょうこう》状態へと陥った。忠勝が両肩の大筒より放ちまくる砲弾に右往左往し、豊臣兵は怖れをなして撤退し始めた。

だが、やはりと言うべきだろうか。五本槍を名乗る男たちは只者《ただもの》ではなかった。逃げ出した豊臣軍の中で彼らだけはその場に踏みとどまり、飛来する砲弾さえも恐れずに、本多忠勝相手に挑みかかっていったのだ。

「「いくぞ、ひっさつ!!」」

五色の甲冑に身を包んだ五人の男たちは、高らかに声を合わせると、

「一本っ!」「二本っ!」「三本っ!」

「四本っ!」「五本っ!」

「「五本槍ッッ!!」」

流れるような五人揃っての連続攻撃を繰り出した。

「ま、負けるなッ! 忠勝ッッ!!」

一瞬、見守っていた家康をヒヤリとさせるほどの連続攻撃。しかし、やはり本多忠勝は本多

忠勝だった。家康の絶叫に忠勝は、

「…………………………………!!!!!」

力強く応じると、手にした削岩機のような巨槍を力任せに横殴りに振るった。

『戦国最強』の一撃は、ただ一振りで五本槍全員の身体を捉え、彼らは別々の方向に勢いよく吹き飛ばされた。

「ヨッシャアッ! 忠勝!!」

家康はその光景に拳を振り上げて歓声をあげたが、すぐにその表情は戸惑いに変わることとなった。

「……ホ、ホントにやるじゃねえか、あやつら」

「……ま、まだまだ……」「いけるぜ……」

「……俺たちゃ……」「……む、無敵の……」

「……五本槍ッ!!」

『戦国最強』本多忠勝の一撃をまともに喰らえば、大げさな話ではなく身体がバラバラに砕け散ってしまっても不思議ではない。その一撃を喰らいながら、五色の鎧に身を包んだ五人の男たちは、ふらふらになりながらも立ち上がり、会話を交わしながらよろよろとまた一つの所へ集合しようとしたのである。

どうにか合流を果たした五本槍は、なにやら輪になって集まり、ひそひそと相談を始めた。

一体何が始まるのかと、ついつい家康が忠勝に命令を出すのも忘れ見守っていると、五本槍はふたたび本多忠勝へと向き直り、五人同じ動作で手にした槍を突きつけた。

「「くらえ!!」」

五人が声をそろえて叫ぶ。

家康は、驚愕《きょうがく》で卒倒《そっとう》しかけた。いったいどのような手品を用いたのか、五本槍の足下に、いつのまにか忠勝の両肩に積まれた物さえかすんで見えるような、とてつもなく禍々《まがまが》しい大筒が設置されていたのである。

「「——戦国最強砲ッッ!!」」

「あ、あれはやばい！　やばいやばいぞ、忠勝!!　防御形態じゃ!!」

「…………!!!!」

五本槍が声を合わせて叫ぶのと、家康が絶叫するのはほとんど同時だった。

その瞬間、五本槍の足下の大筒が閃光《せんこう》と共に巨大な炎の竜を吐き出し、忠勝の身体を飲み込んでしまった——。

「忠勝、忠勝、忠勝、忠勝、忠勝ウウウウウウウウウ!!」

白煙が周辺に立ち込め視界を遮《さえぎ》る中、よたよたと前に歩きながら、泣きそうな顔で家康は戦国最強の武人の名前を連呼した。絶望的な胸中で。いかに本多忠勝といえども、軍艦さえも一撃で沈めてしまいそうなあの砲撃を受けて、無事で済むとはとても思えなかった。

しかし——

辺りに立ち込めた白煙が晴れたとき、その中から姿を現したのは、依然《いぜん》健在を誇る本多忠勝の姿だった。

「忠勝ッッ!!」

「…………………!!!!!」

両目に涙を浮かべ、家康は喜びの絶叫をあげた。

はたしてどこから取り出したのだろう。いつの間にか忠勝の両肩からは大筒が消え、代わりに彼の両腕には葵の紋章が刻まれた大盾が装備されている。どうやら、間一髪のところで家康の命令は届いていたのだ。

「そ、そんなバカなッッ——!!」

完全に勝利を確信していたのだろう。五本槍が、声を合わせて悲鳴を上げた。

次の瞬間——

五本槍の足下で、大爆発が起こった。むろん爆発を起こしたのは五本槍の『戦国最強砲』だった。おそらく、あの凶悪すぎる砲撃に、砲身自体も大きな損傷を負っていたに違いなかった。

「し、死ぬ前に、辛いものが食べたかった……」

五人のうちのいずれかがその言葉を残し——自分でも理由はわからないが、なぜか家康は『黄色』がその声の主だと直感した——爆発の中に五本槍の姿は消えて行った……。

「恐ろしい敵じゃったな、忠勝」額の汗を腕でぬぐい、家康は忠勝に笑顔を向けた。

「……じゃが、『戦国最強連隊』と『戦国最強砲』を退けたのじゃ。これでおめぇが正真正銘の『戦国最強』だ、忠勝!!」

「…………………………………！！！！！」

家康の言葉に、忠勝はそう答えた。

3

兵法の基本にして最大の奥義は、圧倒的な多数を持って少数を制することである。と竹中半兵衛は考えていた。相手より強い兵を、相手よりも多く揃えれば、それだけ勝算は増すことになる。織田信長《おだのぶなが》が桶狭間《おけはざま》でやって見せたような――あるいは今、伊達政宗らがやって見せようとしているような――小数をもって多数を制するような奇策はたしかに華々しく、人々の心を捉えてやまないものではある。だが、それが人の心を捉えるのは、結局のところそれが勝算の低い博打《ばくち》であることを、誰もが知っているからだ。

人の上に立つ者、兵を預かる者は、そのような博打に身を委ねるべきではない。少なくとも、竹中半兵衛はそう考えてきたし、それは秀吉も同じはずだった。半兵衛と秀吉とが目指したのは、たった一度の華々しい勝利を得られるような軍ではなく、百戦して百度勝利を手に入れる。そういう軍だった。

もちろん、半兵衛も権謀術数に秀でる者であり、少なからずそれを用いたこともある。だが、竹中半兵衛の用いる策略の多くは、自軍が多数の勢力側となる状況を作り出すためのものだった。たとえば本能寺《ほんのうじ》で明智《あけち》光秀《みつひで》を使ったような。

権謀術数に秀でる者は、策を操ることに快楽を覚える。そのことを誰よりもよく知るからこそ、竹中半兵衛はその快楽に身を委ねてしまわぬよう、自分が何のために策を用いるのか、それをいついかなるときも失念せぬよう、自分に固く戒《いまし》めていた。

だから、西より進軍してくる奥州軍を迎え撃つのにも、竹中半兵衛は現在動員できる兵力をすべて動員した。これまで秀吉の天下獲りを進めるのにそうしてきたように、圧倒的な力を持って、小生意気な独眼竜を撃砕してしまうつもりだった。

——だが。

奥州軍の旗と長曾我部の旗を翻した敵軍と対峙《たいじ》したとき、竹中半兵衛は仮面で隠したその表情に、動揺を浮かべずにはいられなかった。

敵軍の総大将と思われる男の右の瞳に、それを覆い隠す眼帯がはめられていなかったのだ。

否、その男は、左の瞳にも眼帯などつけていなかった。独眼竜と呼ばれる伊達政宗なら右の瞳を、奥州軍へ助力している長曾我部元親ならば左の瞳の光を失っているはずなのに、その男はただでさえよく斬れる刃のように鋭い目つきをさらに窄《すぼ》め、半兵衛に向かってこう言った。

「よお。テメェと会うのはこれで二度目だな。もっとも、その薄気味悪い仮面にお目にかかったのは、これが初めてだが」

「……君は、片倉君か？」

「ああ。この間は世話になったな竹中半兵衛」

「……なぜ君だけしかいない？　政宗君はどこだい？」

動揺を抑え、できるだけ口調を乱さぬように、半兵衛は言った。

「馴れ馴れしく政宗さまの名前を呼ぶんじゃねぇ!!」

一瞬、片倉小十郎の双眸《そうぼう》が一層凄みを増した。しかし、それは本当に一瞬だけのことで、すぐに視線をやわらげ、小十郎は言った。

「わからないか？　テメェの相手は、この俺で充分ってことさ」

「……………まさか!!」

半兵衛は、思わず声をあげ、自分たちが進軍してきた方向を見やった。そうすることで、何かが見えるわけではないのは充分承知していたが、気づくとそうしてしまっていたのだ。

「これも、陽動か!!」

半兵衛の視線の先で、片倉小十郎がしてやったりと言わんばかりの笑みを浮かべた。


「——Here we go!!　ついてきてるか、オメーら!!」

「死に物狂いでついて行くぜ、筆頭ォ!!」

「Ha！　いい根性だ!!」

竹中半兵衛が所在を求めた伊達政宗は、その時まさに、奥州より連れてきた愛馬の背に跨《また》がり、東を目指して荒野を爆走中であった。

彼につき従う奥州の兵はわずか数十騎。そのどの顔にも、これより敵地に乗り込むことへの緊張と、それを上回る敬愛する主君と行動を共にできる喜びとが浮かんでいる。

政宗は兵たちの返事に満足そうな笑みを浮かべると、今度はさらにその後方から、かろうじて政宗らについてきている一団へと視線を向けた。

「鬼さん、そっちはどうだい？　振り落とされずについてこれそうか?!」

「海の男をナメるんじゃねえぞ、竜の兄さん！」

政宗の問いかけに答えたのは、伊達家の兵士たちの後ろを追って走る、長曾我部元親だった。

常日頃より馬を駆ることに慣れ親しんでいる奥州の人間と比べれば、多少は心もとない手綱《たづな》捌《さば》きではある。それでも、長曾我部元親はその顔に笑みを浮かべて、政宗にこう返してきた。

「俺たちゃ荒波に揺れる甲板《かんぱん》の上で生活してるんだぜ？　荒馬だろうが何だろうが、嵐の夜の船に比べりゃ屁みてえなもんだ。なあ、野郎ども?!」

「「も、もちろんだぜ、アニキ!!」」

元親の後ろには、彼よりもさらに心もとない手綱捌きをする一団が続いていた。むろん、元親麾下《きか》の長曾我部軍の面々である。

政宗につき従う奥州兵同様に、こちらも百騎にも満たない少数で、必死の形相で元親やその先を行く奥州の面々に食らいついて行こうと奮闘していた。

「上等ッッ!!」

背後を振り向きながらも快調に馬を飛ばす政宗は、元親とその手下たちの返答に顔をほころばせた。

この伊達政宗と長曾我部元親の率いる別働隊とも言えぬほど小規模な部隊が目指しているの

は、もちろん大坂城であった。彼らは――発案したのは政宗だが――それまでの戦術の常識では考えられない方法で、豊臣軍の本丸を落そうとしているのである。

それはつまり、本隊を囮として使うことだった。

兵力をいくつかに分割し、そのうちの最大兵力を誇る部隊を囮として使用する、という戦術を用いた例は、これまでいくらでも存在する。だが、現在の政宗のように、全体兵力の数十分の一しか割いていない部隊を、総大将自らが率いて敵の本陣へ奇襲をかける、などという奇策は、そうそうに存在しなかった。そのような真似はできるのは、よほど自身の武勇に自信があり、かつ大胆不敵な胆力の持ち主――つまりは政宗である。

一見、総大将の安全を図るならば、より多くの兵力をこの別働隊に割《さ》いたほうが賢明《けんめい》に思える。だが、今回の作戦の場合、別働隊に割く人数は最少数に限らなければならなかった。豊臣のほぼ全軍を大坂城より誘い出すことが作戦の第一段階であり、そのためには、どうしても奥州軍が全軍で西より進軍していると豊臣に――豊臣秀吉と竹中半兵衛とに思わせる必要があった。

絶対に豊臣軍に兵を分けたことを、分けた側の部隊に政宗がいることを気取られてはならないのだ。もし万が一それに気づかれれば、豊臣が大坂城に兵力の大多数を残すことになるばかりか、もしかしたらまずは別働隊の方に全軍を差し向けようとするかもしれないのだから。

自然、別働隊に割ける人数は、驚くほどの少数に限られた。

政宗が提案したこの作戦に、同行を申し出たのが長曾我部元親とその仲間たちだった。もちろん誰よりも海賊らしい長曾我部軍の総大将は、もっとも美味しいと思われる場面を、他人にだけ任せておくなどということはできなかったのである。

また、片倉小十郎も長曾我部の同行を強く推した。少人数での戦闘経験が豊富であろう元親が、今回のような潜入作戦では必ず政宗の力になるはずだ、と小十郎は考えたのだった。本心では小十郎自身が政宗に同行したかったのだろうが、彼には本隊で政宗の代わりに指揮を取る、という役割があり、それは不可能なことだった。

「だが、遅れるようなら容赦《ようしゃ》なく置いてくぜ！　なんせ、オレはサル山の大将の首が取りたくてウズウズしてるんだからな!!」

「バカ言うな。あんたらだけに大坂城の金塊を一人占めさせるわけにはいかねぇぜ!!」

政宗と元親がこれより乗り込むのは日の本で最大の勢力を誇る男の本拠地である。しかし、陸と海、二つの世界でそれぞれ生きる陽気で豪胆な男たちは、緊張も恐怖も微塵《みじん》も感じさせない表情で軽口を交わし合いながら、東へとひたすら爆走を続けていく……。

「……さて始めるかい？　竹中半兵衛。どちらが天下人の軍師にふさわしいかを決める戦をよ」

「いいさ、片倉君。独眼竜が秀吉の元に向かったというのなら、まずはここで君と君の軍を手早く倒してしまうことにしよう。その上で、独眼竜も僕が捕らえる」

「はっ、できるかな？　うちの大将の馬足は奥州一だぜ。テメェが大坂城に戻った時には、政宗様はとっくに秀吉の首を取ってるさ」

「……たとえ、僕の救援が遅れたところで、秀吉が敗れるなどありえないさ」

「どうだかな。うちの竜には鬼も同行してるんだぜ？　たかだか猿風情が、化け物二匹に勝てるのかね――もっとも、この俺がいる限り。テメェが救援に大坂城へ戻れるなんぞありえねぇがな」

奥州・長曾我部の連合軍と豊臣軍。両軍を代理で率いる者たち同士の間でそのような会話が交され、そして両軍は正面から激突した。

おそらく、竹中半兵衛と片倉小十郎の戦術家としての潜在的な力量は、ほぼ同等であっただろう。彼らは互いに優れた智謀の持ち主で、主が天下を取るためにそれを使うことを欲していた。二人は共に一騎当千の強者といってもよいほどに剣に優れ、策を講じるだけではなく、自ら剣を取って戦況を打開することにも秀でていた。

潜在的なものだけではなく、この二人はすでに幾多の修羅場《しゅらば》をくぐり、多くの経験を積んでいる。竹中半兵衛は秀吉が中央の覇者となるために限りなく尽力してきた。小十郎が仕える伊達政宗は、支配地域こそ奥州一帯と秀吉に比べれば小粒だが、そこで行なわれてきた戦の苛烈《かれつ》さは、決してどの大名とも見劣りするものではなかった。

もしこの二人に差異があるとすれば、それは兵の錬度であろう。秀吉の天下のため、統一された意思のもとに動くことを何よりも叩き込まれてきた竹中半兵衛麾下の軍に比べれば、もともとが陸と海とを代表する荒らくれ者たちの集まりである上に、奥州軍と長曾我部軍の混在する小十郎の指揮する軍は、個々の戦闘能力はともかく、一つの軍隊としては、若干の見劣りは否めない。

「……僕は、こんなところでもたついているわけにはいかない。——右の陣が手薄になったぞ！　第二、第三部隊前進!!　一気にそこを攻め崩すんだ！」

「右翼後退だ！　ただし、ゆっくり、整然とだ。中央、右方へ展開！　逆にこの機に豊臣の連中を陣中深くに誘い込んでやれ！」

だが、互いの軍勢の錬度以上に、この戦いには、二人の軍師の優劣を決定づける、大きな要素が存在した。それは、双方の軍勢の指揮を預かる者の、精神的なゆとりである。

むろん、政宗の大坂城単独潜入を承認したとき、小十郎は迎撃に出る豊臣軍に、総大将である秀吉の姿がないとは、想定していなかった。当初の計画では、小十郎が秀吉もこの場に引きつけておいて、その間に政宗が大坂城を攻め落とす、というものだったのである。帰るべき場所を失ったと知った豊臣軍は動揺し、そこを小十郎率いる軍勢が一気に切り崩す。それが政宗の提案した作戦だったし、小十郎もそれに同意した。

だが、たとえこの前線に秀吉が出てこなかったとしても、それで指揮を執《と》る小十郎に焦りが芽生えたりはしない。出撃してきた豊臣軍の大軍を見れば、大坂城の守りが手薄となっているのは確かなことだった。

前線での秀吉の不在は、いささかなりとも計画に支障をきたすものではない。いや、それどころか、潜入した政宗が大坂城に居残った秀吉の首を取ることができれば、この一戦での勝利どころか、この地上から豊臣の旗を掲げる軍勢を消滅させることとなるのだ。

……本音を言えば、ごく少数の兵力で秀吉に挑む政宗の身が心配ではない、はずはなかった。だが、その不安を、小十郎は政宗への信頼によってねじ伏せていた。政宗は天へと昇る竜である。なれば、このようなところで屍《しかばね》をさらすことになるはずがない。竹中半兵衛に返した言葉通り、小十郎は政宗の勝利を信じていた。

一方、竹中半兵衛の場合は少々事情が異なった。大坂城の実情を知り、かつ政宗の陽動隊の実態を知らないからこそ、半兵衛は急ぎ勝利を掴み、城へ取って返すことを熱望していた。その上半兵衛には、主の秀吉もまだ知らない、肉体的な事情もあった。

「……くっ……思ったよりもやるじゃないか、片倉君。こんな時でなければ君を秀吉のもとに誘いたいところだが、そうもいかない……一気に片をつける！　カラクリ部隊、前へ！」

半兵衛の合図で、豊臣の陣営の中央が二つに割れた。そして後方より巨大な物体がいくつも出現し、最前線へと運ばれてくる。

現れたのは、仏閣などで見かけることの多い仁王像《におうぞう》のようなものだった。ような、というよりも、それはほとんど仁王像そのものである。ただし、通常仏閣に祭られている仁王像とは異なり、足下には車輪がついており、それによって移動することが可能となっていた。

「――仁王様が前線に出てきたぞ！　これで百人力だ!!」

豊臣軍の兵たちの間に歓声があがった。

これこそ、豊臣秀吉の軍勢の強さの一翼を担ってきたその名も『仁王車』だった。これはその名の通り仁王像の姿を模した兵器で、内部に仕込まれたカラクリ仕掛けにより、両腕を敵目がけて射出したり、火炎を放射するなどの機能が搭載されている。それだけではない。毛利を通じザビー教団より手に入れた南蛮の脅威のカラクリ技術によって、一度起動させた後は、自動的に敵兵を殲滅《せんめつ》するという恐るべき代物だった。ちなみに仁王像の姿をとっているのは、この兵器を見た味方兵の士気を鼓《こ》舞し、敵兵のそれをくじく効果を期待したからである。

実際、これまでに『仁王車』はその価値をいかんなく発揮してきた。そもそもが兵数十にも匹敵する戦闘能力を持ったカラクリ兵器だが、それ以前にこれを見た敵兵は、

『に、仁王さまが動いた?! 呪いだぁっっ!!』

恐慌に駆られて逃げ出してしまうのである。純粋な戦闘能力以上に、その効果は計り知れないものである。むろん、一機製造するのにかかる費用は莫大なものだが、豊臣軍にとって、対比効果は充分に得られているといってもよかった。

……ところが、今回の戦ではどうも旗色がおかしかった。これまで豊臣と相対してきた敵軍と異なり、奥州・長曾我部連合軍にはまるで動揺が見られない。それどころか、指揮を執る片倉小十郎はうっすらと笑みさえ浮かべ、傍《かたわ》らにいた一人に声をかけた。

「半兵衛め、勝利を焦ってるな? だが、テメエらがその手で来るのは分かってるんだ。――海のお客人、そろそろあんたらの出番だが、準備の方はどうだい?」

「はっは、任せな、竜の右目の旦那。ここにはいねえアニキの代わりに、あっしらが長曾我部の技術力の高さを見せてやるぜ。野郎ども! 行くぜ!!」

男が号令をかけると、今度は連合軍が二つに割れた。その軍勢の奥から前進してくる一団を目撃して、竹中半兵衛の声が動揺に割れる。

「……バカな……敵も、仁王車、だって？」

現れたのは、豊臣軍の前線に出現したのとほぼ同じ姿をとった、カラクリ兵器の一群だった。しかも、その総数は豊臣軍をはるかに上回る。

これこそ長曾我部元親が長年に渡り研究・開発を進めさせ、そして片倉小十郎が長曾我部の軍船の船倉にて目撃し言葉を失った秘密兵器の正体であった。長曾我部元親は、宗教本部より強奪した金貨や財宝を惜しげもなくつぎ込み、このようなカラクリ兵器を大量に造りあげていたのである。

仁王車部隊の出撃を命じた男が、号令をかける。

「バーカめエエ!!　長曾我部の技術は日の本一ィイイイイイ!!　あっしたちのカラクリ兵器は、ザビー教団の技術を元に作られているんだアアアアア!!!!」

一斉に、長曾我部陣営の仁王像の大群が、豊臣陣営の仁王像の群れへと襲いかかる。双方の仁王像が激しく身体をぶつけ合い、まさに金剛力士のように力強い拳を相手に飛ばし、炎で互いを焼いていく。超・仁王像大戦と呼ぶのが相応《ふさわ》しい光景が展開されるが、数の上で大きく上回る長曾我部側の仁王車が、徐々に豊臣方の仁王像を押し始める。

思いもよらぬ展開に、豊臣側の兵たちに動揺が走り、部隊長たちはその動揺を鎮《しず》めようと必死に奔走《ほんそう》した。

「うろたえるな！　豊臣兵はうろたえないッ!!　最終的に勝てればよいのだ！」

「見たか、俺たちの傑作の恐ろしさを！　たとえ勝っても大赤字なんだぜ、ナめんなよ！」

一方で、奥州・長曾我部連合軍の、特に長曾我部の兵たちが歓声をあげた。

「……こんなはずは……このままでは、……秀吉ッ……」

「さあて、次はどんな策《て》で来る？　竹中半兵衛」

両軍の陣営で、双方の指揮官がそれぞれつぶやいた。

そしてこのつぶやきこそが、両指揮官の精神状態の差異を表していた。

竹中半兵衛は、一刻でも早く、この戦に勝利することを望んでいた。たとえいくらここで奥州・長曾我部連合軍を全滅させたとしても、大坂城の秀吉が討たれてしまっては、半兵衛の夢は潰《つい》えてしまう。

一方で片倉小十郎は、実は始めからこの戦いに勝利することを望んでなどいない。彼の役目はあくまでも政宗らの囮であり、彼が心を砕いているのは、いかに自軍の消耗を少なく、かつ長く戦い続けるか、ということであった。

結果、自然と両軍の采配《さいはい》は、豊臣が攻めに特化し、連合軍は守備へと傾いていく。この戦では守る者と攻める者とでは、圧倒的に前者が有利である。勝利を焦る豊臣軍は、拙攻《せっこう》が目立つようになり、被害を徐々に増やしていった。

しかも、である。ただ囮として時間稼ぎを考えるのならば、凡庸《ぼんよう》の将ならばひたすら守備に徹するところであるが、片倉小十郎はそうではなかった。もしも連合軍が亀のように守りを固めて自軍から動かなければ、竹中半兵衛は早々に連合軍の殲滅《せんめつ》を断念し、隙を見ての撤退を考えただろう。何しろ、彼が勝利を急ぐ最大の理由は、秀吉の救援に向かいたいからなのだから。しかし、半兵衛の望みを知る小十郎は、それを敵将に許さなかった。小十郎は豊臣軍が少しでも撤退の素振りを見せれば、すぐに自軍を反転攻勢へと転じさせた。豊臣軍が撤退の素振りを見せずとも、敵の陣容にほころびがあれば、積極的にそこをついた。さりとて、決して深追いはせずに、ただの一瞬たりとも自軍に隙を作り出さなかった。

この戦で、小十郎の采配は冴《さ》えに冴え渡った。

豊臣のような大軍を相手に、しかも自身もこれほどの大軍を指揮して戦うのは、片倉小十郎にとっても初めての経験だった。大軍を相手に存分に己の才覚を振るうのは、兵法家にとってこの上ない喜びである。それに、連合を組んだ相手が長曾我部軍だったということも、小十郎にとっては良い方向に作用した。

「陸の奴らになんぞ後れをとるなよ、野郎ども!!　アニキに笑われちまうぜ!!」

「「ヨーホ!!」」

「陸上で海賊になんぞ後れをとったら筆頭の名前に傷がつく!　テメーら、気合入れてくぜ!」

「「イヤッホーッッ!!」」

伊達と長曾我部の兵たちは互いに功績を競いながら、しかも——彼らが似た者同士であったためだろう——戦いの中で、徐々にその呼吸を合わせるようになっていった。片倉小十郎にと

って も、海の男たちのありようは見慣れた心地よいもので、彼は伊達の家来たちと同じように、長曾我部の兵たちも動かすことができたのだ。

むろん、それでも豊臣軍は強大で、仁王車部隊の活躍や、竹中半兵衛の失策、小十郎の采配の冴えなどの要素を加味しても、全体としてみれば、戦況はどうにか互角で推移している、というところである。だが、それこそが小十郎の望みであった。

一方で、焦りが半兵衛から精彩を時間と共に奪って行った。

彼は戦場で全軍を動かす立場にありながら、秀吉の安否ばかりに気をとられるようになってしまっていたのだった。

ついに——半兵衛は全軍の指揮官にあるまじき決断を下す。

彼は、戦いの最中に、自分の次に位の高い将を前線より呼び寄せると、全軍の指揮を一時的にその武将に預けると告げたのだ。

「そ、そんな半兵衛さま。拙者にそんな大任は——」

「大丈夫だ。片倉君の狙いは、あくまで時間稼ぎだ。こちらから動かなければ、それほど大きな被害を受けることはない。僕は——秀吉を助けに行かなければならない。時間がないんだ！」

半ば強引に兵権をその武将に預けると、竹中半兵衛は単騎、大坂城へ向かって戦場を離脱したのである。

「……妙だな？　豊臣軍の動きが、急に鈍くなった」

――半兵衛が戦場を離れてすぐに、小十郎は眉をひそめた。失策や拙攻はあったにせよ、それまで戦況に応じて臨機応変に兵を動かし、優れた兵法家の片鱗を見せていた竹中半兵衛の采配が、急に守勢一辺倒になったのである。豊臣方の状況から言えば、一刻も早く勝利を摑まなければならないはずなのにである。

これは何かの罠か？　一瞬、そんな疑念が小十郎の頭をよぎる。

だが――小十郎の兵法家としての経験が、その疑念を即座に否定していた。

「……一つ試してみるか」

小十郎は一つつぶやくと、指示を出してあえて自軍の陣形の一部に隙を作り出してみた。隙に見せかけた罠、ではない。敵軍の動きを見るために、多少の損害覚悟の指示だ。だが、目の前に分かりやすく餌をぶら下げたにも関わらず、豊臣軍の動きに変化は見られなかった。

「……やはり、そうか」

小十郎は確信した。連合軍の一角に生まれた隙を、竹中半兵衛ならば絶対に見逃すはずはない。理由はわからなかったが、どうやら半兵衛は、豊臣軍の指揮を執れない状態に陥ったらしかった。……だとすると、状況は一気に変わってくる。

「――左翼、右翼、共に前進!!　中央は後退！　敵を包囲網の中に引きずり込め!!」

それまでの慎重さとは打って変わり、豊臣軍を殲滅すべく、小十郎は積極的に采配を振り始めた。半兵衛も秀吉も不在の豊臣軍など、恐れる必要は何もなかった。

もちろんその小十郎の方針の転換は、奥州軍、長曾我部軍の双方に好意的に、いや、熱狂的に受け入れられた。主のために小十郎の指示に従い守勢に回っていた連合軍の兵たちだったが、もともと荒らくれ者ぞろいの彼らには、やはり守るよりも攻め立てることの方が性分にあっていたのである。連合軍は攻勢に転じた途端にさらに勢いを増し、やがて豊臣全軍を飲み込み始める――。

「……思ったより、こっちは簡単に片がつきそうです政宗さま。後は、あなただ」

優勢に戦を進める自軍を見つめながら、小十郎は胸中でそうつぶやいた。

この戦の采配で、自分が愚将として歴史に名を刻むことになるかもしれないことは、竹中半兵衛にはよく理解できていた。

戦場で兵権を放棄するなど、兵を預かる将としては愚行以外の何ものでもないことはよくわかっている。敵将・片倉小十郎が軽視せざる戦術家であることもわかっていた。あるいは半兵衛のこの行為で、豊臣数万の兵が、この戦にてことごとく屍《かばね》を散らすことになるかもしれないことも、充分に承知していた。秀吉より預けられた兵をすべて失ったとあれば、豊臣の軍師としても失格であり、秀吉に顔向けできないこともわかっている。

それでも、竹中半兵衛は、すべてを投げ出し大坂城へと馬を奔《はし》らせていた。

彼にとっては秀吉がすべてだった。秀吉の命を守れないのならば、勝利など得ても意味はない。

秀吉さえが健在ならば、すべてはまだ終わってはいない。

もともと、半兵衛たちは最初は四人だけだったのだ。秀吉と半兵衛と、そして後二人……。秀吉ならば、すべてを失ったとしても、また新たに何もかも築き直すことだってできるだろう。たとえその時に、傍らに自分の姿がなかったとしても……。

自責と、それ以上の焦りに身を焦がしながら、必死に馬を奔らせる竹中半兵衛だったが、

「――――ッッ?!」

そんな彼の駆る馬が突然重心を崩し、半兵衛の身体は宙に投げ出されてしまった。かろうじて宙で体勢を整えて、半兵衛は着地した。

視線を巡らし、自分の馬に何が起こったのかを確認する。

半兵衛は息を呑んだ。彼が今さっきまで駆っていた馬は、すでに絶命していた。大太刀――超刀としか形容できない巨大な刀が、臀部《でんぶ》から馬を串刺しの形に貫いていたのだ。

「……すまねえ。こうでもしねえと、お前さんの足を止めることができなかったんだ。許してくれとは言えないが……成仏してくれよ」

その言葉は、半兵衛に対してではなく、半兵衛の乗ってきた馬に向けられたものだった。

半兵衛は、視線を上げて、後方からゆっくりと馬に乗り近づいてくる男を見た。男は、息絶えた半兵衛の馬の屍の前で地に降りると、軽く屍に向けて両手を合わせ、目を瞑《つぶ》った。

それから、屍に突き刺さった超刀を引き抜き、半兵衛へと視線を向けた。

「……ようやく、追いついたぜ、半兵衛」

それは半兵衛にとって、懐かしい声と、懐かしい顔だった。

「……前田《まえだ》、慶次《けいじ》……!!」

「──PHANTOM　DIVE!!」

「──大漁だぜッッ!!」

同じ頃。竜と鬼は、すでに大坂城の内部への侵入を果たしていた。二人の怪物は、互いに相手に背中を任せ、群がる敵兵を斬って斬って斬りまくりながら、大坂城の上へ上へと歩を進める。本隊に釣り出され警備が手薄になったとはいえ、それでも城内にはゆうに百人以上の兵が配備されているようだった。

だが、政宗や元親が相手をする兵の数がこの程度で済むのは、彼らと行動を共にしていた別働隊の兵たちのおかげである。彼らは今、大坂城内の政宗らとは別の場所で、駆けつけてくる城兵たちを食い止めるべく戦っているはずだった。

「先に行ってくださいよ、筆頭!!」

「ここは俺たちが引き受けるぜ！　アニキは秀吉の首を取ってくれ!!」

その言葉を耳にしたとき、ようやく政宗も元親も、手下たちが始めからそのつもりで同行してきたのだということを悟った。もちろん、二人は彼らを止めようとしたが、その表情を見て、諦めざるを得なかった。

死を賭《と》して足止めを申し出た兵らの思いに──いや、彼らだけではない。今、この瞬間も豊臣本隊を相手しているであろう多くの兵たちの思いに報いるには、自分たちが目的を達成するしかないことを、政宗も元親もわかっていた。

「Ｈｅｙ　何人斬った、西海の鬼？」

「今ので五三――これで五五だ。そっちは？」

「Ｈａ！　五二――五五!!　並んだな。どうだい？　上に辿《たど》りつくまで、多く斬った方が秀吉の首を取るってのは？」

「そいつはおもしれえ！　だがいいのかい？　俺の方が得物がデカいんだぜ？」

「問題ないね。オレの方が得物は多い」

軽口を交わしながら竜と鬼は、豊臣兵の血涙《けつるい》の湖を次々と作り上げていく。

まるで長年連れ添った相棒のように、互いが互いの背を守りながら、竜と鬼は、天守閣《てんしゅかく》へ一歩一歩確実に近づいていった。

4

「……どうして、君がここにいる?!」

まるで過去から現れた亡霊を見るような目で前田慶次の顔を見つめ、竹中半兵衛はそう言った。だが、すぐに首を強く振り、「いや、そんなことはどうでもいい」と言い直した。

「君の馬を渡せ、慶次君。君がどんな事情でここにいるか知らないが、今は君に関わっている暇はない」

腰から剣を――伸縮を自在に変化させることのできる関節剣だ――引き抜きながら、仮面の下に笑みさえ浮かべ、半兵衛は慶次の方へと歩み出した。

「悪いな、半兵衛」

慶次はため息をつき、悲しげな顔で血に濡れた超刀を構えた。

「俺は、お前と秀吉を止めるために、ここに来たんだ」

慶次は偶然ここに通りかかったというわけではなかった。彼はつい先刻まで、半兵衛が自ら放棄した戦場で、半兵衛とは敵対する側の陣営に加わり、その武勇を振るっていたのだった。

「……本当は、秀吉の奴を直接ぶん殴って目を覚まさせたかったんだけどな」

慶次は言った。

彼が大坂城潜入組に同行をしなかったのは、政宗や小十郎の読み同様、彼もまた秀吉が本隊を率いて出撃すると考えたからだ。総指揮官が秀吉ではなく半兵衛だと知って、慶次には少なからぬ失望もあったが、それで彼は戦うことを投げ出したりはしなかった。前田慶次はこの戦に、私怨《しおん》ではなく、豊臣秀吉という男の野心を止めるために参加したのだ。

合戦の最中、豊臣軍に起こった変化に、小十郎だけではなく慶次もまた気がついた。いや、慶次が竹中半兵衛の不在に気づいたのは、竜の右目・片倉小十郎よりもさらに早い段階であった。それは慶次の兵法家、戦術家としての才覚ゆえではない。合戦に参加した双方の将兵の誰よりも、前田慶次は竹中半兵衛という男を熟知していたのである。

半兵衛の離脱を、そして彼のその目的を察知した慶次は、すぐに彼を追いかけるべく行動を

開始した。

連合軍側に属する慶次が半兵衛を追うためには、混戦の中を駆け抜け敵陣を切り開く必要があったが、慶次は暴風の如く馬上のまま豊臣方の兵と言わず将と言わずを薙《な》ぎ倒して進んだ。慶次の人馬一体となった馬術の前には、兵の身体も飛来する弓矢も障害物にさえならなかった。幾人かの兵士にいたっては、高く跳躍した慶次の馬の蹄《ひづめ》を頭上より受けることになった。慶次と彼の駆る馬は疾風《しっぷう》の如く戦場を駆け抜けて、ついには先行する竹中半兵衛に追いついたのだった……。

「……秀吉を止める、だって?」

慶次の言葉に、半兵衛は仮面の上からでも隠しきれないほどに顔をゆがめた。

「君はまだ、あのことにこだわっているのか?」

「忘れられるはずがないだろう！　ねねはっ!!　……ねねは、俺の初恋の人だったんだ!!」

慶次は首を振り吐き捨てた。

脳裏に一人の女性の笑顔が浮かんでくる。彼女の笑顔の傍らにあった日々は、慶次の人生において最も光り輝いていた時間だった。……だが、だからこそ、その黄金の日々は、二度とは戻らない……。

慶次は表情から怒りを追い出した。半兵衛を見据え、慶次は言う。

「でもな、半兵衛。お前らを止めるのは、それだけじゃやねえ。やっぱり、お前も秀吉も間違っている。ようやく俺にもそのことがわかったんだ。間違いは、誰かが正さなければならない」

「……過去に生きる亡霊が、僕や秀吉を否定しようと言うのかい……？」

言葉と共に、半兵衛の手元から剣先が伸びた。

軽く後方に飛びその一撃を避けた慶次に、半兵衛が言った。

「――たとえ何者であろうとも、この国の未来を憂う秀吉の志を否定することなどできない！」

「お前たちは、強い国を造るためなら、どんな犠牲《ぎせい》を強いても、どんな手段を用いてもかまわないと思ってやがる!!」

まるで嵐のように頭上から前方から左右から繰り出される半兵衛の剣からかろうじて逃れながら、慶次は叫んだ。

「それが罪だと言うのか、前田慶次!!」

攻め手を休めぬまま、半兵衛は慶次の声に応える。

「君だって秀吉が何を危惧《きぐ》しているのか知っているはずだ！　長き戦乱で荒れ果て、魔王殿によって蹂躙《じゅうりん》し尽くされた今の日の本では、いずれ必ず来る海の向こうの侵略者たちの魔の手から己の身を守ることなんかできやしない。南蛮のカラクリ技術の高さを、君だって見ただろう?!　この国は一刻も早く強く生まれ変わらなければならない!!　手段など選んでいる暇なんてないんだ!!」

「その強さのためには手段を選ばないお前たちの傲慢《ごうまん》さが、ねねを殺したんだ！　――お前には、秀吉を止めることだってできたはずなのに！」

「己の中の弱さを克服することを、秀吉が求めた結果だ」

反駁《はんばく》を許さぬ声で、半兵衛は言った。

「弱き者に強き国を造り上げることなどできはしない。この国のために、秀吉は己自身を殺したんだ。僕にそれを止められるはずはない。君は——君は秀吉の親友を自称していたのに、いまだに秀吉の志を理解できないと言うのか？」

「——違うッ!!」

慶次は超刀を力任せに振るい、半兵衛の放つ剣先を弾き飛ばした。反撃に転じるべく呼吸を整えながら、静かに慶次は言った。

「お前たちに、強い国なんか造れるわけがねぇ」

「……何だって？」

一瞬、半兵衛の顔に啞然《あぜん》とした表情が浮かんだ。すぐにそれは哄笑《こうしょう》にとって代わられ、そしてすぐに強い怒りへと変化した。

「織田信長を倒し、天下の半分さえ手にしたこの僕と秀吉に、強い国が造れないだって？」

「秀吉は自分の弱さを克服したわけじゃない。ただ、それと向き合うことを放棄しただけだ。自分の弱さを他人の——ねねのせいにしてな」

半兵衛の怒りを正面から受け止め、信念を込めて慶次は答えた。

「たしかにお前らの作り上げた軍隊は、規律正しく統制され、目的を果たすためには、己の死さえもいとわないかもしれない」

「そうさ。それが僕たちの目指した軍であり国だ。皆が己の役割を理解し、上官の命令には従順であり、決して己の感情などに流されない。ひとつの目的を果たすのに、これほど適した兵はいない。上に立つ者にとって理想の軍隊さ」

「……そんなもんは、人間とは呼ばねえんだ」と慶次は言った。

「手段を選ばず、強さだけを求める秀吉の国には、笑顔ってもんがねえ」

「笑顔？　笑顔だって？　——こいつは、傑作だ!!」

　戦いの最中であるにも関わらず半兵衛は膝を叩いたが、仮面の下の顔には微塵の笑みも浮かんではいない。

「……ここ数年、君がどこで何をやっていたか、僕だって知ってるんだよ。現実から目を背け、京都でさぞ面白おかしく暮らしていただろう君らしい意見だね。悪いけど慶次君。負け犬の君に国造りの助言は無理だ。僕らの国に、そんなものは必要ない」

　半兵衛の嘲笑《ちょうしょう》の言葉にも、慶次は動揺しなかった。

　自ら反撃に転じながら、慶次は言った。

「お前は、どうして自分たちが負けたのか、まるでわかっちゃないんだな」

「……なに？」

「武田や上杉が、なんで伊達や長曾我部に協力するように動いたのか、お前はわからないのか、半兵衛？」

　半兵衛は即答しなかった。慶次は続けた。

「人間はな、幸せな時には自然と笑顔が浮かんでくるもんなんだ。一人として笑み一つ浮かべねえ辛気くさい国に、誰が進んで住みたがるもんか。秀吉の天下なんて、誰も望んじゃいないんだよ」

「……青草い理想論はけっこうだ！」

無数に攻撃を繰り出しながら、半兵衛は叫んだ。

「優しさで国が治まるものか。世界の列強が侵攻してくれば、笑顔だの何だの口にすることだってできないんだぞ。僕たちは、その前に日の本をまとめあげなければならない」

「半兵衛。奥州に住む兵士たちは、皆楽しそうに笑顔を浮かべていたよ」

慶次は言った。

「……長い間、俺にはわからなかった。お前や秀吉が本当に間違っているのか。それとも、俺がただ現実を知らないだけなのか。……本当はもっと早く、お前たちを止めに行くべきだったんだ。だけど、俺にはそれができなかった。——半兵衛、お前の言う通り、俺はただ現実から逃げ出すことしかできなかった」

「…………」

「けどな、あの伊達政宗に会って、奥州の兵たちを見て、俺にもようやくわかったよ。半兵衛、そして秀吉の言っている言葉こそ、詭弁《きべん》なんだって。他人に犠牲を強いるような国なんて、誰も望んじゃいないし、存在するべきじゃない。人間らしい心を捨てたりしなくとも、強い国を造ることはできる」

「戯言《ざれごと》を――」

半兵衛は、手にした剣を鞭のように一振りした。

「奥州の独眼竜など、ただ一時の勝利を得たに過ぎない。奴がいつまでも勝者の立場にいられるものか。――いや、それ以前に、僕らはまだ敗れたわけじゃない。秀吉がいる限り、僕らは、僕らは――」

「……半兵衛？」

異変は、突然現れた。

慶次の言葉を否定するように剣を振るおうとした竹中半兵衛が、何の前触れもなく、突如として大地に右の膝をついたのだ。慶次の超刀は、いまだ半兵衛の身体を捉えてはいなかった。

動揺と戸惑いが、慶次の脳を巡る。隙を見せて自分を誘っているのか？　それとも？

だが、判断に迷う慶次の目の前で、膝をついたままの姿勢で半兵衛は激しく咳き込んだ。彼の口から何かがこぼれ、大地を濡らした。

慶次が半兵衛からその足下に視線を落とすと、それは紛れもなく血だった。

「……お前、身体が……？」

「……君には、関係ない」

左手で血に濡れた口元をぬぐって、半兵衛は立ち上がった。

慶次は、唐突に、この合戦の最中、ずっと抱いていた疑念の答えを得た気がした。

竹中半兵衛は誰もが認める天才軍師だ。それは彼が秀吉を天下まで後一歩まで押し上げた実績がすでに証明している。にも関わらず、この合戦で半兵衛は、片倉小十郎に圧倒され続けた。

むろん、片倉小十郎も優れた軍師であることは間違いない。だが、そのことを考慮しても、この合戦での半兵衛はあまりに精彩を欠いていた。

いや、この合戦だけではない。自らが動き政宗と甲斐の真田幸村の暗殺を謀《はか》ったことに代表されるように、ここ最近の竹中半兵衛は、性急に事を運ぼうとしすぎていた。少なくとも、半兵衛をよく知る慶次は、そう感じていた。

その性急さには、焦りがあったのだ。

秀吉の身を案じての焦りだけではない。自身の肉体への焦りが。

半兵衛の足下にできた血の溜まりが、彼の病が決して軽いものではないことを物語っていた。それにもしも休んで回復するような病ならば、彼はそれを押してまで、前線で指揮を執ったりはしなかっただろう。

そこから来る焦りが、半兵衛から本来の聡明さを奪っていたに違いない。

「とにかく、おとなしくその馬を僕に渡すんだ、前田慶次!!」

「——やめろ、半兵衛!!」

慶次の制止もむなしく、半兵衛は血を吐いたばかりのその身体で、ふたたび剣を握り襲いかかって来た。

半兵衛の剣から繰り出される、変幻自在の息もつかせぬ連続攻撃。

……だが、明らかにその動きは先ほどまでの冴えを失っていた。一撃一撃が大振りとなり、その速ささえ数瞬前の半兵衛とは比べものにならない。一振りごと、一瞬ごとに、半兵衛の動きからキレが失われていく。

「もういい！　やめろっ、半兵衛!!　お前じゃもう、俺には勝てねえっ!!」

「君などに僕の、僕たちの夢を阻む権利はない！　過去へと帰れ、前田慶次——」

それは半兵衛の執念に、何者かが応えた結果だったろうか。

すでに精彩さの失われた半兵衛の一撃に、一瞬のキレが戻った。

それは防戦に徹し、半兵衛に投降を呼びかけていた前田慶次の虚を完全に衝《つ》いた動きだった。

「——なッ?!」

悲鳴をあげ、咄嗟《とっさ》に、慶次は——

5

その男は、まるで元親たちを待っていたかのように、辿りついた天守にて仁王立ちをして、こちらを見据えていた。とてつもない巨体を誇る男だった。かつて元親は、ザビー教の教祖と対決したときに、教祖の巨体を南蛮人ならではだと思ったものである。だが、天守にて目の前に現れたその男は、そのザビー教の教祖よりも、さらに巨大な体躯《たいく》を誇っていた。腕組みをし、身じろぎ一つせずこちらを見据えるその様は、まさに仁王そのものだった。

「よお、アンタが豊臣秀吉かい？」

元親と共にここまで斬り進んできた伊達政宗が、そう声をかけた。

その男は、腕組みをしたままで表情一つ変えずに答えた。

「聞かねば、わからぬか？」

男——豊臣秀吉は特に強圧的に言ったわけでも、あるいは声を荒らげたわけでもない。だが、その男が声を発した瞬間、たしかに周囲の空気に震えが走った。威圧感、あるいは王の風格と言うべきか。もし目に映すことのできないそんなものが存在するのなら、豊臣秀吉はたしかにそれを持っているようだった。

沈黙をすれば、たちまち相手に気圧《けお》されてしまいそうなことは、自分でもすぐに理解できた。

元親は、あえて笑みを浮かべて、一つの疑問を秀吉にぶつけた。

「よお、あんた、どうしてここから逃げ出さない？」

城内の喧騒と兵たちの悲鳴は、この天守まですでに届いているはずだった。この男が、自分の居城に起きた異変に気づいていないはずはない。にも関わらず、ここを動こうともしないことが、元親は不思議だったのだ。

「我は覇王《はおう》。この国を統べる王ぞ」と、豊臣秀吉は言った。

「王たる者が、他者に背中を見せると思うか」

「なるほど、いい意地じゃねえか」

そう言ったのは、政宗である。

「覇王の意地に殉《じゅん》じようってんだな？　敵に背中を見せるよりも、覇王らしく死んでいく、か。

オレはけっこうそういうの、好きだぜ？」

「殉じる？　殉じる、だと？」

　初めて、豊臣秀吉の仁王のような相好《そうごう》が崩れた。豊臣秀吉は、何かとても面白いことを聞いたかのように肩を揺すって笑い、そして言った。

「くだらぬことを。誰が我を、討てるというのだ」

「……へえ、聞いたかい、独眼竜？　俺たちには一つずつしか瞳はねえが、どうやらこの覇王は、目の前のものが見えてないらしい」

「……ああ、そうだな西海の鬼。ここまで斬り進んできたオレたち相手に、勝つ気充分でいやがるぜ」

「お前たちごときわっぱが何人束になってかかろうが、我に敵うはずもあるまい」

　傲然《ごうぜん》と、豊臣秀吉は言った。

　しかし、それから、わずかに表情を変えて、秀吉は言葉を続けた。

「……だが、我が友を出し抜き、我の前に辿りついたのもまた事実。褒美《ほうび》代わりに問おう。お前たちは、何を求めて我の前に立つ？」

「天下を——と言いたいところが、この喧嘩はオレがふっかけたわけじゃねえ」

　先に秀吉の問いに答えたのは政宗だった。

「テメエらの方から、仕掛けてきた喧嘩だろ？　何を求めてもクソもねえ」

「何のことだ？」

「――！　テメエ、とぼけてやがるのか？　テメエの軍師が、オレや真田幸村を狙い、小十郎を怪我させたんじゃねえか」

だがどうやら、豊臣秀吉はとぼけているわけではないらしかった。

「……そう言えば、そのようなことがあったな。あまりに些事《さじ》であったので、忘れておった」

「な、なんだと？　……小十郎に傷を負わせておいて、些事、だと？」

「……個人の復讐《ふくしゅう》……くだらぬ。あまりにくだらぬ」

「テ、テメエ！」

吐き捨てた豊臣秀吉は、今度は元親の方へと視線を向けた。

「なれば、お前は、何のためにここにいる？」

「俺たちの海のためさ」

元親は即答した。

「豊臣秀吉。あんたのそのでかい図体のせいで、瀬戸内の海はえらい窮屈《きゅうくつ》になっちまったんだ。俺たちが自由の海を取り戻すためには、あんたにここにいられると迷惑なんだよ」

「私怨に自由、だと？　……所詮《しょせん》は、奥州の田舎者と海賊風情か」

豊臣秀吉は失望したように言うと、腕組みをしたまま、政宗と元親に言った。

「半兵衛を出し抜き、ここまで辿りついた者であるからには、それに相応《ふさわ》しい信念の持ち主かと期待したが……小さい。あまりに小さい。お前たちごときに、我に相対《あいたい》する資格はなし！」

そこまで言うと、秀吉は初めて腕組を解いた。

「来るが良い。小さき者たちよ。お前たちにかける時間は我にはあまりにもったいない。一瞬にして、縊《くび》り殺してくれようぞ」

「……Ha！　言ってくれるじゃねえか。部下の不始末に詫《わ》び一つ入れられねぇ野郎が、小さき者だと？」

「……サル山の大将ごときになめられる謂《いわ》れはねえな。やってやるよ、豊臣秀吉。さあ、あんたの得物を見せてみな」

伊達政宗は六振りの刀を、長曾我部元親は碇《いかり》を模した大槍を――この場所に至るまでにそれぞれ百以上もの豊臣兵の血を吸ったそれぞれの武器を、豊臣秀吉へと向けた。

だが秀吉は、二人のその姿を見ても、その手に何も握ろうとはしない。

己の巨大な拳を天に掲げて、豊臣秀吉は言った。

「我にはこの、拳がある。我が拳は、天すらも摑む。……お前たちのごとき小さき者の命など、軽々と握りつぶしてくれようぞ」

伊達政宗と長曾我部元親は、互いに顔を見合わせた。二人はそれぞれ、相手の顔に浮かぶ微小な戸惑いの色を発見した。

「……素手でオレたちの相手をする、だと？」

「……ここまでナメられると、いっそ爽快《そうかい》ですらあるな。……だが、秀吉さんよ。後で詫びを入れても知らねえぜ!!」

政宗と元親は、怒りで戸惑いを乗り越え、覇王と呼ばれる男に斬りかかっていった――。

長曾我部元親は瀬戸内の海ではそれと知られた剛の者である。彼はこれまでの人生を己の力で切り開いてきたし、純粋に己自身が刃を合わせる戦いにおいては、ただの一度も後れを取ったことはなかった。彼のことを手下たちが『アニキ』と慕うのは、むろん、優れた指導者だからだ。そして海の男たちにとって優れた指導者とは、一番強い者とほぼ同義だった。元親を慕う者たちの中には、彼こそがこの地上で最強だと信じる者は少なくない。そして元親の方も、彼の愛する手下たちを守るために、自身が最強であることを強く欲していたし、実際そうなのだと思っていた。彼がこれまでに出会った人間の中で、自分と同等の力量の持ち主は、この大坂城で肩を並べて戦った伊達政宗ぐらいだと思っていた。それでもやりあえば、最終的には勝つ自信が、長曾我部元親にはあった。

だが、信じられないことに、その元親が圧倒されていた。

それも一対一の戦いではない。彼が自身と互角の力量であると認めた伊達政宗と組んで、それもたった一人の素手の男を相手に、だ。

元親の大槍の一撃は、瀬戸内に生息する巨大な人食い鮫さえ絶命させるほどの破壊力を秘めている。だがその一撃が、覇王・秀吉の豪腕にかかると、軽々と受け止められ、それどころか逆に掴まれ振り回されてしまう。

元親の窮地《きゅうち》を救おうと伊達政宗が六振りの刀を携え、それを竜の爪のごとく振るってみても、豊臣秀吉は掴んだ元親の身体を投げつけ、二人揃って柱に激突させた。

ならばと全身がバラバラになるほどの衝撃に耐えて立ち上がり、元親と政宗は二手にわかれ、同時に秀吉へと襲いかかる。たとえ片方の一撃を止められたとしても、残る一方が秀吉に一撃を与えようという、無言のうちの作戦だった。

だが、秀吉はその場にとどまるような愚は犯さない。

彼は二手から迫る元親と政宗の意図を瞬時に見抜くと、その巨体からは想像もつかない跳躍を見せ、次の瞬間には政宗の頭上へと出現した。

「このっ――」

「遅いわ。臆《おく》して足が動かぬか?!」

突然、目標が前方から頭上へと移動し、咄嗟の対応が取れない政宗の頭部を、秀吉は宙に浮いたままでむんずと摑みとった。豊臣秀吉は敵対者から猿と侮蔑《ぶべつ》されることがある。だが、この時の秀吉は猿は猿でも大猿だった。

つい数瞬前に元親がやられたように、今度は政宗が秀吉の凶器へと早代わりしてしまう。むろん政宗は足をばたつかせて、必死に秀吉の豪腕から逃れようとするのだが、常軌《じょうき》を逸《いっ》した秀吉の腕力の前には、まったくの無力と言うより他ない。秀吉はそのまま政宗の身体をまるで金棒でも扱うように、大きく上段に振りかぶり、そして元親めがけて力任せに振り下ろした。

床板が砕け、無惨に政宗の身体がめり込む。

だが元親は、政宗への攻撃により一瞬できた秀吉の隙に、

「邪魔だ!!」と縦、横の二段攻撃を繰り出した。

「――ぬぅっ！」

元親の一撃目を受けて、秀吉が苦痛に顔を歪め、二歩ほど後退する。

確かな手応えに、渾身の二撃目を繰り出した元親だったが、秀吉は苦痛に顔を歪めたまま、元親の二撃目よりも素早く、

「愚かなッ!!」

高速の上段三段蹴りを繰り出した。元親の渾身《こんしん》の一撃は秀吉の蹴りの最初の一発目で簡単に弾き返され、二発目が痛烈に元親の顎《あご》を蹴り上げる。足下から宙に浮いた元親の側頭部を、秀吉の魔の三発目が痛打した。頭部が砕けたのではないかというほどの激痛が元親を襲い、彼の身体は体重など存在しないかのように軽々と吹き飛ばされた。

もちろん元親も、そして伊達政宗も、一軍を率いる将である前に一騎当千の強者だ。いかに相手の力が強大であろうと、意識がある限り戦いを投げ出したり、勝負を諦めたりはしない。身体がバラバラになるほどの衝撃を受けようと、二人は何度も立ち上がり、何度も豊臣秀吉へと襲いかかった。

そして、どれほどの強者であろうとも、元親と政宗を相手にし続け、そのすべての攻撃を捌ききれるはずはない。時に元親の大槍が秀吉のわき腹を直撃し、ときに政宗の六連撃が確実に秀吉の急所へと打ち込まれた。仁王たる体軀に相応しく、秀吉の全身は鋼鉄の甲冑に包まれている。だが、たとえ甲冑の上からでさえ、無事ではいられないはずの強烈な一撃が何度も秀吉の身体を捉えたはずだった。

だが――

「――信念なき者に、我を倒すことなどできぬ！」

こいつは、正真正銘《しょうしんしょうめい》の怪物だ。

地を這い、力がまるで入らなくなった腕で立ち上がろうと身体を痙攣《けいれん》させながら、長曾我部元親は思った。

どれほど攻撃を叩き込もうとも、決して豊臣秀吉は倒れなかった。それこそ、まるで不死の存在であるかのように。元親の視線の先では伊達政宗が右手一本で喉もとを掴まれ、締め上げられていた。政宗の顔はすでに紫色を通り越し、黒にさえ近くなっている。元親はすぐにでも政宗を助けに行きたかったが、彼の身体はまるで彼の意思を聞こうとはしなかった。つい数瞬前に元親も、豊臣秀吉の鬼神のごとき拳の連打を叩き込まれたばかりだった。

表情を動かさず、秀吉は目の前で今にも窒息しそうな政宗に言った。

「――小僧、お前は言ったな、家臣の復讐のため我に挑んだ、と。……家臣のため、か。お前はどうやら、情に深い男のようだ。……だが、情など人の上に立つ者には無用なものだ」

そう語る秀吉の右手が、ぎりぎりと政宗の首を締め上げていく。まるで泳法の犬掻きのように足下をばたつかせているおかげで、どうにかまだ政宗が意識を保っているのがわかるが、さすがに彼に、返事をする余裕はない。

「情は人を弱くする。弱さを持った者に強き国を造れるはずがない。弱さを克服せぬ者に、我を倒せるはずもない」

「……な………め………え………は……」

宙吊りになった政宗が、かすれる声で何かを呻いたが、残念ながら万力のような秀吉の力で喉を押さえつけられているために、まったく言語としては成立していないものだった。少なくとも地を這いその光景を見ることしかできない元親には、理解できないものだった。

だが、元親には理解できずとも、至近距離でそれを聞いた秀吉には、政宗が何を言ったのかわかったらしい。秀吉はむろん政宗を締める手を緩《ゆる》めることなく、笑みさえ浮かべて言った。

「むろんだ。我に、情など存在しない。かつてはあったかも知れぬが、この国の王を目指したときにとうに捨てた」

政宗は足をばたつかせる。それを返答と受け取ったのか、秀吉は言った。

「奥州の独眼竜、お前は真の愛を知っているか？　愛の見せる己の真の姿を直視したことがあるか？」

突然、秀吉はそんなことを言い出した。むろん、政宗の口からは返答がない。元親も、四肢に力を込めることで必死で、秀吉に言葉を返す余裕はない。だが、二人の様子にかまわずに、秀吉は続ける。

「我は、真の愛を知っている。真の愛とは弱さを生むものだ。いずれ愛する者を失うかも知れぬと考えることは、その者に恐怖を与える。愛は足かせとなり、思考の冷静さを失わせ、なすべきことすら見失わせる。全体の益を考えず、個人の利のみを追求することともなろう」

こいつは、何を言っている？

いまだ体力を取り戻すことができないまま、元親はそう思った。

秀吉は、ふたたび表情を元の鉄面皮に戻し、言った。

「だが、覇道を進む者に弱さなど存在してはならぬ。……だから我は、この手で愛する女を、この手で葬ったのだ。我が弱みとなり、共に滅びぬ前にな」

「――ッッ!!」

元親は、自分がふたたび立ち上がり、その手に槍を握ろうとしていることも一瞬忘れ、息を呑んだ。必死に抵抗しようとする政宗の足の動きも、一瞬止まる。それほどまでに、今の秀吉の言葉は衝撃的なものだった。秀吉は、さらに言った。相変わらずの鉄面皮だったが、その表情にはどことなく抑え切れぬ怒りの気配が漂っていた。

「あるいは、お前たちの持つ家臣への情も、一種の愛かも知れぬ。――だから見よ。お前たちは、家臣の復讐のために勝つこともできぬ我に、無謀なる戦いを挑んだ。お前たちの情が、判断を誤らせ、国を滅ぼすことになったのだ。――むろん、我は違う」

確固たる信念と自信をこめて、豊臣秀吉は言った。

「これが覇王たる我とお前たちの差だ」

その声には、たしかに帝王たる者のみに許される風格があった。

「我はこの国の未来のため、この国を海の向こうの肉食魚どもの餌にせぬために、我のすべてを捧げてきた。弱き者、小さき者よ。己の情を捨てることもできぬ者が、その覇王たる我の前に立とうなどおこがましい。その愚かさの代償として、ここでその命を差し出すがいい」

……もしこの男がたった今語った内容が真実なら、こいつは自分の手に負えるような相手じゃない。そのような思いが急速に元親の中に芽生え、そしてそれまで必死に立ち上がろうとしていた彼の身体から、力と気力とが抜けていった。

己の弱さを克服するために、愛する者を自分の手にかける。そんな真似、元親には絶対にできそうにもなかった。そう、元親は手下たちのためにこそ——その感情も一つの愛と言えるだろう——己の命を賭けて戦ってきた。彼のもとから守るべき手下がすべて奪い去られたとき、元親は自分が槍を取るべき理由を見出せる自信は、とてもない。おそらくその時元親のいる世界は、暗く色褪《いろあ》せたものになるだろう。

しかしこの豊臣秀吉という男は、自ら望んでその世界に身を置いたというのだ。しかもその世界の絶望の中で、なおこの男は天の頂を目指しての歩みを止めようとはしない。

すべての情を捨てて、理想のためにのみ生きるこの男の精神は、元親にはもはや人間とは思えなかった。肉体的な強さだけではなく、その精神的な面においてさえ、豊臣秀吉という男は怪物だった。その帝王の威とも言うべきものに打たれ、元親は、豊臣秀吉に立ち向かう気力を失いかけていた——

「……がばッ……ばッ……ばッ……バッ」

声とも、うめきともつかない音が聞こえた。元親ははっと顔を上げた。見ると、その声の主は伊達政宗だった。政宗は豊臣秀吉に宙吊りにされたまま、足をばたつかせて暴れている。だが、よく見れば、政宗の表情に浮かんでいるのは、苦悶《くもん》の色だけではなかった。元親は気がついた。伊達政宗は、秀吉に抵抗しているわけではない。彼は、今にも窒息しそうなその状況で、声を上げて笑っていたのである。

「……小僧、何がおかしい」

「……でっ……ばッ……じゃ……いッ！」

政宗はすぐに秀吉の言葉に答えたが、もちろんそれは、声にはならない。しかしそれでも政宗は口を動かし、身体を震わせて声にならない声で笑い続ける。

「……よかろう。何か言いたいことがあるなら、さえずって見よ」

どうやら、秀吉は政宗を締め上げる万力のような手の力を、緩めることにしたようだった。

政宗の足下はいまだに宙に浮いた状態だったが、顔色が黒から赤へとゆっくり変わっていく。一度、激しく咳き込んだ後、呼吸を荒くしながらも、笑みを浮かべて政宗は言った。

「Ｈａ！　テメエは覇王なんかじゃねえ、って言ったんだよ」

「……何だと？」

「何が弱さを克服しただ。何が自分は理想のために生きているだ。テメエが言ってるのは、ただの泣き言に過ぎねえじゃねえか」

政宗の言葉にも、秀吉の鉄面皮のような表情は動かなかった。だが、かまわずに伊達政宗は続けた。

「私怨で動くな？　情を捨てろ、だと？　私怨、情、けっこうじゃねえか。オレはな、オレのために戦ってるんだ。オレのために、国を動かす」

「……くだらぬ。お前のような身勝手な男を、王として仰がねばならぬ奥州の兵は不幸だな。だが安心するがいい、小僧。お前が死んだ後で、我が奥州の地も立派に治めてみせよう」

「Ｈａ－ｈａ！　だから寝ぼけたことを言わないでくれ。オレの家来どもが不幸だと？　バカ言うな。不幸なのは、テメエの造る国の民だ！」

政宗の顔は苦痛に歪んではいたが、少なくとも動揺はまったく見られない。

「小十郎や、家来どもに、良い思いを一杯させてやりてえから、オレは国を作り、天下を目指す。――だがな、そいつは小十郎や家来どものためってわけじゃない。オレを慕うやつらの笑顔を見ることが、オレの喜びでもあるからだ。だから、誰のためでもねえ。まして頭でっかちの理想のためじゃねえ。オレはオレのために動いている。人間はな、他人のためじゃねえ、自分のために動くときが、一番力を発揮できるんだ」

自由を完全に奪われた体勢であるにも関わらず、政宗は秀吉にまったく威圧されることもなく、彼の顔を睨《にら》みつけた。

「国のため、理想のために、愛を殺した？　違うね、もしアンタが言っていることが本当なら、アンタはただその真実の愛とやらと向き合う強さを持っていなかっただけだ。アンタはそれを抱えたまま先に進まなければならなかったのに、それを自分から放棄《ほうき》しただけに過ぎねえ。そんなもんは弱さを乗り越えるなんて言わねえ。ホントに強え人間は、すべてを抱えたまま前に進むもんだ。アンタは強いんじゃない、弱いんだ」

初めて――豊臣秀吉の鉄面皮のような表情が、大きく動いた。心臓の弱い人間ならば、それだけで殺せてしまいそうな形相で、秀吉は、政宗を睨みつける。

「やめよ！」と秀吉は叫ぶ。

だが、政宗は止まらない。

「アンタはその自分の弱さを、理想とやらのせいにしてるだけだ。オレは愛なんてもんは知らねえが――だが、これはわかる。アンタは理想のために愛を殺したんじゃねえ。愛を殺しちまったから、理想が必要になっただけだ」

「やめよ！　と言っている!!　我の言葉が聞けぬか?!」

「自分が愛を失ったからって、それを民衆に押しつけるのはやめやがれ。この日の本は、アンタを慰《なぐさ》めるための玩具《おもちゃ》じゃないんだぜ」

「その黄色いくちばしを閉じよ、小僧!!　我を、笑うことは許さぬ!!」

怒り、いや憎悪の形相で、秀吉はふたたび政宗の首を締め上げる。それも今度は右手だけではなく、両手を使って全力で。一度は赤みが差しかけた政宗の顔が、また見る見るうちに黒ずんでいく。しかし、それでもその表情から笑みを消すことなく、政宗は喘《あえ》ぐように言った。

「……アン…タは……覇……王なんか……じゃねえ……ただの……弱っちい……人間だ……何と言われても……オレア……アンタ……になんぞ……負ける気が……しねえ……」

「ぬおおおおおおおおッッッ!!!　だまれと言うのがわからぬのかッッ!!」

周囲の空気すべてを震わす咆哮《ほうこう》が、秀吉の口から放たれた。

そのまま岩さえも砕くその腕力で、政宗の首を絞め続ければ、やがて政宗は窒息《ちっそく》し、あるいは首の骨が砕けて死へと至っただろう。

しかし、秀吉はそうしなかった。怒りが彼にそうさせたのだろう。荒ぶる鬼神と化した秀吉は、政宗の首根っこを掴んだまま、彼の身体を全力で地面へ叩きつけようとした。

だがその時、この場にいたもう一人の人物も、同時に咆哮を発していた。

「――よく言ったアアア!! 独眼竜ッッッッ!!!!!!!!!!」

正直なところ、この時すでに、長曾我部元親は半ば勝利を諦めかけていた。豊臣秀吉の圧倒的な――怪物的な力の前に、勝機を見出すことができなかった、というのもその原因ではある。だがそれ以上に元親は、秀吉の圧倒的な自負から生み出される覇王の威《い》に打たれ、抗う気力を失いかけていたのだった。

この国のために己のすべてを投げ出したような男を、どのようにすれば屈させることができるのか。もし仮にこの男を倒すことができたとして、それが果たしてこの国の――いや、元親が守りたいと思っている海賊たちのためになるのだろうか。あるいは――。一度芽生えたその疑問は、容赦《ようしゃ》なく元親の気力を奪ったのだった。

だがその覇王の威を、伊達政宗は虚飾だと一言のもとに笑い飛ばしてしまった。豊臣秀吉の語る理想など、現実逃避の産物に過ぎないと、そう政宗は言ったのである。

その瞬間、元親の身体を縛《しば》っていた、覇王の風格のようなものが一瞬にして消失した。このような男に、手下たちの未来を託せるはずはない。正気に戻った元親の頭の中に、聞こえるはずもない声が聞こえてきた。

彼の勝利を願ってやまない手下たちの、あの大合唱が。

たとえ幻聴であれ、その声は元親の四肢に力を取り戻した。元親は残された力を振り絞って立ち上がり、愛用の大槍を、海上の大物をしとめる時のように、全力で投じたのだった——。

「——ぐうっ?!」

元親の投じた大槍は、鋼鉄の甲冑《かっちゅう》さえも貫通し、勢いよく秀吉の右肩を貫いた。

元親の狙いは秀吉の胸を貫くことだったが、咄嗟に危機を悟った覇王は、身をよじることで致命的な一撃を回避した。

だがその時、秀吉の右腕は、まさに政宗を地面に叩きつけ粉砕しようと、彼の身体を勢いよく振り上げている最中だった。

肩を貫かれたことにより、政宗の身体は空中で秀吉の右手の支配から逃れる。

政宗は地に膝をついて着地すると、足下に落ちていた己の刀を一本拾い上げ、そのまま流れるような動作で秀吉目がけ、必殺の突きを繰り出した。

まさにその時、秀吉は苦痛に耐え、右肩に元親の槍を突き刺したまま、政宗に怒濤《どとう》の一撃を加えようと、風圧を巻き起こしながら、拳を振り下ろさんとしているところだった。

「——MAGNUMッッ!!」

「——ふぬおおッ!!」

豊臣秀吉の繰り出した巨大な拳が、政宗の顔をかすめ、兜を弾き飛ばす。

伊達政宗の突き出した刀は、豊臣秀吉の喉《のど》を貫いた。

「うぉぉぉぉぉぉぉぉぉぉぉぉぉぉぉぉぉぉぉぉッッッッッッッ！！！！！！！」

喉と肩、全身のうち二カ所をも刀と槍とに貫かれた秀吉は、絶叫を上げながら、反り返って、仁王立ちした。口を開き、何か言葉を発しようとする。だが、言葉が声になるよりも早く、秀吉の口からは止めようもない鮮血が溢れ出た。

それは誰が見ても、もはや致命傷だった。喉元から脊髄《せきずい》までを刀に貫かれ、生きていられる人間などいるはずがない。それは、たとえ豊臣秀吉と言えど同じことだった。

すでに全身を鮮血に染めた秀吉の目は、伊達政宗も長曾我部元親も見ていなかった。

秀吉は肩を槍に貫かれたままの右腕を、天高く突き上げた。

まるで天を掴むように、腕を突き上げたままに、その巨大な手のひらで拳を作る。

「……これも……また……夢のまた夢……」

ごぼごぼと血を溢れさせながら、しかし明瞭な言葉で、秀吉はそう口にした。

「……よい……夢であった……」

ぐらり、と秀吉の身体が揺れた。

しかし、覇王である自分が他者にひざまずくことは許されないとばかりに、秀吉は四肢に力を込め、身体が地に横たわるのを拒否する。ぐらり、ぐらりと、秀吉の身体はおぼつかない足取りで後退して行き、そして――

政宗と元親が「あっ」と叫んだときには、もう遅かった。

豊臣秀吉の身体は、天守閣の窓から地上へと落下していた。

墜死《ついし》。

それが、天を掴もうとした覇王の最期《さいご》だった。

——死闘の疲れと、秀吉の壮絶な死を目撃した衝撃から、しばしの間天守にて呆然《ぼうぜん》としていた長曾我部元親だったが、やがて我を取り戻すと、自分と同じようにその場に座り込んでいる伊達政宗に歩み寄り、手を差し伸べた。

「……大した男だ」

「……ああ、まったくだ」

秀吉が吸い込まれていった方向をじっと見つめていた政宗だったが、元親の差し出した手に気づくと、その手を握り返した。元親に引っ張り上げられ、立ち上がった政宗は、首を振ってさらにつぶやいた。

「こっちが二人じゃなかったら、間違いなくやられていたな。……豊臣秀吉か。たしかに覇王を名乗るだけのことはあった」

そう話す政宗の顔には、何か苦いものが含まれているような笑みが浮かんでいた。

「……もしかしたらオレがあいつに言ったことなんか間違いで、奴は本当に理想のために己の弱さを克服することに成功していたのかもしれないな」

「どうしたよ、独眼竜。アンタが秀吉に言ったんだろう？」

「……まあね。だが、あの秀吉の散り様を見ちまうとな」

むろん、長曾我部元親は知らない。政宗もかつて秀吉と同じく、愛する者を殺めた経験を持つということを。政宗がその手にかけたのは、彼が慕い、彼を導いてくれた実の父だった。政宗は秀吉に言った。愛を失ったから、理想が必要になっただけだ、と。だがそれは、むしろ政宗自身にこそ当てはまる言葉でもあった。

政宗には、己が父への愛を捨て去ることなどできなかった。たとえ自身の手にかけたとはいえ、いや、自分自身の手にかけたからこそ、父への愛は今も政宗の中にある。それを捨てようと思ったことも、乗り越えようとしたことも政宗にはなく、多分できはしないだろう。政宗が天下を目指す理由の一つには、亡き父への想いが間違いなくあった。

同じような経験を持つからこそ、政宗は明確に秀吉の言葉を否定することができたのだ。少なくとも、政宗にとっては、秀吉の語る強さは、本当の強さではなかった。

——だが今、もしかしたらという気持ちも、政宗の中に芽生えていた。

少なくとも、最期の瞬間の秀吉は、己の弱さから目を背けた人間の姿ではなかった。死してなお、倒れることを拒否したあの姿は、たしかに人間を超越した何かだった。

「……まあ、だが」

伊達政宗が首を振り、もう一度、秀吉の消えた空に視線をやった。

「人の世は人の手に任せてもらうぜ、秀吉。アンタが己の弱さ——痛みや苦しみさえ超越したってんなら、向こうの世界でも征服しておいてくれよ。こっちの天下は、オレが獲るからよ」

それは政宗から秀吉への弔辞《ちょうじ》であり、自分は人であることを止めぬまま、天下へたどり着いてみせるという決意表明でもあった。

政宗は自分の中に渦巻いた複雑な感情を追い出すように、一つ首を振ると、元親を振り返った。そこにはもう、いつもの不敵な伊達政宗の顔があった。

「さて、行こうか、西海の鬼。とっとと小十郎たちにオレらの勝利を報せなきゃなんねえからな。――たしか、号砲を撃てば良かったんだよな？　この城の砲台が使えるだろ」

笑って、歩き出した政宗の背を、長曾我部元親はじっと見つめていた。

動き出そうとしない元親の様子に気づき、政宗は振り向き、首を傾げた。

「どうした？」

「いや、何でもない」

不思議そうな顔をしている政宗に答えて、元親も歩き出した。

本当は、元親が大した男だと誉めたのは、豊臣秀吉ではなかった。元親は、その真の覇王たる存在だったかもしれない秀吉と真っ向から対峙して、一度も臆することなく、それどころか、ついにはその秀吉さえ圧倒してみせた、伊達政宗のことこそをそう評したのだった。

だが元親は、それを詳しく説明することはせず、政宗の後を追った。

この時すでに、ある思いが彼の胸中には芽生えていた――。

6

豊臣秀吉が冥土《めいど》の門をくぐったのとほぼ同じ頃――。

豊臣を代表するもう一人の人物も、死の扉を押し開けようとしていた。

「……この、分からず屋の、バカ野郎が……」

前田慶次は、痛みをこらえるような顔で、自分の足下に視線を落としていた。

そこには、仮面をつけた男が――豊臣軍の軍師・竹中半兵衛が、胸に大きな刀傷を受けて倒れている。仰向けの状態で地に倒れた半兵衛の胸は、いまだ大きく上下しているが、そこから流れ出すおびただしい血の量が、彼に残された時間がわずかであることを克明に語っていた。

竹中半兵衛に致命傷を与えたのは、他ならぬ前田慶次自身だった。

あの瞬間、キレと素早さとを取り戻した半兵衛の一撃に、慶次はとっさに反応してしまった。長年の間、前田家で叔父夫婦に鍛え上げられた武人としての経験が、慶次の身体をそうさせていたのだ。

結果、気がつくと慶次の超刀が、竹中半兵衛の胸を貫いていた。

一刻毎に白さを増していく顔色で、半兵衛はつぶやいた。

「……僕は、君が嫌いだよ……前田慶次……」

慶次は何も応えなかった。死に行く者の言葉に応えるべき言葉を、慶次は持っていなかった。

だが、半兵衛は始めから返答など期待していなかったのかもしれない。

彼は、虚空に瞳を彷徨《さまよ》わせながら、さらに言った。

「……秀吉は……君をずっと………だが、……彼の夢と共に歩んできたのは……僕だ……」

横たわったまま、半兵衛は一度、強く咳き込んだ。半兵衛の口からこぼれた血が、病によるものかそれとも慶次の与えた傷によるものかは、もはや判断することはできなかった。

「……秀吉……すまない……」

急速に焦点を失いつつ瞳で、竹中半兵衛は言った。

「……こんなところで……逝《い》く……僕を許してくれ……」

半兵衛は、まるで彼の目の前に豊臣秀吉がいるかのように、右手を前へと伸ばし、何かを摑むような仕草をした。それは半兵衛も、そしてもちろん慶次も知る由もないことだったが、豊臣秀吉の最期の行動に、ある意味で相似《そうじ》していた。

「……だが……君なら……そう………そうだね……僕たち…………四人で……」

半兵衛の声が途切れ、まぶたが落ちた。右手は空を摑み、そして力を失い地に落ちた。

慶次は物言わぬ身体となったかつての友人の前に腰を下ろし、声を吐き出した。

「………分からず屋の……バカ野郎が……俺もあんたが嫌いだったよ、半兵衛……」

どうして、こんなことになったのだろう、と慶次は自問せずにはいられなかった。自分たちは、たしかにある段階までは同じ道を歩いていたはずなのに。なぜ、このような結末を迎えることに、なってしまったのだろう……。

……遠くから聞こえてくる号砲の音に、慶次は顔を上げた。

それは間違いなく、半兵衛が目指した方角——大坂城の方向から聞こえてくるようだった。

それが何を意味するのか、わからない慶次ではなかった。

「……そうか……逝っちまったのか……お前も……」

つぶやき、慶次はまた半兵衛へと視線を落とした。ある意味で、この男も幸せだったかもしれない、と慶次は思った。敬愛する男の死を知ることなく、黄泉路《よみじ》へ旅立つことができたのだから。慶次の胸に去来した虚無を、半兵衛は感じることがなかったのだから。

「……結局、お前らはあの世に行くときも、俺を除け者にするんだな……？」

自然と、慶次の口をそんな言葉がついて出た。

「キキキッッ！」とすぐに返事が戻ってきた。

むろんその声の主は、竹中半兵衛ではなく、慶次の友人である猿の夢吉だった。

「……大丈夫だよ、夢吉」と慶次は言った。

「こいつらと出会ったことを、後悔なんてしてないさ。過去も、未来も、人の思いも——俺には全部、大切なものだから。それを捨てちまったら、俺も秀吉や半兵衛と同じになっちまう。

……ただ……」

慶次は、大坂城のある方角へと視線を向けた。

心配そうに自分を見上げる夢吉の頭をなでながら、慶次はつぶやいた。

「……もう一度、昔のお前に会いたかったよ、秀吉……」

7

出陣前に打ち合わせておいた手はず通り、大坂城に備えつけられた砲台という砲台を使って号砲を打ち鳴らし、満足して伊達政宗はその傍に腰を下ろした。

「……こんだけ鳴らしゃ、小十郎たちにも聞こえただろう。後はあいつらがここに駆けつけてくるのを待つだけだな。——秀吉の野郎に好き放題にやられたからな。正直、立っているのもそろそろしんどくなってきたぜ。……首の骨、折れてねえだろうな……？」

座り込み、秀吉に散々締め上げられた首に手をやっている政宗に、立ったまま長曾我部元親は声をかけた。

「なあ、独眼竜」

「……Ｕｎ？」

「報酬《ほうしゅう》のことは覚えてるかい？」

元親の言葉に、独眼竜は苦笑を浮かべた。

「なんだ、海賊はさすがに金のことにこだわるねえ。……まあ、そう慌てなさんな。約束は守るさ。大坂城の蔵は、逃げ出したりはしないぜ？」

「いや、そっちじゃない」元親は首を振った。

「報酬は、もう一つあったはずだろ？」

一瞬、独眼竜は、その異名に似つかわしくないきょとんとした顔をした。

だが、すぐに元親の言わんとすることに思い至ったのか、表情を閃かせて膝を叩いた。

「なんだアンタ、ホントに気が早ぇなあ。日の本すべての海、って奴だろ？　ありゃあオメエ、オレが天下を獲った後の話だったろ？」

「豊臣秀吉は死んだ。もうあんたが天下を獲ったようなもんじゃないのか？」

「アッハッハ、バカ言うな。甲斐の武田、越後の上杉、九州の島津……、まだまだぶっ倒さなきゃならねぇ野郎は腐るほどいるさ。ま、今しばらくは待っててくれ」

「……待てない、って言ったらどうする？」

「………An？」

「たとえばオレが、海だけじゃなく陸も欲しくなった、って言ったらどうするよ、独眼竜」

「笑えないJokeはよせよ、長曾我部元親」

「冗談なんかじゃないさ」

元親の言葉に、伊達政宗の左目がすうっと細くなっていった。

すでに政宗の顔からも、笑顔はどこにも見えなくなっていた。

「海賊ってのは、奪うのが仕事みたいなもんなんだぜ」と、元親は言った。

「独眼竜。あんたは天下に最も近かった男——豊臣秀吉を討った。今はあんたが、伊達政宗が一番天下に近い男だろう。あんたを倒せば、海だけじゃなくこの日の本すべての陸も手に入るかもしれねぇ。手を伸ばせば、すべてを手に入れることができるのに、半分だけで満足する行儀のいい海賊がいると、思うかい？」

ふたたび、政宗の顔に笑みが浮かんだ。だがその笑みは、先ほどまで元親に向けられていたような親しみのあるものではなかった。楽しげな笑みを浮かべながら、伊達政宗は言った。

「Ok　That's　right！　たしかにアンタの言う通りだ。オレがアンタでも、そうするかもしれねえな」

尻餅をつき座りこんでいた政宗は、全身のばねを使い、勢いよく立ち上がった。

「面白いじゃねえか。――やっぱ、鬼って奴は怖いねえ」

立ち上がった政宗は、凄惨な笑みを浮かべたまま言った。

「だがな、オレも黙って鬼さんに喰われてやるわけにはいかねえぜ？　――で、どうすんだい？　今すぐ、ここでおっぱじめるのか？」

元親は、目を見開き、そして小さく頷いた。

笑みを浮かべながら、口に出してはこう言った。

「……やっぱりあんた、面白い男だな。それでこそ、命のやり取りに相応しいぜ」

終章　竜と鬼

いい目じゃねえか……、やってみな！
このオレを、取り殺してみせろよ!!

——伊達政宗

無事に渡りつけよ、あの世への旅は長いぜ

——長曾我部元親

――あの大坂城での死闘から二週間後。

竜と鬼。

二人の男の姿は、播磨灘《はりまなだ》の海上に浮かぶ名もなき小さな無人島にあった。

周囲に人影は、二人の他には片倉小十郎《かたくらこじゅうろう》の姿しかない。

小十郎は、立会人としてこの場所に同席していた。

そして二人の決闘は、この三人以外は両陣営の誰にも報せてはいない。

すべては、誰の邪魔も入れず、二人だけで決着をつけるためであった。

大坂城の戦いから二週間ほど時間の間隔を設けたのは、豊臣秀吉《とよとみひでよし》との死闘のために、双方ともに負傷と疲労とが限界に達していたからである。その間、元親《もとちか》も政宗《まさむね》も、ひたすら疲労回復に努めた――というわけでもない。最初の三日間は、奥州兵や海賊たちの労をねぎらうために、戦勝祝いの宴をひたすら開き続け、その後は被害状況の確認や兵の再編など、元親も政宗も、それに小十郎も、それぞれにやるべきことに奔走《ほんそう》する日々を送ったのだった。

だが、それでも元親も、それに政宗にしても、死合《しあ》うという覚悟は決して揺るがなかった。

「Ｒｕｌｅは Ａｌｌ ｏｒ ｎｏｔｈｉｎｇ、それでかまわねえな？」

対峙《たいじ》する伊達《だて》政宗からの呼びかけに、長曾我部《ちょうそかべ》元親も笑みを浮かべ応じた。

「日本語で喋《しゃべ》りな、独眼竜《どくがんりゅう》。南蛮語《なんばんご》なんぞ、俺にわかるか」

「敗者には何もやるな、って意味さ」

「……むろん、異論はねえ」

独眼竜政宗の言葉に応じてから、元親は二人から距離を置いたところに立つ片倉小十郎へと視線を転じた。

「正直意外だったぜ、竜の右目さんよ。あんたが、俺と竜の兄さんが死合うことを、認めてくれるとはな」

「豊臣との戦さえ強行した政宗さまだ、止めて聞くような人じゃない」

「あんたも、そのおーるおあ何たらって奴でかまわねえんだな？」

「ああ。アンタと政宗さまとの死合いだ。立会人の俺は、口を挟める立場じゃない」

「俺が勝った場合、あんたにも俺の家来になってもらうんだぜ？」

「勝てばな。……だが、そいつは無理な話だと思うが」

小十郎の顔に、微笑が浮かんだ。

元親は訊ねた。

「そんなに、独眼竜の勝利を信じているのかい？」

「そうじゃなきゃ、立会人なんぞ引き受けねえさ。……それに、俺は『竜の右目』だ」

小十郎は、微笑を浮かべたまま、元親の顔を指差した。

「いくら望まれても、鬼の左の目には収まらねえぜ」

「……なるほどね」苦笑して首を振った後、元親は言葉を継いだ。

「……だが、あの豊臣本隊を破った手腕があるなら、竜の右目でも鬼の左目でもなく、あんた自身が竜でも鬼でもなれそうだがな」

「勧誘の次は、俺を焚《た》きつけようとでもしてるのか？　……だが、悪いな西海の鬼。俺は政宗さまに欠けているほんの一部を補っているに過ぎないのさ。俺が誰よりもそれを一番知っている。あの戦だって政宗さまの後ろ盾がなけりゃ、うちの連中も、俺の命令なんぞに素直に従ったりはしなかったよ」

「小十郎にフラレたか。残念だったな、西海の鬼」

政宗の笑いを含んだ言葉に元親は頷《うなず》きはしたが、内心ほとんど失望していなかった。いや、むしろ小十郎の返答は、元親の期待した通りのものですらあった。

元親は視線を転じ、今度は政宗に言った。

「あんたにも聞いておこうか、独眼竜。あんた、なんで俺の申し出を受けた？」

政宗の片方しかない瞳《ひとみ》が驚きに大きくなった。

いかにも呆《あき》れたという様子で、政宗が言った。

「……おいおい、アンタがそれを言うのかい？　それも、今さら」

「まあ、そうなんだけどな」

元親は苦笑した。

だがこの死合い、政宗の側から見れば、得るものよりも失うものの方がはるかに大きいはずだった。元親が勝利した場合、いかに大船団を率いるとはいえ四国と瀬戸内の主に過ぎない人間が、突然陸の覇者《はしゃ》への足がかりを掴むことになる。

秀吉の領土であった大坂を中心として中国地方、そして近畿、尾張のすべてがただ一度の勝

利で転がり込むかもしれないのだ。そこには、充分に命を賭ける価値があると言えるだろう
――もっとも、元親がこの死合いを望んだのは、それ以外にも理由はあるのだが。

しかし伊達政宗の側から見れば、勝利しても得られるのはそう多くはない。

言うまでもなく、長曾我部の兵たちは、優れた戦闘員であり、さらに彼らを配下に置くことは、海上の移動手段を得ることにもなる。豊臣軍を震撼《しんかん》させたカラクリ兵器の数々も、伊達政宗の物となるだろう。だがあえて言えば、それだけのことだった。少なくとも、天下を昇るための階段に足をかけた人間が、己の命を担保に入れてまで、手に入れるには値しない。

だが、政宗は、ほんのわずかな時間も思案に暮れることなく、応えた。

「単純な話さ。アンタと俺、どっちが上か、試してみたくなったのよ」

「そのために、すぐそこに見えた天下を手放すことになってもいいのかい？」

「もしオレが本当に天下を取る人間なら、こんなところで命を散らす羽目にはならねえさ。ここでアンタに討たれるようなら、結局どんなことをしても、オレの手に天下が入ってくることなんぞねえだろうよ」

「運試しってわけか。――いいね、まったくあんたは俺の期待通りだよ、独眼竜」

元親は満足して頷いた。それはまさに、彼が伊達政宗との戦いを望んだ理由そのものだった。

ただし、元親が試そうとしていたのは、自分自身の天命ではないが。

「……さて、と」

長曾我部元親は息を吐き出した。

そして、背負っていた愛用の大槍を構えて、言った。

「いつまでも無駄話をしてても仕方ねえ。……そろそろ、始めるか？」

伊達政宗が、腰の鞘《さや》から六振りの日本刀を引き抜き、言った。

「いいね、こうして向き合って見ると、アンタの恐ろしさってやつがびんびん伝わってくるぜ、西海の鬼。ゾクゾクしてきたぜ。──アンタもそうだろ？」

「まったくだぜ。この勝負、一回きりってのが惜しいところだな」

肩を並べて死線を乗り越えた仲である。互いに相手の力量のことは、よくわかっていた。

自分と相手との力量が、ほぼ互角であるということも。

等しい力量の持ち主同士が対峙《たいじ》したとき、起こりうる事態は二つだけである。

永遠に等しい時間を、刃を重ね合わせるか。

それとも、一瞬ですべての決着がつくか。

伊達政宗という男が、自分とよく似た思考回路の持ち主であることを、元親は知っていた。

元親は政宗の顔を見た。相手の顔に自分と同じ意思を読み取り、思わず元親は微笑《びしょう》した。

立会人である片倉小十郎が、ごくり、と喉を鳴らした。

その刹那、鬼と竜は、同時に大地を蹴った。

疾風《しっぷう》のごとく大地を駆け抜けた二匹の化物の肉体は、空中で一瞬だけ交差し──

「……さすがじゃねえか……」

つぶやき、膝《ひざ》をついたのは、元親自身の方だった。

その瞬間、何が起こったのか。すでに元親は理解していた。互いに渾身《こんしん》の力を込めて繰り出した一撃は、元親の長槍は政宗の腹部をかすめ、政宗の三爪の突きは、元親の脇腹を切り裂いたのだった。

元親は己の脇腹にぱっくりと開いた傷口を手で押さえながら、微笑を浮かべた。

「……いや」

伊達政宗は首を振り、六振りの刀を己の腰へと収めた。元親の方を振り返り、彼は言った。

「勝負は紙一重だった。もしもアンタの一撃が、ほんの少しでも速ければ、オレは胴から上を、大地に落っことしているところだったさ。――たまたま今回は、オレの方が運が良かっただけだ」

「……そうさ、運の差さ……」

どれだけ力を込めて押さえても、次から次へと流れてくる血を、止めることなどできそうもなかった。両膝をつき、天を仰いだ状態で、元親は言った。

「……だが……だからこそ……何回やっても、勝つのはあんただろうな、独眼竜。天に昇ろうっていう竜と、地の底を棲家とする鬼とじゃ……始めから勝負にはなりはしねえさ……」

痛みよりも心地よさを感じながら、元親は身体をゆっくりと大地に横たえた。

横たわる元親の中に、後悔はない。

「……よお……約束通り、あんたに……うちの連中はくれてやる……好きに……使ってくれや

……その代わり……必ず……あいつらを……天下に連れて行ってくれ……」

かすれる声で、頬《ほお》を大地に密着させたまま、元親はそう言った。

そう、こうなることもまた、元親の望みのうちだった。

大坂城《おおさか》にて伊達政宗に語ったことも、嘘ではない。

だが、それ以上に、元親は試したかったのだ。

伊達政宗が、自分の家来たちを任せるにたる器なのか、を。

自分を慕う手下たちに良い思いをさせてやること、良い暮らしをさせてやること。それが元親の望みだった。これまで元親は、過不足なく手下たちにそれを実現させてきてやったつもりだった。しかし、しょせん自分は海の男止まりの器であることも、長曾我部元親は理解をしていた。これまではそれで構わない、と思っていた。彼が守りたい者、導きたい者たちもまた海に生きる場所を求める者たちなのだから。海の男の気持ちは海の男にしか理解できない、海の男は海の男としてしか生きていくことはできない、そう思っていた。だが——

奥州の伊達政宗と出会ったことで、元親のその考えは崩れた。

伊達政宗という男は、長曾我部元親と同じ精神世界の住人だった。彼は、奥州の荒らくれ者たちをまとめ上げ、元親の子分たちの心もすぐに摑みとってしまった。にも関わらず、この独眼竜は海賊《かいぞく》でも山賊でもなく、天下をうかがう群雄《ぐんゆう》の一人なのだ。

もしもこの伊達政宗が、本当に天下を摑むだけの器なら。

子分たちを託してもいい。

長曾我部元親は、そう考えたのだった。

海賊に始まり海賊で終わる器の自分よりも、彼ならば、元親の子分たちをさらなる高みへと引き上げてくれることだろう……。

もちろん、元親は、自ら敗北を選んだわけではない。

まさに政宗が語った通り、ここで自分に敗れるような程度の男なら、独眼竜は子分たちの身を任せるには値しない。その時は、容赦《ようしゃ》なく政宗を斬り捨てるつもりだった。そしてその時は、元親は瀬戸内海を統べる海賊の王として、これまでの暮らしに戻るだけだった。

元親は、自分とのこの戦いで、伊達政宗という男の天命を見定めるつもりだった。

そして天が選んだのは、やはり伊達政宗だった……。

倒れた元親の側に立った伊達政宗が、彼の顔を見下ろしながら、微笑んだ。

「……楽しかったなあ、西海の鬼」

伊達政宗は言った。

「……ああ……楽しかったなあ……独眼竜……」

長曾我部元親は笑顔で応えた。

自分の死後、それを知った子分たちはどのような顔をするだろうか。そして自分を討ったこの男は、どのようにして天の高みへと昇って行くのだろうか。そんなことを考えながら、長曾我部元親はまぶたを下ろした。

※

さてそれからさらに数ヵ月後――

「……やれやれ、小十郎はうるせえし、退屈だな……。なーんか、面白いことはないもんかね」

奥州《おうしゅう》は米沢《よねざわ》城には、そんな風にぼやく伊達政宗の姿があった。

政宗自身が予見していた通り、豊臣秀吉の死は、伊達政宗の天下には直結しなかった。それどころか、秀吉の治めていた中央の領土さえ、伊達家のものとはなっていない。

と言うのも、やはり奥州と大坂周辺との間に存在する距離的なものが、大きな問題となったのである。政宗が大坂にあっては、奥州の地に目を行き届かせることはできない。奥州にあっては、旧・豊臣の領土を統治することはできない。

さらに問題なのは、この二つの地域の間には、武田《たけだ》や上杉《うえすぎ》や徳川《とくがわ》や北条《ほうじょう》がいて、双方の領土間で兵や物資のやり取りをすることも困難だということだった。また、現実問題として、それだけの広い範囲に配置するだけの兵力面での余裕も、奥州軍にはなかった。

結局、政宗を筆頭とする伊達家の面々は、大坂城の戦いからすぐ後に、その地を伊達の統轄《とうかつ》地とするのを諦《あきら》め、奥州へと引き上げたのである。

ただし、それはあらかじめ予期できていたことでもあった。

政宗が豊臣秀吉を討つために動いたのは、あくまでも『売られた喧嘩《けんか》』を買った結果である。

豊臣秀吉を地上から抹消《まっしょう》することが目的であって、領土の拡張が目的ではない。

それに、豊臣を討って政宗に得るものがなかったかと言えば、そんなこともなかった。

もともと『独眼竜』として知られた伊達政宗の名声は、覇王秀吉を討ったことで、さらなる高まりを見せることとなる。戦国の世において名声は一つの強力な武器だ。奥州の地には独眼竜への仕官を望む浪人たちがひっきりなしに訪れるようになり、奥州兵たちの主への心酔と結束も、これまで以上に硬いものとなった。政宗が天下を獲るという話に、これまでどこか半信半疑だった一部の家来も、今では熱狂的にそれを信じるようになっていた。

とは言え、政宗の天下への道のりはまだまだ遠く険しいものである。

奥州と豊臣との戦に便乗して——むろんそれは小十郎の策の結果だが——それぞれ領土を広げた武田・上杉の両軍はいまだ健在だし、ついに地味に天下取りへの第一歩を刻み始めた徳川という存在もある。何より、宿敵・真田《さなだ》幸村《ゆきむら》との決着も、いまだついてはいなかった。

政宗としては、せっかくの豊臣との戦で高まった名声を生かし、すぐにでも天下を目指し、信玄《しんげん》や謙信《けんしん》のような大物と覇を競いたいところであった。あるいは、一刻も早く、再三にわたって中断を余儀《よぎ》なくされた、真田幸村との決着に挑みたいところでもある。

だがそれを、家臣の片倉小十郎が許してはくれないのだ。

『——いいですか、政宗さま。豊臣秀吉との喧嘩には、無理を承知で協力したんです。これからしばらくの間は、戦は控え、内政に専念していただきますぞ。あなただって、国を傾けるつもりはないでしょう？』

それが、片倉小十郎の言い分だった。小十郎の台詞《せりふ》はまったく正しい。それに、部屋に軟禁状態に置かれたのではたまらない。そういうわけで、伊達政宗は大人しく国力増強のための政務に従事しているのだが、基本的に乱を好む彼の性分が、このような生活を退屈なものと感じさせているのもまた事実だった。

その彼の中に棲む、言わば乱を好む竜の疼《うず》きがそろそろ抑えがたいものとなってきて、やっぱり城を抜け出し真田幸村のもとにでも赴《おもむ》こうか、などと考えていたちょうどその時、

「大変ですぞ！　政宗さま!!」

血相を変えた片倉小十郎が政宗の私室へと飛び込んできた。

「な、なんだ、小十郎？　オ、オレは別に、やましいことなど考えちゃいないぜ？」

「……？　政宗さま、何を慌ててるんです？」

目を丸くした小十郎に、政宗は赤面した。いかに竜の右目と言えど、政宗が部屋で一人で考えていたことまで、見抜けるわけがないのだ。

小十郎は目を細め、声を低めて言った。

「……もしかして、またここから抜け出そうとか考えてましたか？」

「Ｗｈａｔ？」政宗は肩をすくめ、視線を反らし、口笛を吹いた。「何を言ってるのか、さっぱりわからねえなあ。根拠のない誹謗《ひぼう》はよしてくれよ」

「……あなたって人は……」小十郎は、額を押さえ呻《うめ》いた。

政宗は苦笑して言った。

「だから、根拠のない誹謗はやめろよ。……んなことより、何かあったんじゃねえのか？」

「……そうでした」小十郎は懊悩《おうのう》を頭から追い出すように、首を横に振った。どうやら、小言を言うのはまた今度の機会にと考えたようだった。表情を改めて、小十郎は言った。

「驚かないでくださいよ、政宗さま」

「Un？　もったいぶってないで、早く言えよ」

「魔王です」

一瞬、政宗は小十郎が何を言い出したのかわからなかった。

小十郎は頷き、もう一度繰り返した。

「魔王・信長《のぶなが》が、戻ってきたんです」

「──なんだと?!」

織田《おだ》信長。第六天魔王、征天魔王の異名を持ち、並み居る群雄《ぐんゆう》たちを暴風のようになぎ倒し、天下を手中にしかけていた男。にも関わらず、豊臣秀吉との決戦を前にして、本能寺《ほんのうじ》にて明智《あけち》光秀《みつひで》の謀反《むほん》に遭《あ》い、炎の中に消えていった男。その信長が舞い戻ってきた。小十郎はそう政宗に告げたのである。

重傷を負ったものの、織田信長はかろうじて妻である濃姫《のうひめ》、腹心の森蘭丸《もりらんまる》の手によって救い出されていたらしい。魔王は天下の情勢をうかがいながら、その傷の癒《い》えるまでの時間を稼ぐために、今までずっと身を隠していたのだった。

奇跡の帰還を果たした信長が姿を現したのは、かつて彼の夢が潰《つい》えた本能寺の近辺であった。

蘇《よみがえ》った信長は、領主である秀吉を失い、政宗が統治を放棄したことで、混乱状態に陥っていた大陸の中央を、瞬《また》く間に自身の支配下に収めたという。

以前と変わらぬ圧倒的な手腕と、以前よりもさらに増した禍々《まがまが》しさとを纏《まと》って、魔王・信長は早くも武田《たけだ》領にさえ電撃的に兵を進めたというのだった。

「……Ｈａ！　面白くなってきたじゃねえか!!」

強がりではない。魔王復活の報に、政宗は笑みを閃《ひらめ》かせた。

第六天魔王信長は、生まれついての侵略者だ。今はまだ甲斐《かい》の入り口に手をかけたところでも、奥州もこの先、信長の巻き起こす騒乱から、無関係というわけにはいかなくなる。仮初《かりそ》めの平和は破られたのだ。そう考えると、自然と政宗の顔には笑顔が浮かんでいた。

「小十郎！　魔王の動きから目を離すなよ。何なら、甲斐の虎《とら》にこっちから増援の兵を打診してもいい。今までぬくぬく眠っていた野郎に、好き勝手させるわけにはいかねえからな!!」

「はっ！」

小十郎は政宗の指示に、頭を下げた。次に頭を上げたとき、彼の顔には苦笑が浮かんでいた。

「……まったく、政宗さまは、難敵を前にしてこそ、その輝きを増される方だ……」

政宗は笑い、視線をはるか北の方角へと向けた。

不意に政宗は、自分と同じ精神構造の持ち主の存在を思いだしたのだ。

「……こっちはようやく、愉快なことが始まりそうだぜ」

政宗はつぶやいた。

「あんたはどうだい？　面白おかしく自由の海とやらを満喫《まんきつ》してるかい？」

だが、政宗が何かを懐かしむように遠い目をしていたのは、ほんの一瞬のことだった。

すぐに政宗は表情を引き締め、歩きだした。

「行くぜ小十郎。とっとと魔王退治の対策会議を開かなけりゃな」

「はっ」

人にはそれぞれ生きるべき場所があり、なすべきことがある。自分のために斃《たお》れた者たち、自分が斃してきた者たち、何より今もなお自分と共にいる者たちのためにも、自分がまずこの日の本でなすべきことを、伊達政宗は知っていた。

※

——大海原の上に、十数隻からなるその船団の姿はあった。行く手を遮《さえぎ》るものは何もない自由の海を、北へ北へ突き進む船団の先頭の船首に立ち、彼はひたすら真摯《しんし》な表情で遙かな先を見据《みす》えていた。

彼の右の目に映し出されるものは、今はまだどこまでも続いているかのような蒼《あお》い海それだけだった。だが、彼はその瞳《ひとみ》の裏側に、たしかに自分たちの辿《たど》りつくべき地と未来とを見据えていた。

「よお、船長。そろそろ何か見えてきたかい？」

甲板から、乗組員の一人がそう声をかけてくる。

「そう焦《あせ》るな。慌《あわ》てなくたっていつかは着くさ。海の専門家を信じなよ」

振り返り、乗組員にそう応えたその隻眼《せきがん》の顔は——伊達政宗に討たれ、無人島で命を落したはずの長曾我部元親、その人だった。


——それは、あの島での一騎打ちから三日後のことだった。

自らも死んだとばかり思っていた元親は、見知らぬ場所で目を覚まし、驚いた。そこは元親と独眼竜伊達政宗が一騎打ちを行なった無人島に程近い堺の街の診療所で、彼はその診療所の寝台の上に寝かされていたのだった。

状況が理解できない元親に、傍らで彼の目覚めを待っていた人物が、笑みを浮かべて言った。

「よう、また会ったな西海の鬼。故郷の地獄に里帰りした気分はどうだったよ？」

それは、まさに元親の命を奪ったはずの、独眼竜政宗だった。

……実は、元親の意識が失われた後、彼の息がまだあることを確かめた政宗は、小十郎と共に、元親に止血等の応急処置を施したのだった。その上で政宗は、その場からもっとも近い堺の街の診療所に、瀕死の元親を運び込んだのである。

元親が竜の爪により刻みつけられた傷は深く、彼が命を取り留めるか否かは、天のみぞ知るというところだった。元親は三日三晩生死の境を彷徨《さまよ》い——だが、荒波の上で鍛《きた》えた強靭《きょうじん》な肉体が幸運に働いたのだろう——三日後、意識を取り戻したのだった。

　事情を説明し終えた政宗は、微笑しながら言った。

「まあ、あれだ。つまりアンタも、まだまだ天命とやらに見放されてないってわけさ」

「……どうして、俺を助けた？」

「そこから外をのぞいてみな」

　元親の質問に政宗が指差したのは、診療所の窓だった。言われるがままに元親は上半身を起こし、痛む傷口を押さえながら、覗き込んだ。そして元親は声を失った。

　窓の外——つまり診療所の周りには、元親の子分たちが、大挙して集まり、重苦しい顔であたり一面に座り込んでいたのである。それを遠巻きに見ている町人たちの顔には不安の色が浮かんでおり、それらを全部ひっくるめて、辺りには一種異様な雰囲気が漂っていた。

「……あいつら……」

「Ｓｏｒｒｙ　西海の鬼。あの時のＧａｍｂｌｅの話はなかったことにしてくれ」

　唐突に、政宗はそんなことを言い出した。

「悪いが、オレにはあの海賊たちを、一緒に天下へ連れて行ってやることはできねえ」

「……なに？」元親は窓の外から政宗へと振り返った。

「そんな鬼の形相《ぎょうそう》で凄《すご》んだって、ダメなものはダメさ」と政宗は笑った。

「……何でだ、独眼竜。あいつらじゃお前の天下獲りの役には立たない、って言いたいのか？」

「Ｏｋ、見てなよ、鬼さん」

微笑を浮かべたまま、政宗は窓の方へと向き直った。

そして、外にも届くような大声で、彼は言った。

「Ｇｏｏｄ ｎｅｗｓだぜ！」

「……おい、ありゃ竜の旦那の声じゃねえか？」「ホントだ！　何かあったのか？」「バカヤロー、俺に南蛮語《なんばんご》がわかるかよ!!」と、途端に子分たちは色めき立つ。

その元親の子分たちに、政宗はさらに叫んだ。

「おめえらのカシラが目を覚ましたぜっ!!」

診療所の周りに集結した海の男たちは顔を見合わせ——そして弾けた。

お互いに手を取り合い、涙を浮かべて喜びを表現する海賊たち。誰からともなく「アニキッ!!」と元親を呼ぶ声が上がり、やがてそれは大きなうねりとなって、診療所周辺を包み込んだ。

「「アニキ!!　アニキ!!　アニキ!!　アニキ!!　アニキ!!　アニキ!!」」

「わかったか？」

政宗は振り返り、元親の顔を見た。

「オレにも、乗りこなすことのできねえ荒れ馬ってのがいるってことよ。あの連中を扱いこなせるのは、アンタだけさ。……やつらのことを思ったら、鬼の首を取るってわけにはいかなかったのさ」

元親はため息をつき、呻いた。

「……ったく、あいつら。天下人の家来にしてやろうと、人が命まで張ったのによ……」

だが、そうつぶやく自分の顔に、笑みが浮かんでいることに元親は気づいていた……。


……そして元親は、手下たちを率いて海へと出たのだった。

目指すのは、もはや日の本の海ではない。世界の海である。

奥州へと政宗とその軍勢を送り届けたとき、政宗は隻眼に自信を漲《みなぎ》らせて言ったものだ。

「まあ、見てな。いずれ必ずオレはこの国を統一して見せるさ。そしていずれ、秀吉の野郎がビビってた世界にも打って出る」

「なるほどね。だったら俺は、その前に世界の海とやらを征服してやるよ」

元親はこう言って笑い、鬼は竜と握手をして別れた。

伊達政宗がいずれ日の本を統一するであろう予感は、たしかに元親の中にあった。

すでにこの日の本を賭《か》けた勝負に、元親は一度敗れていた。だが、長曾我部元親は誰かの下について生きることなどできない性分である。この日の本の頂点に立つのが伊達政宗ならば、元親は世界の海に打って出るしかないだろう。

もちろんそれは、日の本を追い出されたというのとは違う。

伊達政宗の前にもう一度並び立つにはそれしかない、そう考えての結果だった。

まだ見ぬ世界と強敵を目指し、世界へと出航する。その元親の考えは、手下たちにも熱狂的に受け入れられた。彼らは、元親と共にあることが何よりであり、そして全員が元親同様、強敵と冒険と財宝を愛する海の男たちだったのだ。かつて叩き潰したザビー教団を見てもわかる通り、世界には、日の本の民の知らぬ者が数多く存在する。それが自分たちを待っていると考えるだけで、元親も、海の男たちも胸を熱く焦がすのだった。

そしていずれ、日の本と世界の海とを賭けて、もう一度独眼竜と一勝負を打つのも悪くはない。そう想像すると、自然と笑みがこぼれてくる元親だった。むろんその時は、今度こそは決して後れを取るつもりはない。もはや元親は、誰にも自分の子分たちの未来を託《たく》そうなどとは考えていないのだから。

「それにしても世界か。どんな面白いモンがあるか、ワクワクするねえ。……なあ、船長さんよ。この海にも、京美人に負けない良い娘がいると思うかい？」

そう言ったのは、先ほど元親に「まだ陸地に着かないのか」と質問した青年だった。

「知るか」と答えてから、元親は顔をしかめて言った。「だいたい、何だってあんたがこの船に乗り込んでんだ？」

「いーじゃん、いーじゃん」

頭に小猿を乗せた青年は、快活に笑って応えた。むろんこの青年は、この船団で唯一の長曾我部海賊団の構成員以外の搭乗員、前田《まえだ》慶次《けいじ》だった。

慶次は底抜けに明るい口調で、元親に言った。

「世界なんてでっかい話聞かされちゃ、黙って見過ごすわけにゃいかないよ。南蛮美人とのどんなステキな恋が待ってるのか、今からホントに楽しみだなあ」

豊臣との一件の最中に知り合ったこの青年は、元親が世界へ旅立つと聞きつけると、勝手に元親の船へと乗り込んできたのだ。密航である。しかも、日の本の地が完全に見えなくなるまで、船倉に身を潜めているという念の入れようだった。

元親としては、海の上から簀巻《すま》きにして投げ捨てても構わなかったのだが、何しろ前田慶次が腕が立つことも知っていた。彼を取り押さえるとなれば、船員たちにも少なからぬ被害を覚悟しなければならない。それに、そこまですることもない。

「まあ、好きにしなよ」と元親はその言葉とため息と共に、一人分の食料が余分に消えていくことを受け入れたのだった。

そして実際、前田慶次はこの航海を好き勝手に楽しんでいるようだった。ついに生っ粋の海賊へと戻った元親の手下たちと、食料や小銭を肴《さかな》に賭けに興じ、海上に海豚《いるか》や見たことのない魚などを見れば興奮し、あまつさえ海賊たちが長い航海で萎《な》えかける気力を取り戻すために例の『アニキ!!』の大合唱を行なえば、進んでそれに参加する始末だった。どうやら彼には、すぐに周囲と打ち解けあう天性の才能のようなものがあるらしかった。

元親からしてみても、前田慶次の存在で一つ大きく助けられていることがあった。慶次の超刀の腕前は、元親に匹敵するほどのものである。海上にいる限り、どうしても鈍ってしまいがちな槍の腕を鍛《きた》えるには、前田慶次は絶好の相手だった。

今ではこの奇妙な快男児を、長曾我部元親もすっかり受け入れていた。

今も船の進行方向を見つめ胸躍らせている慶次に、長曾我部元親は苦笑しながら声をかけた。

「南蛮美人だの恋だのは、あんたに任せるよ、前田慶次。その代わり、お宝だけには絶対手を出すなよ？　そんときゃ、鮫の餌にしてやるからな」

「あいよ、わかってるって」と愉快そうに慶次は答え、元親の脅し文句が効いたのだろう、その頭の上で猿の夢吉《ゆめきち》が「キキキッ！」とぶるぶる身体を震わせた。

……だがむろん慶次には、元親にも語らないこの旅に参加した本当の理由がある。

なぜ豊臣秀吉があれほどまでに日の本を強い国にすることにこだわったのか。それをかつての友である前田慶次は知っていた。秀吉は世界の国々と日の本との様々な分野における差を知り、恐れを抱いた。世界の国々が日の本へ侵略してくることを警戒し、それがゆえに日の本を強国とすることを急いたのだ。愛する女も、自分の人間らしい心さえ捨てて。

かつての友人を変えてしまったほどの世界という相手を、前田慶次はどうしても自分の目で見ておきたかったのだった。それが、死に目を看取《みと》ることのできなかった秀吉や、己の手で命を奪った竹中半兵衛《たけなかはんべえ》に対する、慶次なりの手向《たむ》けとなるはずだった……。

長曾我部元親と前田慶次を乗せた船団は、ゆっくりと海上を北へと進んでいく。

帆柱にも設けた見張り台から、手下の一人が声を張り上げた。

「陸地だーっ！　陸が見えたぞ――っっ!!」

元親と慶次は共に船首から身を乗り出し、自分たちの新しい舞台をこの目に収めようとした。

二人の顔には、共に抑えようのない興奮の色が浮かんでいた。

「アニキ!!　アニキ!!　アニキ!!　アニキ!!　アニキ!!　アニキ!!」

いつのまにか、船団のあちこちからいつもの大合唱が始まっていた――。

戦国BASARA2（カプコレ）

対応機種●プレイステーション2
メーカー●㈱カプコン
ジャンル●スタイリッシュ英雄アクション
定価●3,129円（税込み）
発売日●2007年1月1日

カプコンが世に放った衝撃作、あのスタイリッシュ戦国HEROアクションの続編が登場!! 「バサラ技」「戦極ドライブ」を駆使して群がる敵兵たちを斬って斬って斬りまくり戦国乱世に花咲かせ！ 前田慶二、豊臣秀吉、竹中半兵衛ら新たなHEROも続々参戦。「ストーリー」モードをはじめ各種モードや合戦場も大量追加。前作をはるかに超える、特大ボリュームでやりこみ要素も充実。貴方のBASARA魂もきっと大満足の一本だ。

◉安曽 了著作リスト

著　書：「キャンディストライプ～みならい天使外伝～」（電撃G'sマガジン文庫）
「魔界戦記ディスガイア魔界で転生♪」（電撃ゲーム文庫）
「魔界戦記ディスガイア2ダークヒーロー哀歌」（同）
「ファントム・ブレイブ」（同）
「転生學園月光録」（同）

共　著：「転生學園幻蒼録鎮守異聞」（同）

本書に対するご意見、ご感想をお寄せください。

■
あて先

〒160-8326 東京都新宿区西新宿4-34-7
アスキー・メディアワークス電撃ゲーム文庫編集部
「安曽 了先生」係
「土林 誠先生」係
「灰原 薬先生」係
■

電撃文庫

戦国《せんごく》BASARA 2

Cool & The Gang

安曽《あそう》 了《りょう》

発　行　二〇〇七年六月二十五日　初版発行
　　　　二〇〇九年五月　十　四　日　九版発行

発行者　髙野　潔
発行所　株式会社アスキー・メディアワークス
〒一六〇-八三二六　東京都新宿区西新宿四-三十四-七
電話〇三-六八六六-七五〇九（編集）
発売元　株式会社角川グループパブリッシング
〒一〇二-八一七七　東京都千代田区富士見二-十三-三
電話〇三-三二三八-八六〇五（営業）
装丁者　荻窪裕司（META＋MANIERA）
印刷・製本　株式会社暁印刷

ISBN978-4-8402-3698-0 C0193

電撃文庫創刊に際して

文庫は、我が国にとどまらず、世界の書籍の流れのなかで〝小さな巨人〟としての地位を築いてきた。古今東西の名著を、廉価で手に入りやすい形で提供してきたからこそ、人は文庫を自分の師として、また青春の想い出として、語りついできたのである。

その源を、文化的にはドイツのレクラム文庫に求めるにせよ、規模の上でイギリスのペンギンブックスに求めるにせよ、いま文庫は知識人の層の多様化に従って、ますますその意義を大きくしていると言ってよい。

文庫出版の意味するものは、激動の現代のみならず将来にわたって、大きくなることはあっても、小さくなることはないだろう。

「電撃文庫」は、そのように多様化した対象に応え、歴史に耐えうる作品を収録するのはもちろん、新しい世紀を迎えるにあたって、既成の枠をこえる新鮮で強烈なアイ・オープナーたりたい。

その特異さ故に、この存在は、かつて文庫がはじめて出版世界に登場したときと、同じ戸惑いを読書人に与えるかもしれない。

しかし、〈Changing Time, Changing Publishing〉時代は変わって、出版も変わる。時を重ねるなかで、精神の糧として、心の一隅を占めるものとして、次なる文化の担い手の若者たちに確かな評価を得られると信じて、ここに「電撃文庫」を出版する。

1993年6月10日

角川歴彦

電撃ゲーム文庫

転生學園月光録《てんしょうがくえんげっこうろく》

『幻想録』と『月光録』を結ぶ、珠玉の二編を収録
転生ファン、必読の書！

安曽 了
イラスト／岩崎美奈子

発行◎メディアワークス